SAŠA STANIŠIĆ

HERKUNFT

Büchergilde Gutenberg

GROSSMUTTER UND DAS MÄDCHEN

Großmutter hat ein Mädchen auf der Straße gesehen. Sie ruft ihm zu vom Balkon, es solle keine Angst haben, sie werde es holen. Rühr dich nicht!

Großmutter steigt auf Strümpfen drei Stockwerke hinunter, und das dauert, das dauert, die Knie, die Lunge, die Hüfte, und als sie dort ankommt, wo das Mädchen gestanden hat, ist das Mädchen fort. Sie ruft es, ruft nach dem Mädchen.

Autos bremsen, umkurven meine Großmutter in den dünnen schwarzen Strümpfen auf der Straße, die einmal den Namen Josip Broz Titos getragen hat und heute den Namen des verschwundenen Mädchens trägt als Hall, Kristina!, ruft meine Großmutter, ruft ihren eigenen Namen: Kristina!

Es ist der 7. März 2018 in Višegrad, Bosnien und Herzegowina. Großmutter ist siebenundachtzig Jahre alt und elf Jahre alt.

AN DIE AUSLÄNDERBEHÖRDE

Am 7. März 1978 wurde ich in Višegrad an der Drina geboren. In den Tagen vor meiner Geburt hatte es ununterbrochen geregnet. Der März in Višegrad ist der verhassteste Monat, weinerlich und gefährlich. Im Gebirge schmilzt der Schnee, die Flüsse wachsen den Ufern über den Kopf. Auch meine Drina ist nervös. Die halbe Stadt steht unter Wasser.

Im März 1978 war es nicht anders. Als bei Mutter die Wehen anfingen, brüllte ein heftiger Sturm über der Stadt. Der Wind bog die Fenster vom Kreißsaal und brachte Gefühle durcheinander, und mitten in einer Wehe schlug auch noch der Blitz ein, dass alle dachten, aha, soso, jetzt also kommt der Teufel in die Welt. So unrecht war mir das nicht, ist doch ganz gut, wenn Leute ein bisschen Angst haben vor dir, bevor es überhaupt losgeht.

Nur gab all das meiner Mutter nicht unbedingt ein positives Gefühl, den Geburtsverlauf betreffend, und da die Hebamme mit der gegenwärtigen Situation ebenfalls nicht zufrieden sein konnte, Stichwort *Komplikationen*, schickte sie nach der diensthabenden Ärztin. Die wollte, so wie ich jetzt, die Geschichte nicht unnötig verlängern. Es reicht vielleicht zu sagen, dass die Komplikationen mithilfe einer Saugglocke vereinfacht wurden.

Dreißig Jahre später, im März 2008, musste ich zum Erlangen der deutschen Staatsbürgerschaft unter anderem einen handgeschriebenen Lebenslauf bei der Ausländerbehörde einreichen. Riesenstress! Beim ersten Versuch brachte ich nichts zu Papier, außer dass ich am 7. März 1978 geboren worden war. Es kam mir vor, als sei danach nichts mehr gekommen, als sei meine Biografie von der Drina weggespült worden.

Die Deutschen mögen Tabellen. Ich legte eine Tabelle an. Trug auch ein paar Daten und Infos ein – *Besuch der Grundschule in Višegrad, Studium der Slavistik in Heidelberg* –, es kam mir jedoch vor, als hätte das nichts mit mir zu tun. Ich wusste, die Angaben waren korrekt, konnte sie aber unmöglich stehen lassen. Ich vertraute so einem Leben nicht.

Ich setzte neu an. Schrieb wieder das Datum meiner Geburt und schilderte den Regen und dass mir Großmutter Kristina meinen Namen gegeben hat, die Mutter meines Vaters. Sie kümmerte sich auch in den ersten Jahren meines Lebens viel um mich, da meine Eltern studierten haben (Mutter) beziehungsweise berufstätig waren (Vater). Sie war bei der Mafia, schrieb ich der Ausländerbehörde, und bei der Mafia hat man viel Zeit für Kinder. Ich lebte bei ihr und Großvater, am Wochenende bei den Eltern.

Ich schrieb der Ausländerbehörde: Mein Großvater Pero war mit Herz und Parteibuch Kommunist und nahm mich mit auf Spaziergänge mit den Genossen. Wenn sie über die Politik sprachen, und das taten sie eigentlich immer, schlief ich super ein. Mit vier konnte ich mitreden.

Ich radierte das mit der Mafia wieder aus, man weiß ja nie.

Ich schrieb stattdessen: Meine Großmutter besaß ein Nudelholz, mit dem sie mir stets Prügel androhte. Es kam nicht dazu, ich habe aber bis heute ein reserviertes Verhältnis zu Nudelhölzern und indirekt auch zu Teigwaren.

Ich schrieb: Großmutter hatte einen goldenen Zahn.

Ich schrieb: Ich wollte auch einen goldenen Zahn, also malte ich einen meiner Schneidezähne mit gelbem Filzstift an.

Ich schrieb der Ausländerbehörde: Religion: keine. Und dass ich quasi unter Heiden aufgewachsen sei. Dass Großvater Pero die Kirche den größten Sündenfall des Menschen nannte, seit die Kirche die Sünde erfunden hat.

Er stammte aus einem Dorf, in dem der Heilige Georg, Georg, der Drachentöter, verehrt wird. Beziehungsweise, wie mir damals schien, mehr so die Drachenseite. Drachen besuchten mich früh. Vom Hals der Verwandten baumelten sie als Anhänger, Stickereien mit Drachenmotiv waren ein beliebtes Mitbringsel, und Großvater hatte einen Onkel, der schnitzte kleine Drachen aus Wachs und verkaufte die als Kerzen auf dem Markt. Das war schon gut, wenn man den Docht anzündete und das Viech aussah, als würde es ein Feuerchen speien.

Als ich fast alt genug war, zeigte mir Großvater einen Bildband. Die fernöstlichen Drachen fand ich am besten. Die sahen grausam, aber auch bunt und lustig aus. Die slawischen Drachen sahen nur grausam aus. Auch die, die angeblich nett waren und kein Interesse an Verheerung oder Jungfrauenentführung hatten. Drei Köpfe, krasse Zähne, so was.

Ich schrieb der Ausländerbehörde: Das Krankenhaus, in dem ich geboren wurde, gibt es nicht mehr. Gott, wie viel Penicillin ich dort in den Arsch gepumpt bekommen habe, schrieb ich, ließ es aber nicht stehen. Man will ja eine womöglich etepetete Sachbearbeiterin mit solchem Vokabular nicht verstören. Ich änderte also *Arsch* zu *Gesäß*. Das kam mir aber falsch vor, und ich entfernte die ganze Info.

Zu meinem zehnten Geburtstag schenkte mir der Rzav die Zerstörung der Brücke in unserem Viertel, der *Mahala*. Ich sah zu vom Ufer, wie der Nebenarm der Drina die Brücke so lange mit Frühling in den Bergen bearbeitete, bis die Brücke sagte, alles klar, dann nimm mich halt mit.

Ich schrieb: Keine biografische Erzählung ohne Kindheitsfreizeitgestaltung. Ich schrieb mit Großbuchstaben mitten auf das Blatt:

SCHLITTENFAHREN

Die Meisterstrecke begann unter dem Gipfel des Grad, wo im Mittelalter ein Turm über das Tal gewacht hatte, und endete nach einer engen Kurve vor dem Abgrund. Ich erinnere mich an Huso. Huso schlich mit einem alten Schlitten den Grad hinauf, außer Puste, lachend, und auch wir, die Kinder, lachten, lachten ihn aus, weil er dürr war und Löcher in den Stiefeln hatte und viele Zahnlücken. Ein Irrer, dachte ich damals, heute denke ich, er hat einfach am Konsens vorbeigelebt. Wo man schlief, wie man sich kleidete, wie deutlich man Wörter aussprechen und in welchem Zustand sich die Zähne befinden sollten. Er ging es anders an als die meisten. Genaugenommen war Huso bloß ein arbeitsloser Säufer, der vor dem Abgrund nicht gebremst hat. Vielleicht weil wir ihn nicht gewarnt hatten vor der finalen Kurve. Vielleicht weil er sich die Reflexe weggesoffen hatte. Huso schrie, wir hin, und dann war es ein Freudenschrei gewesen: Huso saß auf seinem Schlitten, und der Schlitten hing auf halbem Hang im Unterholz.

»Weiter, Huso!«, riefen wir. »Gib nicht auf!« Angefeuert durch unsere Rufe und vor allem die Tatsache, dass es in seiner Lage leichter war, nach unten als nach oben zu gelangen, schlug sich Huso aus dem Gestrüpp und rauschte den restlichen Hang hinab. Es war unglaublich, wir waren ekstatisch, und Huso wurde 1992 angeschossen in seinem Verschlag an der Drina, seinem Haus aus Karton und Brettern, unweit des Wachturms, wo – die alten Epen besingen es – je nachdem, wen du fragst, entweder der serbische Held, Königssohn Marko, einst Zuflucht vor den Osmanen fand, oder der bosniakische – Alija Đerzelez auf seiner geflügelten Araber Stute über die Drina sprang. Huso überlebte, verschwand und kam nicht wieder. Die Meisterstrecke hat nie wieder einer so gemeistert wie er.

Ich schrieb eine Geschichte auf, die so begann: *Fragt man mich, was für mich Heimat bedeutet, erzähle ich von Dr. Heimat, dem Vater meiner ersten Amalgam-Füllung.*

Ich schrieb der Ausländerbehörde: Ich bin Jugo und habe in Deutschland trotzdem nie was geklaut, außer ein paar Bücher auf der Frankfurter Buchmesse. Und in Heidelberg bin ich mal mit einem Kanu in einem Freibad gefahren. Radierte beides aus, weil vielleicht Straftaten und nicht verjährt.

Ich schrieb: *Hier ist eine Reihe von Dingen, die ich hatte.*

SPIEL, ICH UND KRIEG, 1991

Hier ist eine Reihe von Dingen, die ich hatte:

Mutter und Vater.

Großmutter Kristina, die Mutter meines Vaters, die immer wusste, was mir fehlt. Wenn sie mir das selbstgestrickte Jäckchen brachte, dann war mir wirklich kalt gewesen. Ich gab es bloß ungern zu. Welches Kind will schon, dass seine Großmutter immer recht hat?

Nena Mejrema, die Mutter meiner Mutter, die mir aus Nierenbohnen die Zukunft las. Sie warf die Bohnen, und die Bohnen warfen Bilder eines noch ungelebten Lebens auf den Teppich. Einmal prophezeite sie mir, eine ältere Frau werde sich in mich verlieben, oder ich würde alle Zähne verlieren, die Nierenbohnen zeigten da eine gewisse Unschärfe.

Eine Furcht vor Nierenbohnen.

Ich hatte einen gut rasierten Großvater, den Vater meiner Mutter, der gern angeln ging und gern zu allen freundlich war.

Jugoslawien. Das aber nicht mehr lang. Der Sozialismus war müde, der Nationalismus wach. Fahnen, jeder eine eigene, im Wind, und in den Köpfen die Frage: Was bist du?

Interessante Gefühle gegenüber meiner Englischlehrerin.

Einmal lud sie mich zu sich nach Hause ein, bis heute weiß ich nicht, warum. Ich hin, aufgeregt wie Frühlingsanfang. Wir aßen selbstgemachten Englischlehrerinnenkuchen und tranken schwarzen Tee. Es war der erste schwarze Tee meines Lebens, ich kam mir irrsinnig erwachsen vor, tat aber so, als tränke ich schwarzen Tee seit Jahren, wurde auch den Expertensatz los: »Ich mag es, wenn er nicht so richtig schwarz ist.«

Ich hatte einen C-64. Sportspiele waren mein Lieblingsgenre, *Summer Games, International Karate Plus, International Football.*

Eine Menge Bücher. 1991 hatte ich ein neues Genre entdeckt: *Choose your own adventure.* Als Leser entscheidest du selbst über den Fortgang der Geschichte:

> *Rufst du: »Aus dem Weg, Höllengezücht, sonst schneid ich dir die Adern durch!« – lies weiter auf Seite 306.*

Und ich hatte meine Mannschaft: *Crvena Zvezda* – Roter Stern Belgrad. Ende der Achtziger holten wir in fünf Jahren drei Mal den Meistertitel. Standen 1991 im Viertelfinale des Pokals der Landesmeister gegen Dynamo Dresden. Zu wichtigen Spielen kamen hunderttausend in unserem Marakana von Belgrad zusammen, davon mindestens fünfzigtausend Wahnsinnige. Immer brannte was, immer sangen alle.

Meinen rot-weiß gestreiften Schal trug ich oft zur Schule (gern auch im Sommer) und schmiedete für die Zukunft Pläne, die mich in die Nähe der Mannschaft bringen sollten. Den Weg, selbst Fußballer zu werden und vom Roten Stern für 100.000.000.000.000 Dinar (die Inflation) gekauft zu werden, sah ich als wenig wahrscheinlich an. Also wollte ich Physiotherapeut werden oder Ballwart oder von mir aus auch Ball, Hauptsache, ich wurde Teil vom Roten Stern.

Ich verpasste keine Spielübertragung im Radio und keine Zusammenfassung im Fernsehen. Zum dreizehnten Geburtstag wünschte ich mir eine Dauerkarte.

Nena befragte die Bohnen und sagte: »Du kriegst ein Fahrrad.«

Woher die Bohnen das wüssten, fragte ich.

Sie warf erneut eine Handvoll und sagte ernst: »Verlass an deinem Geburtstag das Haus nicht.« Dann stand sie auf, warf die Bohnen aus dem Fenster, wusch sich die Hände und legte sich schlafen.

Eine realistische Chance auf die Erfüllung meines Wunschs gab es schon deswegen nicht, weil Belgrad knapp 250 Kilometer entfernt lag. Das Einzelkind in mir spekulierte dennoch darauf, dass die Eltern sich meinetwegen zu einem Umzug in die Hauptstadt entschließen würden.

Am 6. März fegte Roter Stern im Hinspiel Dynamo Dresden mit 3:0 weg. Vater und ich sahen die Übertragung, unsere Stimmen waren schon nach dem ersten Treffer heiser. Nach dem Abpfiff nahm er mich zur Seite und sagte, er werde versuchen, uns Tickets für das Halbfinale zu besorgen, falls sich die Mannschaft qualifizieren sollte. Mit *uns* meinte er auch Mutter, die tippte sich aber bloß mit dem Zeigefinger an die Schläfe.

Das Rückspiel in Dresden wurde nach Ausschreitungen beim Stand 1:2 abgebrochen und als 0:3-Sieg für uns gewertet. Das Halbfinal-Los fiel auf die Bayern. Schon damals theoretisch unbesiegbar. Vater und ich verfolgten das Hinspiel wieder gemeinsam im Fernsehen. In der Halbzeitpause wurde von Unruhen in Slowenien und Kroatien berichtet. Schüsse waren gefallen. Roter Stern schoss zwei Tore, die Bayern eins.

Es ist so: Das Land, in dem ich geboren wurde, gibt es heute nicht mehr. Solange es das Land noch gab, begriff ich mich als Jugoslawe. Wie meine Eltern, die aus einer serbischen (Vater) bzw. einer bosniakisch-muslimischen Familie stammten (Mutter). Ich war ein Kind des Vielvölkerstaats, Ertrag und Bekenntnis zweier einander zugeneigter Menschen, die der jugoslawische Melting Pot befreit hatte von den Zwängen unterschiedlicher Herkunft und Religion.

Dazu muss man wissen: Auch jemand, dessen Vater Pole

und Mutter Mazedonierin war, konnte sich zum Jugoslawen erklären, sofern ihm Selbstbestimmung und Blutgruppe mehr bedeuteten als Fremdbestimmung und Blut.

Am 24.4.1991 fuhren Vater und ich zum Rückspiel nach Belgrad. Ich ließ meinen rot-weißen Schal aus dem Fenster hängen, weil man das im Fernsehen so machte als richtiger Fan. Am Stadion angekommen war der Schal aufs Fürchterlichste verdreckt. Vor so was warnt dich ja keiner.

Am 27.6.1991 fanden in Slowenien die ersten Kriegshandlungen statt. Die Alpenrepublik erklärte sich für unabhängig von Jugoslawien. Es folgten Scharmützel in Kroatien, Horror in Kroatien, dann die kroatische Unabhängigkeitserklärung.

Am 24.4.1991 hatte der serbische Abwehrspieler, Siniša Mihajlović, Roten Stern mit einem Freistoßtor in Führung gebracht. Vorausgegangen war ein Foul an Dejan Savićević, einem Edeltechniker aus Montenegro. Der Jubel aus achtzigtausend Kehlen war ohrenbetäubend, war unheimlich. Heute könnte ich behaupten, darin hätten sich Wut entladen, unterdrückte Aggressionen, Existenzängste. Das stimmt aber nicht. All das würde sich später aus Waffen entladen. Das hier war nur eines: Jubel über ein wichtiges Tor.

Fackeln wurden angezündet, roter Rauch stieg über den Rängen auf, ich zog meinen Schal höher ins Gesicht. Um uns jubelten Menschen, fast ausschließlich Männer, junge Kerle, Vokuhilas, Kippen, Fäuste.

Im Mittelfeld wirbelte Prosinečki die Bayern immer wieder durcheinander, sein hellblonder Schopf wie eine kleine Sonne, die über dem Rasen auf- und – wenn ein Gegenspieler sich nicht anders zu helfen wusste – niederging. Ein Jugoslawe wie ich: Mutter Serbin, Vater Kroate. Die hochsitzenden, kurzen Shorts. Die bleichen Beine.

Hinten machte Refik Šabanadžović die Räume eng, ein

unbequemer Bosnier, stämmig, aber schnell. Mein Lieblingsspieler lümmelte vor dem gegnerischen Strafraum scheinbar schläfrig herum: Darko Pančev, genannt Kobra. Der mazedonische Stürmer, Torschütze im Hinspiel, lief immer leicht vorgebeugt über den Platz, die Schultern hochgezogen, als ginge es ihm ausgerechnet heute nicht so gut. Die krummsten Beine des Universums, ich hätte auch gern solche gehabt.

Was für eine Mannschaft! So eine wird auf dem Balkan nie wieder möglich sein. Nach dem Zerfall Jugoslawiens entstanden in jedem neuen Staat neue Ligen mit schwächeren Teams, die besten Spieler wechseln heute jung ins Ausland.

Die Bayern glichen Mitte der zweiten Halbzeit aus. Ein Augenthaler-Freistoß, der Ball rutschte Stojanović unter den Händen durch. Belodedić, der rumänische Vorstopper (serbische Minderheit), tröstete seinen Kapitän auf dem Boden.

Vater, dieser selten laute Mann, brüllte, beschwerte sich, fluchte, und ich imitierte das, ich imitierte Vaters Wut, ich weiß gar nicht, was mit meiner eigenen Wut los war, vielleicht fehlte sie, weil alle um mich herum so viel davon hatten, vielleicht, weil ich wusste, es würde alles gutgehen. Und gerade, als ich das Vater mitteilen wollte – es wird alles gut –, gingen die Bayern in Führung.

Vater sackte in sich zusammen.

Ziemlich genau ein Jahr später fragte er mich besonnen, welche Gegenstände mir so wichtig sind, dass ich ohne sie nicht sein kann auf einer womöglich langen Reise. Mit der langen Reise meinte er die Flucht aus unserer besetzten Heimatstadt, wo betrunkene Soldaten ihre Lieder sangen, als feuerten sie eine Mannschaft an. Mein rot-weißer Schal fiel mir als Erstes ein. Ich wusste, es gab Wichtigeres. Nahm ihn trotzdem mit.

Vater sagte: »Mach dir keine Sorgen. Es wird alles gut.«

Wäre es beim 1:2 geblieben, hätte es Verlängerung gegeben. Vielleicht hätten die Bayern dann die besseren Beine und Ideen gehabt, um es ins Finale zu schaffen. Vielleicht wäre dann überhaupt alles anders gekommen, der Krieg nicht nach Bosnien, ich nicht zu diesem Text.

Das 2:2 habe ich nicht gesehen. Zu diesem Zeitpunkt – es lief die 90. Minute – standen alle, das ganze Stadion stand, vielleicht stand sogar das ganze Land ein letztes Mal gemeinsam hinter einer Sache. Ich konnte den entscheidenden Angriff bis zu dem Moment verfolgen, als der Ball, von Augenthaler abgefälscht, seine Torreise antrat, dann aber bewegten sich die Männer vor uns, neben uns, die ganze Tribüne bewegte sich, nach rechts, nach oben, ich wurde gedrückt, verlor kurz das Gleichgewicht und den Ball aus den Augen –

Wie oft habe ich dieses Tor in der Wiederholung gesehen? Hundert Mal bestimmt. Bis sich jedes Detail so in mein Gedächtnis gebrannt hat wie etwas, das man nur mit großer Liebe verbindet oder mit großem Unglück. Augenthaler will die Flanke abwehren, trifft den Ball unglücklich, eine Bogenlampe ins eigene Netz.

Hier ist eine Reihe von Dingen, die ich hatte:

Eine Kindheit in einer kleinen Stadt an der Drina.

Eine Sammlung von Katzenaugen, abgeschraubt von Autokennzeichen. Das einzige Mal geschlagen worden von den Eltern deswegen.

Eine Großmutter, die das Alphabet der Nierenbohnen beherrschte und die mir riet, dass ich mich an Worte halten solle, ein Leben lang, dann werde zwar trotzdem nicht alles gutgehen, aber einiges lasse sich besser ertragen. Oder an Edelmetalle. Da hätten sich die Bohnen nicht festgelegt.

Ich hatte zwei Wellensittiche, Krele (hellblau) und Fifica (weiß nicht mehr).

Einen Hamster namens Indiana Jones, dem ich in den letzten Tagen seines viel zu kurzen Lebens zu Pulver zerriebenes *Andol* auf einem Löffelchen gab (nahm ich selber gegen Kopfschmerzen) und Ivo Andrićs Erzählungen vorlas.

Häufig Kopfschmerzen.

Eine unwahrscheinliche Reise mit meinem Vater zum unwahrscheinlichen Spiel einer unwahrscheinlichen Mannschaft, die nach dem Weiterkommen in Belgrad das Turnier gewinnen und danach nicht mal mehr auszudenken sein würde.

Einen undenkbaren Krieg.

Eine Englischlehrerin, der ich nie Auf Wiedersehen gesagt habe, und ein Wiedersehen ist nicht mehr möglich.

Einen rot-weißen Schal, den ich nach dem Spiel in Belgrad nicht mehr waschen wollte, dann landete er doch in der Waschmaschine. Roter Stern Belgrad ist heute eine Mannschaft mit zahlreichen rechtsradikalen, aggressiven Fans. Den Schal habe ich damals nach Deutschland mitgenommen, ich weiß nicht, wo er heute ist.

OSKORUŠA, 2009

Im Osten, unweit von Višegrad, liegt in den Bergen, grundsätzlich schwer und bei unwirtlicher Witterung gar nicht zugänglich, ein Dorf, in dem nur noch dreizehn Menschen leben. Die dreizehn haben sich dort niemals fremd gefühlt, glaube ich. Sie sind nicht von woanders hergekommen, haben die längste Zeit ihres Lebens an diesem Ort verbracht.

Gewiss ist auch: Die dreizehn gehen nirgendwo mehr hin. Sie werden die Letzten sein. Hier oben (oder in einem Krankenhaus im Tal) enden sie und mit ihnen endet ihr Gehöft – die Kinder werden nicht übernehmen –, ihr Glück und ihr knirschendes Hüftgelenk. Ihr Schnaps, der die Sehenden blind macht und die Blinden wieder sehend, wird ausgetrunken oder auch nicht, hier wird bald keiner mehr gebrannt (in der Flasche ein Kreuz aus Holz). Die Zäune werden nichts mehr trennen, was eine Bedeutung hat, die Äcker werden brachliegen. Die Schweine werden verkauft oder geschlachtet. Was mit den Pferden sein wird, weiß ich nicht. Mit den Lauchpflanzen und dem Mais und den Brombeeren geht es zu Ende. Wobei die Brombeeren vielleicht auch allein weitermachen werden.

Ich war 2009 zum ersten Mal hier. Ich erinnere mich, beim Anblick der Strommasten laut und blöd über den Strom nachgedacht zu haben, ob der wohl abgestellt werde, nachdem der Letzte hier gestorben ist. Wie lange wird es dann noch surren zwischen diesen Masten?

Gavrilo, einer der ältesten im Dorf, spuckte daraufhin saftig ins saftige Gras und rief: »Was ist los mit dir? Kaum angekommen, sprichst du schon vom Sterben. Ich sag dir was. Wir haben das Leben hier überlebt, der Tod ist das kleinere Problem. Solange ihr unsere Gräber pflegt, vielleicht mal Blumen drauflegt und mit uns sprecht, geht es hier weiter. Mit oder ohne Strom. Auf mich muss aber keiner Blumen legen, was soll ich tot mit Blumen? So. Los jetzt, Augen auf, ich zeig dir ein paar Sachen, du hast ja offenbar keine Ahnung von nichts.«

Oskoruša, so heißt das Dorf. Der alte Mann hatte uns außerhalb am Wegesrand aufgelesen mit Händen wie aus Lehm gebrannt. Uns, denn ich war nicht allein. Die Reise war die Idee meiner Großmutter Kristina gewesen.

Noch dabei war Stevo, er hatte uns gefahren, ein ernster Mann mit sehr blauen Augen, zwei Töchtern und Geldsorgen.

Großmutter trug, von der Sonne unbeeindruckt, Schwarz an dem Tag. Sprach viel, erinnerte sich an vieles. Im Nachhinein wirkt es, als ahnte sie, dass ihr die Vergangenheit bald entgleiten würde. Sie führte Oskoruša sich selbst noch einmal und mir zum ersten Mal vor Augen.

2009 hatte Großmutter ihr letztes gutes Jahr. Sie hatte noch nicht zu vergessen begonnen, und ihr Körper machte, was sie wollte. In Oskoruša schritt sie die Wege ab, die sie ein halbes Jahrhundert zuvor als junge Frau mit ihrem Mann gegangen war. Mein Großvater Pero war hier geboren und hatte seine Kindheit in diesen Bergen verbracht. Gestorben ist er 1986 in Višegrad vor dem Fernseher, während ich im Schlafzimmer nebenan mit Indianerplastikfigürchen auf Cowboyplastikfigürchen schoss.

Früher hatte Großmutter behauptet – da war ich zehn oder fünf oder sieben –, ich würde niemals täuschen und lügen, sondern immer nur übertreiben und erfinden. Den Unterschied kannte ich damals wohl nicht (will ihn auch heute nicht immer kennen), ich mochte aber, dass sie mir zu vertrauen schien.

Am Morgen vor unserer Reise nach Oskoruša bekräftigte sie noch mal, es immer gewusst zu haben: »Erfinden und übertreiben, heute verdienst du sogar dein Geld damit.«

Ich war gerade angekommen in Višegrad, wollte mich erholen von der langen Lesereise mit meinem ersten Roman. Ein Exemplar hatte ich als Geschenk dabei, sinnloserweise auf Deutsch.

Ob es das Buch über uns sei, fragte Großmutter.

Ich legte sofort los – Fiktion, wie ich sie sähe, sagte ich, bilde eine eigene Welt, statt unsere abzubilden, und die hier, ich klopfte auf den Umschlag, sei eine Welt, in der Flüsse sprechen und Urgroßeltern ewig leben. Fiktion, wie ich sie mir denke, sagte ich, ist ein offenes System aus Erfindung, Wahrnehmung und Erinnerung, das sich am wirklich Geschehenen reibt –

»Reibt?« Großmutter hustete dazwischen und wuchtete einen Riesentopf mit gefüllten Paprika auf den Herd. »Setz dich, du bist hungrig.« Das Buch drapierte sie auf einer Vase wie ein Museumsexponat auf einen Sockel.

Und dann kam der Satz mit dem Geldverdienen.

Die gefüllten Paprika rochen nach einem schneereichen Tag im Winter 1984. In Sarajevo fand gerade die Olympiade statt, und ich tat auf meinem Schlitten so, als sei ich Wintersportler wie unsere slowenischen Helden, die in ihren herausragend enganliegenden, quatschbunten Anzügen die Berge hinabrasten. Ich gewann jedes Rennen (ich fuhr erst los, wenn hinter mir keiner mehr war, der mich hätte überholen können).

Auf die Paprika wartend sehe ich jetzt am Hang das Haus von den Kupus', seit dem Krieg zerschossen und leer. Als ich mit dem Schlitten damals zu Großmutter nach Hause gekommen war, tischte sie die Paprika auf. Meine Finger juckten fürchterlich, sie hielt meine Hände fest und wärmte sie, und im Fernsehen fuhr Jure Franko im Riesenslalom die Silbermedaille ein. Nicht einmal Paprikagemüse kommt ohne Erinnerungsfußnote in dieser Stadt.

Großmutter schenkte mir Wasser ein, es ist wichtig, hatte sie 1984 gesagt, und sie sagte es 2009 mit derselben Überzeugung, dass man viel Flüssigkeit zu sich nimmt. Auch das Glas war noch dasselbe, ich erkannte es an dem kleinen Sprung am Rand.

»Oma, das müsste man mal aussortieren.«

»Du hast doch Augen. Trink von der anderen Seite.«

Das tat ich, sie sah zu. Wie ich aß. Wie ich sie ausfragte. Wie geht es dir, Oma? Was machst du den ganzen Tag? Kriegst du denn Besuch? Es waren Fragen, die ich auch am Telefon stellte.

Sie war kurz angebunden, wollte nicht über sich sprechen – erst als ich mich nach den anderen erkundigte, nach den Nachbarn, antwortete sie etwas ausführlicher: »Seit du das letzte Mal hier warst, ist keiner gestorben oder verrückt geworden. Rada ist noch da, Zorica ist noch da. Und Nada im vierten Stock. Die sind nur ein bisschen verrückt. Was so kommt mit den Jahren. Aber gut. Gut, dass sie da sind. Auch verrückt sind sie für mich gut.«

In dem Moment klingelte es.

»Und mein Andrej!«, rief Großmutter und eilte zur Tür. Ich hörte eine Männerstimme und Großmutter kichern wie ein Mädchen. Hörte Tüten rascheln und Großmutter danke sagen. Sie kam zurück und räumte direkt meinen Teller ab. Ich war zwar noch nicht fertig, aber einigermaßen satt.

»Wer war das?«

»Mein Polizist«, rief Großmutter, als sei damit alles klar.

Ich wollte den Abwasch machen, Großmutter schickte mich aus der Küche, das sei keine Arbeit für einen Mann. Das hatte sie früher schon gesagt. Über Staubsaugen, das

Beziehen von Betten, Putzen. Großmutter entstammte einer Familie und einer Zeit, in der die Männer Schafe schoren und Frauen Pullunder strickten. Manieren blieben anwendungsbezogen, Fantasien unausgesprochen, die Sprache war präzise und grob. Dann kam der Sozialismus und diskutierte die Rolle der Frau, und die Frau ging aus der Diskussion nach Hause und hängte die Wäsche auf.

Die ältere Schwester meiner Großmutter, meine Großtante Zagorka, wollte auf andere Zeiten nicht länger warten. Sie wollte zur Schule, wollte in den Himmel, ins All. Kosmonautin wollte sie werden, brachte sich erst Trotz, dann Lesen und Rechnen bei, mithilfe der rachitischen Zwillinge Todor und Tudor. Mit fünfzehn, kurz nach dem großen Krieg, kehrte sie den Felsen ihrer Kindheit den Rücken, nahm bloß die Ziege mit, die ihr auf den Felsen die angenehmste Gesellschaft gewesen war, und machte sich auf den Weg in die Sowjetunion. Im Banat lernte sie fliegen von einem ungarischen Piloten und verliebte sich, während einer milden Nacht auf einem Rollfeld in der Pannonischen Tiefebene, nicht in ihn. In Wien putzte sie drei Jahre lang in Militärkasernen die Klos und ließ sich am Ufer der Donau von Aleksandr Nikolajewitsch, einem blassen sowjetischen Oberfeldwebel im Veterinärdienst, Russisch beibringen. Aleksandr sang und spielte Gitarre, beides nicht gut, aber gern. An der Donau sang der Russe aus Gorki an der Wolga für meine Großtante Zagorka aus Staniševac am Rzav von schönen Flüssen und Städten und Augen – braunen, vielleicht aber auch blauen Augen, es ist ja ein bisschen egal, welche Farbe die Augen jetzt genau hatten, und meine Großtante wollte von dem singenden Russen etwas anderes als der von ihr. Sie verließ Wien mit der treuen Ziege und etwas Geld sowie den Papieren eines russischen Oberfeldwebels und einem Kurzhaarschnitt. Moskau erreichte sie an ihrem neunzehnten Geburtstag. Die Ausbildung zur Kampfpilotin schloss sie mit Auszeichnung ab und wurde 1959 in den erweiterten Kreis der Ersten Kosmonautengruppe der Sowjetunion aufgenommen. Für ihre hochfliegenden Träume war es zu spät, der Amerikaner sprang bald auf dem Mond herum, der Russe wollte nicht Zweiter irgendwo sein. An einem warmen Montag im Februar des Jahres 1962 betrat sie das Büro von Wassili Pawlowitsch Mischin und sagte, sie habe eine Idee und eine alte, aber gesunde Ziege, und nur ein halbes Jahr später wurde die Ziege meiner Großtante Zagorka, eine Ziege aus dem Dorf Staniševac im Osten Bosniens, in die Umlaufbahn des Mondes geschossen. Sie ist namenlos geblieben und beim Wiedereintritt in die Erdatmosphäre vielleicht verglüht.

Zagorka starb 2006. Sie war am Ende nicht besonders müde gewesen und nicht besonders traurig. Sie war schwerhörig und hatte keine Zähne mehr. Meine Großmutter pflegte ihr Schwesterchen, wie sie Zagorka nannte, bis zum letzten Atemzug, und ich wollte mich gerade wieder an den Tisch setzen, da sagte Großmutter: »Was machst du da, komm jetzt her, mach den Abwasch! Was ist los mit dir?«

Unter der Spüle hing ein Küchentuch, circa so alt wie ich. Rot-weiß kariert, von abertausenden Karussellfahrten in der Waschmaschine weich und fadenscheinig geworden. Ich trocknete einen Teller ab, eine Gabel, ein Messer, das Glas mit dem kleinen Sprung.

Großmutter stand, umgezogen, hinter mir. Schwarze Bluse, schwarze Stoffhose, nur die Gummistiefel waren gelb. Ich musste an Supergirl denken, das sein Kostüm anlegt in Sekundenschnelle, nur war das Haar meiner Großmutter nicht lang und blond, sondern Dauerwelle und lila, und sie trug ein Trauercape.

»Wo willst du hin?«

»Wir fahren nach Oskoruša.«

»Ich bin doch gerade erst angekommen.«

»Das Ankommen kann warten. Oskoruša hat das Warten satt.« Ein Hupen. »Der Fahrer ist auch schon da.« Sie band sich das schwarze Kopftuch unterm Kinn, begutachtete ihr Spiegelbild, nahm es wieder ab.

»Hör zu«, sagte sie. »Es ist zum Schämen, dass du noch nie oben warst.« Und als ich mich immer noch nicht rührte: »Das Zögern hat noch nie eine gute Geschichte erzählt.«

Ich weiß nicht, woher sie das hatte, aber es klang gut.

»Wie lange bleiben wir?«

»Ist man einmal oben, will man für immer bleiben.«

Im Gang standen Tüten voller Lebensmittel. Die hatte wohl »ihr Polizist« vorbeigebracht. Jetzt sollte ich sie tragen. Großmutter lächelte mich an. »Willkommen zu Hause«, sagte sie. »Mein Esel.«

Sollte es in Višegrad je Mafia gegeben haben, war meine Großmutter die Patin. Als Kind wusste ich von drei stadtbekannten Kleinkriminellen, die sie fürchteten und Besorgungen für sie erledigten. Wenn sie sich beim Friseur die Haare lila machen ließ, stand meist einer wie zufällig vor dem Salon, Kürbiskerne knackend. Die frischgewellte Großmutter trat auf die Straße, raunte ihm etwas zu, worauf er eilfertig in den Gassen verschwand, mit welchem Auftrag auch immer.

Zur Schule gegangen ist Großmutter nie. Die Jungen mussten zur Schule, seien aber lieber draußen rumgerannt, sagte sie, die Mädchen wären lieber zur Schule gegangen und mussten zu Hause bleiben. Nähen, Stricken, Hausarbeiten hatte ihr die Mutter beigebracht, Lesen und Schreiben Zagorka, die ältere Schwester.

Der Anschein, dass meine Großmutter alles sein und tun konnte, meine Zuversicht, dass sie das Leben, das Altwerden, leicht meistern würde, ist mit dem Fortschreiten ihrer Krankheit verschwunden. Es begann im Frühjahr 2016. Großmutter verlegte Dinge und konnte deren Abwesenheit nicht begreifen. Sie suchte nach dem richtigen Wort und vergaß darüber, was zu sagen war. Sie verstand die Fernbedienung nicht mehr und zerlegte sie. Zum Friseur ging sie nur noch, wenn jemand sie zum Friseur brachte. Sie ließ sich von einem Vertreter überreden, für ein Kopfkissen zweihundert Euro zu bezahlen, wofür sie ihm früher Prügel angedroht und ein eigenes altes Kissen verkauft hätte.

2009 ging es ihr gut. Im Frühling 2009 stieg meine Großmutter ohne Mühen die drei Stockwerke hinunter zum Hof. Der Motor des blauen Yugo lief, der Fahrer in Jeans und T-Shirt beeilte sich, ihr in den Wagen zu helfen. Mir stellte er sich als Stevo vor und ergänzte mit einem Nicken zur Großmutter: »Der Chauffeur.«

Die harte, unebene Piste nach Oskoruša tat dem Yugo nicht gut. Der kleine Wagen gab sich große Mühe, ohne Achsenbruch aus den Schlaglöchern herauszufinden, doch Stevo hatte bald genug, hatte Erbarmen.

Wir wollten zu Fuß weiter, da rief von irgendwo einer den Namen meiner Großmutter, und die Berge meißelten den Hall freundlich und streng in die vom Frühling summende Luft.

Großmutter lächelte.

Der Rufende war erst nicht zu sehen, dann trat ein junger Mann aus dem Waldstück oberhalb der Straße und sprang über den Hang, unvernünftig und präzise wie ein Ziegenbock. Ein junger Mann, der immer älter wurde, je näher er kam. In seinem Bart steckten Tannennadeln.

Ein zweites Mal rief er Großmutters Namen, als ihn nur wenige Schritte von uns trennten. Er nahm die Mütze ab – die serbische Šajkača, und sie sahen sich an, lang genug, dass man *zärtlich* schreiben möchte.

Ein Händedruck für Stevo, dann die Drehung zu mir mit großer Geste und auch ein Schmettern meines Namens, alles eine Spur zu viel: das Umdrehen zu laut, die Augen zu braun, und unter den Nägeln: Erde.

»Du bist der Enkel. Ich bin Gavrilo. Wir sind verwandt – ich könnte dir jetzt sagen, wie, aber ich zeig es dir lieber.«

Das Zeigen begann am Friedhof – Großmutter wollte zum Grab ihrer Schwiegereltern. Gavrilo führte uns zügigen Schrittes zu einer schiefen Wiese, von schiefen Bäumen gesäumt. Die Sicht war frei nach Westen, wo über milden Hügeln, auf denen einzelne Häuser und Höfe verstreut lagen, ein Berg aufragte, dichtgrüne Wälder, fast bis zum Gipfel, und der Gipfel nackter Fels, rötlich in der Sonne. Die Toten haben einen schönen Ausblick in Oskoruša.

Wir marschierten zwischen den Gräbern durch Mittagshitze und hohes Gras. Ich bemühte mich, mit Gavrilo Schritt zu halten, und schielte zum Gipfel. Da schlug mir der alte Mann mit der flachen Hand vor die Brust. »Pass doch auf, was träumst du dich so ein!«

Eine Schlange kreuzte unseren Weg.

»Poskok«, zischte Gavrilo.

Ich trat einen Schritt zurück, und es war, als schritte ich auch zurück in der Zeit, zu einem ähnlich heißen Tag in Višegrad vor vielen Jahren.

Poskok bedeutet: *ein Kind* – ich? – *und eine Schlange im Hühnerstall.*

Poskok bedeutet: *Sonnenstrahlen, die zwischen den Brettern durch die staubige Luft schneiden.*

Poskok: ein Stein, den Vater über den Kopf hebt, um die Schlange zu erschlagen.

In *poskok* steckt *skok* – Sprung, und das Kind malt sich die Schlange aus: *an deinen Hals springt sie, spritzt dir Gift in die Augen.*

Vater spricht das Wort aus, und ich fürchte das Wort mehr als das Reptil im Hühnerstall.

Am Friedhof von Oskoruša erstarrte ich vor den Bildern,

die aus dem unerhörten Wort aufgingen. *Poskok* enthielt für das Kind alles, was es brauchte für eine gute Angst. *Gift* und *Vater, der töten will.* Fast ist es, als stünde Vater in Komplizenschaft mit dem, was das Wort in dem Kind, mir, auslöst. Ich habe Angst *vor dem Wort* und *um das Tier* und *mit dem Vater.* Ich stehe schräg hinter ihm, sehe beide gut, den Vater und die Schlange. Eine Ahnung sagt mir: Vater trifft nicht. Vater trifft nicht, und das Wort wird zum *skok* ansetzen, *das Maul aufgerissen.* Ich, rasend vor Furcht und Neugier: Was wäre, wenn nicht Vater die Schlange, sondern die Schlange den Vater? Ich spüre die Zähne in seinem Hals, *poskok.*

Vater schleudert den Stein.

Das übersetzte Wort – Hornotter – lässt mich kalt.

Die Hornotter auf dem Friedhof von Oskoruša wand sich, grün und gelassen, in die Krone eines Obstbaums, um sich eine bessere Perspektive auf die Eindringlinge zu verschaffen. In den Ästen richtete sie sich in der Sonne ein, wurde sich selbst zum Nest über dem Grab meiner Urgroßeltern.

Dort warteten Speisen und Getränke und eine großgewachsene Frau, die im Stehen mit einem Riesenmesser Räucherfleisch in dünne Scheiben schnitt, ungerührt, auch als das Reptil sich den schiefen Stamm nur wenige Meter entfernt hinaufwand.

Gavrilo nahm die Hand von meiner Brust und ging weiter. Großmutter und Stevo überholten mich und begrüßten die Frau. Sie tischten die mitgebrachten Speisen auf, Getränke in Plastikflaschen. Die Grabplatte war die Tafel. Fleisch und Brot lagen schon da. Der Schlange schenkte niemand weiter Beachtung. Es schien, als sei sie bloß Einbildung, bloß Sprache. Großmutter entzündete Kerzen.

Ich wandte mich ab. Ging von Grabstein zu Grabstein und las. Ich las *Stanišić.* Las *Stanišić.* Las *Stanišić.* Auf fast jedem Grabstein, auf fast jedem Grabholz stand mein eigener Nachname, und von den kleinen Fotos blickten sie mich an, stolz oder verlegen. Es gab, schien mir, nur das: Stolz und Verlegenheit.

Moos hatte einige Namen überwachsen, die Zeit einige verwittern lassen. »Keiner ist vergessen«, versicherte Gavrilo mir später am Grab meiner Urgroßeltern. Er deutete auf die unleserlichen und sagte: »Der da ist auch einer, und die auch. Stanišić, Stanišić.« Und nach kurzer Pause: »Die weiß ich nicht mehr.«

Die große Frau reichte mir zur Begrüßung erst die Hand, dann einen Schnaps. »Marija«, sagte sie. »Gavrilo ist mein Mann. Hast du die Früchte?«

Da ist Marija: baumlang unter Bäumen. Ein steifes braunes Kleid wie die Schürze eines Schmieds. Sie stammt aus einem Dorf ein paar Täler weiter, den Namen habe ich vergessen. Am Tag als Josip Broz Tito starb, kam in dem Dorf ein Mädchen zur Welt mit rotem Haar, was ungewöhnlich war und schön. Als Zweijährige, heißt es, begann das Mädchen Latein zu sprechen, was ungewöhnlich, doch vor allem ziemlich unpraktisch und nutzlos war. Man unterwies es in der Kräuterkunde. Das Mädchen konnte bald jeden Dienstag die Zukunft relativ präzise vorhersagen. Einiges bewahrheitete sich, anderes nicht. 1994 trat sie auf der Suche nach Schafgarbe – jemand aus dem Dorf klagte seit Tagen immer wieder über Nasenbluten – auf eine Landmine.

Ich übergab Marija die Tüte mit den Orangen und der Ananas. Sie legte die Früchte auf das Grab.

»Haben sie wohl gern gegessen?«, fragte ich.

»Weiß nicht«, sagte Marija und köpfte die Ananas mit ihrem Riesenmesser. »Ich ess sie gern. Willst du auch?«

Marija war so groß, ich konnte, als sie neben mir stand, die feinen Äderchen unter ihrem Kinn erkennen. Fingerfertig war sie auch und wendig. Wie sie die Ananas zerteilte. Wie sie vom Grab heruntersprang, um etwas zu holen, und wieder hinaufstieg – ich musste an Fechterinnen denken.

Über uns, in der Krone des Speierlings, lauerte *poskok*, die gehörnte Schlange. Heute ist der 25. September 2017. Ich sitze in der S-Bahn in Hamburg, neben mir unterhalten sich zwei Mittvierziger über Pokemon. Die Worte lauern über mir, sie verunsichern mich, machen mich froh, ich muss unter ihnen die richtigen finden für diese Geschichte.

Die Geschichte begann mit dem Schwinden von Erinnerung und mit einem bald verschwundenen Dorf. Sie begann in Gegenwart der Toten: Am Grab meiner Urgroßeltern trank ich Schnaps und aß Ananas. Die Luft roch nach Regenwürmern, nach der Milch des Löwenzahns, nach Kuhscheiße, je nachdem. Die verstreuten Häuser aus Kalkstein und Buche dem Hausberg und dem Wald aus dem Bauch geschnitten. Schön vielleicht. Auch nach der Schönheit habe ich Gavrilo gefragt, den Schweinezüchter Gavrilo, den Jäger Gavrilo, ob er Oskoruša je schön gefunden hat.

Die Schönheit, von der Schönheit seiner Frau abgesehen, sei ihm immer egal gewesen, sagte er und küsste Marijas Schulter. Ich war mir sicher, er würde etwas Nüchternes anfügen, einen Spruch über die ewige Schufterei, den Boden, die Ernte, doch Gavrilo schenkte sich bloß Schnaps aus einer Cola-Flasche ein und setzte sich auf das Grab.

Oskoruša ist ein schöner Name. Stimmt nicht. Oskoruša klingt harsch und unwirsch. Keine Silbe, an der man sich festhalten kann, null Rhythmus, eine bizarre Anordnung von Lauten. Ja, schon der Anfang: *Osko* – was soll das? Wer spricht so? –dann der Sturz auf das gezischte Ende: *-ruscha*. Hart und slawisch wie die Enden auf dem Balkan nun mal sind.

Das könnte ich so stehen lassen, man würde es mir als jemandem vom Balkan vielleicht abnehmen, *harte slawische Enden?* Klar, diese Jugos mit ihren Kriegen und Manieren.

Dabei ergibt das Bild gar keinen Sinn. Was soll man sich unter harten slawischen Enden vorstellen? Das Slawentum ist kein Herrenhut, nichts, was man zweifelsfrei beschreiben kann, sofern man weiß, was Herren und Hüte sind.

Vielleicht liest das hier aber auch jemand, der an der ironischen Vervielfältigung von Vorurteilen und Klischees keine Freude hat, dafür aber weiß, was Oskoruša bedeutet, was Oskoruša *ist*. Oskoruša ist eine Obstsorte. Eine weithin geschätzte Obstsorte, um genau zu sein, eine respektierte Mehlbeere mit hoher *agricultural credibility*. Beteuern die, auf deren Respekt es ankommt: Landwirte. Oskoruša ist der serbokroatische Name für *Sorbus Domestica*, den Speierling.

Der Speierling ist ein widerständiges Obst. Die Frucht wird bei voller Reife sonnenseits leuchtend rot, der Rest ist gelb. Die Sonnenseite schmeckt süß, die der Sonne abgewandte bitter. Von Parasiten gemieden, bedarf sie keines besonderen Schutzes und muss nicht besprüht werden. Stamm und Blätterwerk sind hingegen stark verbissgefährdet.

Es gibt in den bosnischen Bergen, im äußersten Osten des immerfort tragischen Landes, ein Dorf, das es bald nicht mehr geben wird. Oskoruša. In den Achtzigern lebten hundert Menschen hier. Einer spielte Gusle. Einer veranstaltete Domino-Abende. Und einen gab es, der Drachen aus Wachs schnitzte. Man hat die Winter in Fellen überstanden und im warmen Streit beim Domino-Spiel. Im Sommer hat man sich ordentlich eingeschmiert. Einmal verlief sich ein Rucksacktourist aus Island hierher, er lächelte viel und belegte bei einem der Domino-Turniere den ehrbaren vierten Platz.

Die Abgeschiedenheit war während der Kriege vermutlich lebensrettend. Oskoruša blieb unversehrt, bis auf die Männer, die sich freiwillig diesen oder jenen angeschlossen hatten und verlorengingen. Wer geblieben war, starb aus anderen Gründen.

Auf dem Friedhof von Oskoruša teilte ich meinen Namen und Brot mit den Toten. Wir aßen Räucherfleisch auf meinen Ahnen, da ergriff Gavrilo das Wort.

»Hier«, sagte er und goss etwas Schnaps in die Erde, »liegt dein Urgroßvater. Die Urgroßmutter hat nur heimlich getrunken.« Auch auf ihre Seite stellte er einen Becher und sah dann weg, damit sie weiterhin heimlich trinken konnte. Wir stießen an.

Am Grab ihrer Schwiegereltern war meiner Großmutter keine Anstrengung zu viel. Sie kratzte Vogelscheiße von der schwarzen Platte, jätete das Unkraut, beschnitt die Büsche. Sie schleppte zwei Steinbrocken heran, der Zweck erschloss sich mir nicht, ich fasste mit an, sie wollte sie dort und dort haben.

Heute gehört das Gewese um dieses Grab zu einer ihrer verlässlich wiederkehrenden Erinnerungen. Großmutter hat die Grabstätte selbst errichten lassen. »Niemand wollte sich kümmern«, wiederholt sie, »auch die nicht, die es gar nicht geben würde, wenn es die, die dort ruhen, nicht gegeben hätte.«

Die Friedhofshitze schmeckte salzig und klang nach Zikaden. Gavrilo suchte meinen Blick. Ich nickte ihm zu und fand es sofort unpassend, genickt zu haben auf einem Friedhof.

»Siehst du das?« Er zeigte in die Landschaft. »Da stand das Haus«, sagte er.

»Von meinen Urgroßeltern?«

»Ja.«

»Da?«

»Nein, da.«

»Da, wo man den Zaun sieht?«

»Nein, da, wo man nichts sieht.«

Ich lachte. Gavrilo fand es nicht komisch, und das war der Augenblick, da Gavrilo mich fragte, woher ich käme.

Also doch, Herkunft, wie immer, dachte ich und legte los: Komplexe Frage! Zuerst müsse geklärt werden, worauf das Woher ziele. Auf die geografische Lage des Hügels, auf dem der Kreißsaal sich befand? Auf die Landesgrenzen des Staates zum Zeitpunkt der letzten Wehe? Provenienz der Eltern? Gene, Ahnen, Dialekt? Wie man es dreht, Herkunft bleibt doch ein Konstrukt! Eine Art Kostüm, das man ewig tragen soll, nachdem es einem übergestülpt worden ist. Als solches ein Fluch! Oder, mit etwas Glück, ein Vermögen, das keinem Talent sich verdankt, aber Vorteile und Privilegien schafft.

So redete ich und redete, und Gavrilo ließ mich ausreden. Er brach das Brot und reichte mir die Kante. Dann sagte er: »Von hier. Du kommst von hier.«

Ich biss in das Brot. Wartete, dass er erklärte. Von hier? Was von hier? Wegen der Urgroßeltern?

Gavrilo putzte eine Gurke an seinem Ärmel, um sie zu essen, und während er die Gurke aß, sprach er über die Gurke und über den Vormarsch von genetisch manipuliertem Gemüse. Als ich fast den Faden verloren hatte, griff er meinen Arm, als wolle er meine Muskeln prüfen, und rief: »Von hier. Du kommst von hier. Wirst es sehen. Kommst du mit?«

»Hab ich eine Wahl?« Wenigstens witzig wollte ich sein.

»Nein«, sagte Gavrilo. Und Großmutter, flüsternd: »Sei nicht undankbar.«

Ich sah zur Schlange hoch und war mir fast sicher: Gleich sagt die auch noch was. Immerhin war sie eine Einheimische, verstand die Sprache dieser Berge, verstand vielleicht besser als ich, was vor sich ging, vielleicht sogar, wofür ich dankbar sein sollte.

Wir packten zusammen. Stevo und Marija trugen die Tüten weg, ich folgte Großmutter und Gavrilo. Die beiden führten mich zu einem Brunnen, dem Prototyp eines Brunnens – mit steinernem Mantel, Schrägdach aus Holz, Kurbel, Eimer, Seil, und Gavrilo sagte: »Die Quelle hat dein Urgroßvater entdeckt und den Brunnen dein Urgroßvater ausgehoben, und das Letzte, was dein Urgroßvater wollte, bevor er starb, war, dass ihm seine Frau, deine Urgroßmutter, noch einen Schluck von diesem Wasser holt. Worauf die sagte: Geh doch selber.«

Ich sollte trinken, hatte aber keinen Durst und Angst vor Keimen. Ich wollte aber auch niemanden enttäuschen, nicht Urgroßvater, nicht Gavrilo und Großmutter, also trank ich, und dann war es das beste Wasser, das ich jemals getrunken hatte, und während ich gleich noch meine Trinkflasche damit füllte, sagte Großmutter: »Dein Opa ist in Oskoruša geboren. Aus dieser Quelle hat er getrunken, in diesen Wäldern hat er Pilze gesucht und den ersten Bären erlegt, da war er keine acht Jahre alt.«

»Woher kommst du, Junge?«, fragte Gavrilo wieder, und ich dachte: Zugehörigkeitskitsch! Und dass ich doch nicht schwach würde wegen ein bisschen Wasser.

Großmutter übernahm dann aber sowieso wieder: »Dein Urgroßvater ist in Oskoruša geboren«, sagte sie. »Das alles war sein Land. Und dort oben, schau hin, dort hatte er sein Haus gebaut.«

»Komm schon«, sagte Gavrilo, und die beiden setzten sich wieder in Bewegung. »Einen besseren Blick ins Tal hinunter und zum Vijarac hinauf gibt es bei uns nicht.«

Und dann waren da bloß ein paar grob behauene Steine, Überreste einer Hauswand oder was. Gräulich, in Spinnweben gesponnen. Ich versuchte davon einen Grundriss abzuleiten, stieg durch Brennnesseln zu den Möbelresten im ruinösen Gemäuer. Einem Regal, eingebrochen in seiner nichts mehr tragenden Existenz. Auf dem skelettierten Eisenbett harrte eine Eidechse furchtlos aus. Und durch eine Öffnung in der Mauer, die einmal Fenster gewesen ist, greifen Zweige nach den Träumen meines Großvaters als Kind. Aber was, bitte, soll das alles für mich sein?

Ich habe Wasser aus dem Brunnen meines Urgroßvaters getrunken und schreibe darüber auf Deutsch. Das Wasser hat nach der Last dieser Berge geschmeckt, die ich nie tragen musste, und nach der beschwerlichen Leichtigkeit der Behauptung, dass einem etwas gehört. Nein. Das Wasser war kalt und hat wie Wasser geschmeckt. Ich entscheide, ich.

»Woher kommst du, Junge?«

Jetzt also auch von hier? Oskoruša.

LOST IN THE STRANGE, DIMLY LIT CAVE OF TIME

Ich lebe in Hamburg. Ich habe einen deutschen Pass. Mein Geburtsort liegt hinter fremden Bergen. An der vertrauten Elbe gehe ich zweimal die Woche laufen, eine App zählt die zurückgelegten Kilometer. Ich kann mir kaum vorstellen, wie das ist, sich zu verlaufen.

Ich bin Anhänger des Hamburger Sportvereins. Ich besitze ein Rennrad, das ich so gut wie nie fahre, weil ich Angst habe, dass es mir geklaut wird. Ich bin neulich im Botanischen Garten spazieren gegangen, umgeben von blühendem Zeug. Ich habe einen Mitarbeiter gefragt, ob der Speierling hier heimisch sei. Er hat gesagt, er kenne sich mit Kakteen aus.

Man will gelegentlich von mir wissen, ob ich in Deutschland zu Hause sei. Ich sage abwechselnd ja und nein. Die Leute meinen es selten ausgrenzend. Sie sichern sich ab. Sie sagen: »Verstehen Sie mich bitte nicht falsch, meine Cousine hat einen Tschechen geheiratet.«

Liebe Ausländerbehörde, ich bin am 7. März geboren in Jugoslawien in einer Regennacht. Ich lebe seit dem 24. August 1992, einem Regentag, in Deutschland. Ich bin ein höflicher Mensch. Ich möchte nicht, dass sich jemand unwohl fühlt, nur weil ich kein Tscheche bin. Ich sage: Ich komme aus … undsoweiter. Dann sage ich: »Ist das Axl Rose von Guns N' Roses dahinten?« Wenn sich der Gesprächspartner umsieht, verwandle ich mich in einen deutschen Schmetterling und fächle davon.

In einem Garten in der Nähe unserer Mietwohnung spielt mein dreijähriger Sohn. Die Nachbarn sagen, der Besitzer sehe ungern Kinder in seinem Garten. Ein Kirschbaum wächst dort. Die Kirschen sind reif. Wir pflücken sie gemeinsam. Mein Sohn ist in Hamburg geboren. Er weiß, dass Kirschen einen Kern haben und *Kern* auch *Košpica* heißt und *Kirsche* auch *Trešnja*.

Man hat mir in Oskoruša Kirschbäume gezeigt. Einer hat mir sein Bärenfell vorgeführt, einer die Räucherbaracke. Eine hat mit ihrem Enkelsohn in Österreich telefoniert und mir dann ein Handy verkaufen wollen. Gavrilo hat mir seine Narbe gezeigt, die aussah wie von einem Riesenmaul gerissen. Manches wollte ich sehen und hören, manches ging so.

Als ich Gavrilo nach dem Ursprung der Riesennarbe fragte, hat er mir Brombeeren gereicht und mir ein Ferkel schenken wollen, und weit oben, im Gebirge, zischte und fauchte eine Geschichte, die begann mit:

Weit oben, im Gebirge ...

Diese Geschichte beginnt mit einem Bauern namens Gavrilo, nein, mit einer Regennacht in Višegrad, nein, mit meiner dementen Großmutter, nein. Diese Geschichte beginnt mit dem Befeuern der Welt durch das Addieren von Geschichten.

Nur noch eine! Nur noch eine!

Ich werde einige Male ansetzen und einige Enden finden, ich kenne mich doch. Ohne Abschweifung wären meine Geschichten überhaupt nicht meine. Die Abschweifung ist Modus meines Schreibens. *My own adventure.*

Du befindest dich in der merkwürdigen, düsteren Höhle der Zeit. Ein Gang biegt nach unten ab, der andere führt aufwärts. Dir will scheinen, als könnte dich der absteigende Gang in die Vergangenheit bringen und der aufsteigende in die Zukunft. Für welchen Weg entscheidest du dich?

Ich kann mich schlecht konzentrieren. Ich lese in der Bibliothek des Universitätsklinikums Eppendorf über Demenz und Schlangengifte. Mir gegenüber sitzt eine Medizinstudentin mit Karteikarten, auf denen Organe abgebildet sind. Sie verbringt viel Zeit mit der Leber.

Gavrilo reichte mir noch einen Schnaps.

Ich biete der Medizinstudentin ein *Hanuta* an, sie will kein *Hanuta*. Es reicht ein winziger Impuls, die Idee einer Idee, um das, was gerade in der Hauptsache entsteht, zu verlassen; hier eine Erinnerung, dort eine Legende, drüben ein einziges erinnertes Wort.

Poskok.

Das Nebensächliche bekommt Gewicht, bald scheint es unverzichtbar, die Schlange sieht von ihrem Baum auf mich herab und aus meiner Kindheit in mich hinein: das erinnerte Wort, die semantische Angst, ich wähle den Gang nach unten, schon bin ich dreißig Jahre jünger, ein Junge in Višegrad. Es ist ein Sommer vor dem Krieg in den unruhig träumenden Achtzigern, Vater und Mutter tanzen.

EIN FEST!

Ein Fest für Vater und Mutter im Garten unter dem Kirschbaum. Auf der Veranda spielt Musik, Mutter dreht sich unter Vaters Arm. Das Radio spielt für sie. Ich bin anwesend, aber das Fest ist nicht für mich und nichts für mich. Ich höre die Musik und verstehe nicht, was meine Eltern verstehen. Ich fege die Veranda.

Ich fege die Veranda mit einem Kinderbesen. Der Besen fegt nicht gut. Dem Besen fehlt das Entscheidende, es fehlt ihm das, was einen Besen zum Besen macht. Die Plastikborsten stehen zu weit auseinander. Alles, was kleiner ist als eine Kirsche, rutscht durch. Ich schabe über die Veranda im Rhythmus der Musik, die nicht mich meint.

Der Hund bellt meine Eltern an, springt um ihre Beine. Das ist nicht unser Hund. Wir haben bloß eilig sterbende Hamster und melancholische Vögel als Haustiere. Der Hund ist tags zuvor schon hier gewesen. Die Eltern nehmen ihn nicht wahr oder nicht ernst. Er gibt auf, widmet sich etwas, das im Gras davonhüpft.

Meine Eltern bewegen sich in einer Weise, dass ich in ihrer Nähe nicht bleiben mag. Ich lasse den Besen fallen, ein vorsätzlicher Knall – die Eltern tanzen weiter.

Ich folge dem Hund. Der Hund strolcht zu der Wiese, wo die Zigeuner ihre Buden und Autoscooter und das Karussell aufgebaut haben. Der Hund schnuppert an den Büschen, er langweilt mich.

Meine Eltern waren seltener zärtlich miteinander als zu

mir. Sie verstellten ihre Stimmen, wenn wir zu dritt waren, machten die Konsonanten weich. Sprachen oft in einer Kosesprache, in der sich Zuneigung und sonst nichts ernst nehmen ließ.

Bevor die Eltern tanzten, hatte Vater mir die Funktionsweise der Kanalisation erklären wollen. Er ließ eine rote Holzkugel in den Abwasserkanal fallen, und wir rannten zum Fluss, dorthin, wo die Kugel seiner Meinung nach wieder herauskommen musste, aus einer Öffnung im Deich. Wir liefen schnell, Vater und ich. Das war super, mit Vater schnell irgendwo hinlaufen, um ein Ereignis nicht zu verpassen.

Auf dem Deich angelte einer. Haken und Posen am Hut. Vater verlangsamte, blieb stehen, begann, noch atemlos, eine Unterhaltung mit dem Angler, und ich weiß noch, dass ich dachte: Das kann doch nicht sein! Es konnte nicht sein, dass er so übergangslos vernachlässigte, warum wir hergekommen waren. Sein eigener Atem musste ihn doch daran erinnern!

Ich sagte etwas. Ich zeigte auf die Welt. Ich sagte: »Vater … die Kugel!« Vater hob den Arm.

Ich ging in die Hocke. Die beiden wurden bald laut. Kosta hieß der Mann. Kosta und Vater stritten und lachten. Vielleicht wollte Vater mir das beibringen: dass freundlich gescherzt werden kann und bitter geschimpft an einem Samstag am Fluss. Das wusste ich aber schon. Neu wäre gewesen, wenn Vaters Streitlust groß genug geworden wäre, den anderen in den Fluss zu schubsen.

Vater, schubs!, dachte ich. Hätte selbst nicht wenig Lust gehabt. Das blöde Glöckchen an der Angel schellte, der Mann schlug an und fing was.

Die rote Kugel würden wir nicht finden. Ich hätte gern eine zweite versenkt. Vater strich mir übers Haar.

Wieder zu Hause machte er im Garten Liegestütze (33), schlief ein, wachte auf, zog sein Hemd aus, mähte den Rasen, schickte mich Zeitung holen, las. Vater las und schwitzte, seine Nackenhaare klebten.

Er rief mich, um mir etwas vorzulesen. Er war schon wieder wütend. Er wollte die Wut vielleicht teilen, wie mit dem Angler. Irgendwelche Leute von irgendeiner Akademie in Serbien hatten irgendwas geschrieben. Ich verstand nicht alles. Ich verstand zum Beispiel *Memorandum* nicht. Ich verstand *große Krise*, aber nicht, was die Krise war. Ich kannte das Wort *Genozid* aus der Schule, hier ging es aber nicht um Jasenovac, sondern um Kosovo. *Protest* und *Kundgebungen* verstand ich so halb, und auch unter *Versammlungsverbot* konnte ich mir etwas vorstellen. Bloß warum das Verkünden und Versammeln verboten wurde, und ob Vater das gut oder schlecht fand, verstand ich nicht. Ich verstand *Tumulte*.

Ich hatte Fragen. Vater aber war ein ruhiger Mann, der die Zeitung zerknüllte und »Nicht zu glauben!« schrie, und ich stellte keine.

Er kletterte auf den Kirschbaum und wieder runter. Er grub ein Loch und schüttete es wieder zu. Er schaltete das Radio an und fand die Musik.

Der Fliegenvorhang in der Tür rasselte, Mutter schlüpfte aus dem Haus wie von der Musik erschaffen. Meine Eltern umarmten einander. Als hielten sie eine Verabredung ein, so selbstverständlich fiel Mutter in Vaters Arm. Vater tanzte und war nicht mehr wütend, das geht ja nicht zusammen, alles sonst geht mit Wut, das aber nicht, nicht die Umarmung.

Am Rummelplatz: Ich rufe nach dem Hund. Ich streichele den Hund. Ich frage den Hund: Wessen bist du? Seine schnelle Zunge ist orange. Der Hund findet im Gebüsch einen Stück Stoff, blau, weiß, rot, wie die Fahne. Nicht zu glauben, flüstere ich. Der Hund riecht nach frisch gemähtem Gras. Ich langweile den Hund.

Ein Junge pfeift durch die Zähne. Der Hund löst sich von

mir und hastet zum Appell. Der Junge ist so alt wie ich, und ich weiß gleich, er kann vieles, was ich nicht kann. Er winkt mich heran. Er führt sich mir vor. Er läuft auf den Händen. Ich drehe ab, ich habe genug gesehen. Alles, was er noch zu zeigen hätte, kann ich mir auch vorstellen, tröste ich mich in meiner Feigheit.

Ich schlendere nach Hause. Vater und Mutter nicht mehr im Garten. Im Radio sprechen zwei Männer ernst miteinander, dann lachen beide wie Vater und der Mann am Fluss. Als könnten alle gerade alles auf einmal sein, ernst und komisch, wütend und tanzend.

Was treiben die Hühner? Die Hühner treiben sich im Sommer herum. Ich spähe zwischen den Brettern in den Stall. Sonnenstrahlen schneiden durch die Luft. Ich trete ein, will nach den Eiern sehen. Auf dem Podest sitzt die Schlange.

Was lässt sich sagen zu einer Schlange?

»Versammlungsverbot«, flüstere ich. Die Schlange hebt den Kopf. Es riecht, wie es im Hühnerstall immer riecht. Das Radio redet über das Wetter. Ein Hoch, fünfunddreißig Grad. Die Schlange seilt sich ab vom Podest.

»Protest«, rufe ich. Oder: »Poskok!«

Vater zerrt mich raus. Ich wehre mich, als meinte er es nicht gut. Vaters blaue, ausgewaschene Jeans. Mutter dreht mich zu sich, Hände an den Schultern, will meinen Blick fangen, so tanzt sie jetzt mit mir. Was ich aber wirklich sehen will, ist das: der Vater gegen die Schlange.

Brauchst dich nicht fürchten, sagt Mutter.

Ich fürchte mich vor keiner Schlange!

Vater holt den Stein aus dem Gemüsebeet. Vater, an der Schwelle zum Stall, hebt den Stein über den Kopf. Er tritt hinein, will näher an die Schlange heran, und die Schlange will auch etwas, wahrscheinlich raus. Sie hatte es gut, bevor wir kamen.

Sie fließt zur Tür, zu Vater, sie springt doch gleich? Vater tritt einen Schritt zurück, und im Radio spielt wieder Tanzmusik.

Vater zeigt mir die tote Schlange.

Ich frage, ob ich sie halten darf.

Ich halte die Schlange, und ich denke: Das ist keine Schlange mehr. Vater ist Vater, staubbedeckt. Ich hätte so gern die rote Holzkugel gefunden.

Die Schlange ist schwerer und wärmer, als ich es mir ausgemalt hatte. Sie so zu halten ist wie nicht wissen, was man sagen soll.

»Hattest du Angst?« fragt Vater.

Warum reden alle immer von der Angst?

»Du?«, frage ich zurück.

»Geht so«, sagt Vater. Wischt sich mit dem Handrücken über die Stirn und dann über den Mund. Staub und Schweiß. Dass ich denken muss: Eklig.

Vater sagt: »Poskok. Springt dir an den Hals und spritzt dir Gift ins Auge.« Er kneift mir in die Wange. Nimmt Mutters Hand.

Es war der letzte Tanz meiner Eltern vor dem Krieg. Oder der letzte, dem ich beigewohnt habe. Auch in Deutschland habe ich sie nicht tanzen sehen.

Vater duschte sich mit dem Gartenschlauch ab. Ich hob ein Grab für die Schlange aus. Sie ist immer noch da: *poskok*. Nicht zu glauben.

DAS KNARREN DER BÖDEN IN DÖRFLICHEN WOHNSTUBEN

Das Räucherfleisch und der Spaziergang zur Ruine des Hauses meiner Urgroßeltern hatten Gavrilo und Großmutter durstig und gesprächig gemacht. Auf dem Rückweg tranken sie Wasser aus dem alten Brunnen und begannen ihre Sätze mit *Weißt du noch?* Die Schlange in der Krone des Speierlings sonnte sich.

»Weißt du noch, wie du das erste Mal bei uns warst? Das Kleid, das Haar, alles braun, was für rote Wangen aber!«

Großmutter nickte, natürlich wusste sie, und ihr Nicken galt nicht der Erinnerung, sondern war Kenntnisnahme: Sie war mit der Vergangenheit hier nicht allein. In den Fünfzigern musste das gewesen sein, Gavrilo war da noch ein Jugendlicher.

»Ich war mit Pero hergekommen. Schwiegervater kehrte an dem Tag spät von den Feldern zurück.«

»Bogosav war da noch gar nicht dein Schwiegervater.«

»Aber ich wusste, was ich wollte! Ich wusste, wie es mit Pero und mir werden wird.« Großmutter lachte. »Pero war in der Schlafstube und hat gelesen. Ich hab der Schwiegermutter mit dem Abendbrot geholfen. Der Schwiegervater rief nach ihr, aber ich bin an ihrer Stelle raus. Ich hab mich vorgestellt, da sagt er, er weiß schon, wer ich bin. Gut. Ich will ihm die Stiefel ausziehen, wie es die Sitte ist. Aber nein. ›Solange ich es alleine kann‹, sagt er, ›muss das niemand für mich machen.‹ Ich hab darauf bestanden. Also ließ er mich. Hatte dicke Wollsocken an.

Ich wollte dann in die Küche zurück, da meint er: ›Bleib noch. Erzähl. Wessen bist du?‹

›Hat Pero nichts gesagt?‹ Da kam der wie gerufen, umarmt und küsst den Vater, nimmt meine Hand. Der Schwiegervater will sich aber weiter mit mir allein besprechen.

›Von dir will ich's wissen‹, sagt er. Und dass Pero nur das erzählt, was er selber gerne hört. ›Was hast du von den Deinen gelernt?‹

Ich hab gewusst, er meint ja doch vor allem Pero mit der Frage. Pero hat da schon in Višegrad gelebt, war auf der höheren Schule gewesen, las Bücher. Mit dem Hof und dem Land hat er nichts zu tun haben wollen. Als ältester Sohn!

Also hab ich dem Schwiegervater gesagt, wer meine Eltern waren. Bauern wie er. Weizen und Mais. Viele Schafe, vier Kühe, zwei Pferde. Hab gesagt, es gibt wenig, was Mutter mit Händen und Wolle konnte, das ich nicht kann. Und dass ich lesen und schreiben gelernt hab. ›Und meine Mutter hat mir auch eine gute Polenta beigebracht!‹ Da bin ich in die Küche und hab die Polenta zubereitet. Ich glaube, das fand er gut, dass ich ihn ein bisschen hab stehen lassen.

Es war nicht ein Mal schlecht mit ihm.

Ganz sicher hat er nicht gewusst, dass man sich bei einer Polenta sehr dumm anstellen muss, damit die nicht gelingt.«

Gavrilo lächelte längst. Wohl, weil er wusste, dass die Polenta zum Schluss noch einmal erwähnt werden würde. Er kannte die Geschichte, was hätte sich an ihr auch ändern sollen? Bis heute, das Gedächtnis meiner Großmutter mag noch so trügerisch sein – die Polentapointe ist noch da.

Wenn Gavrilo das alles bereits kannte, wem erzählte sie es dann? Mir? Dem Schwiegervater selbst? Lobet die Toten, lügt sie aber nicht an?

Jetzt waren die Lebenden dran. Großmutter fragte Gavrilo

nach seiner Tochter (studiert), nach seiner Mutter (schimpft), nach seinem Bruder. Beim Bruder wurde Gavrilo ernst und deutete ins Gebirge: »Sretoje ist die Drachen füttern …«

Großmutter nickte. »Hast du was von Radenko gehört?«

»Er wird im Tal bleiben müssen.« Was auch immer das hieß, die Antwort ließ beide zu Boden sehen.

Im Hof vor Gavrilos Haus warteten Marija, Stevo und Kaffee. Auf der Terrasse lief die Waschmaschine, und auf der Waschmaschine döste eine Katze. In einem Unterstand und mit Kartons bedeckt, stand ein alter gelber Lada.

»Fährt der noch?«

»Muss er nicht mehr.« Gavrilo kniff mir in den Nacken. »Was stehst du rum, bist du schon müde? Hier, der Kaffee.«

Der Kaffee schmeckte wunderbar verbrannt und die Inventur ging weiter. Dieser käme nur noch im Sommer nach Oskoruša. Jene nicht mal mehr dann. Einer namens Radoje habe sein ganzes Vieh verkauft, nachdem er sich ausgerechnet hatte, das Geld werde reichen, bis er stirbt. Jetzt lebt er aber schon viel länger als angenommen und kommt kaum über die Runden. Außerdem fehlt ihm sein Vieh.

Einer namens Ratko hatte sich das Bein in den Feuerfelsen auf dem Vijarac gebrochen. Der Bruch wollte nicht heilen. Erst nachdem sich eine Kräuterfrau seiner angenommen hatte, wurde es besser. Ratko wollte nicht verraten, was sie im Gegenzug von ihm verlangt hat, jetzt ist es jedenfalls so, dass er jedes Mal, wenn er den Buchstaben E oder I ausspricht, das Gesicht schmerzerfüllt verziehen muss. Er ist ein erfinderischer Mann geworden und klingt wie ein feiner Herr, weil er nicht mehr Pferd, sondern Ross sagt und statt Essen – Mahl. Er geht auch nicht mehr ins Scheißhaus kacken, sondern hat Stuhlgang auf dem Abort.

Überhaupt Körper. Wer ist wie sehr kaputt oder krank? Knochen, Geschwüre, Haut und Blut. Genauso die Erde. Wie

geht es dem Boden, wie war die Ernte, was macht der Regen?
»Brombeeren«, schreit Gavrilo. »Alle pflanzen Brombeeren! Nur weil sich einer aus dem Tal mal vor Jahren mit Brombeeren eine goldene Nase verdient hat!«

Auch die Dragulovićs hätten damit angefangen. Die Jüngsten hier, ihre kleine Tochter das einzige Kind im Dorf. In der Stadt kriegten sie keine Arbeit, versuchten es jetzt in Oskoruša mit Brombeeren.

Nachdem Großmutter und Gavrilo die Vergangenheit und die Gegenwart erledigt hatten, war es Zeit für den Kuchen. Marija kredenzte uns eine Brombeertarte. Wir bedienten uns, kauten, lobten.

Gavrilo lehnte sich zurück in der Sonne. Großmutter musterte ihn. Du lebst noch, sagte ihr Blick. Du bist noch hier, bist noch gesund. Die alte Frau und der alte Mann waren verbunden durch frühere Begegnungen in diesen Bergen und durch Blicke, die sie immer dann einander schenkten, wenn der andere nicht hinguckte: verschämte Sympathie.

Heute erinnert sich Großmutter mal an Gavrilo, mal sagt der Name ihr nichts. Über ihr Jetzt hat sich ein Schleier aus Damals gelegt. Fiktionen sind hineingewoben. Mit denen kann ich etwas anfangen. Meine Großmutter ist eine kleine Frau, die niemals sterben wird.

»Ihr habt mich hier nie schlecht empfangen«, sagte sie zu Gavrilo.

»Du warst immer ehrlich, es war nicht schwer.«

»Ich war nicht immer ehrlich. Ich wollte meinen Pero. Hab euch hier und da ein bisschen was vorgemacht.«

Gavrilo kam mir jetzt – wie er sich über Großmutter wunderte – viel jünger vor als sie. Bisher war es gewesen, als hätten die beiden ihren Dialog geübt. Jetzt improvisierte Großmutter auf einmal, durchbrach den Ritus des gemeinschaftlichen und gleichen Erinnerns.

»Was hast du uns vorgemacht, Kristina?« Er beugte sich vor.

»Das fragt man eine Dame nicht.« Großmutter tat empört. Großmutter war keine Dame.

Gavrilo nickte, schien zufrieden mit der Antwort, die keine war.

»Ihr habt es mir nicht schwer gemacht. Das Dorf nicht, nicht die Schwiegereltern«, sagte Großmutter. Das gefiel mir: Es jemandem nicht schwer zu machen, genau darum sollte es doch überhaupt und immer gehen. »Und wäre ich zehn Jahre jünger, müsste mir der da« – ich – »ein Häuschen bauen hier.«

»Es ist nicht zu spät«, sagte Gavrilo.

»Für ihn nicht, ja.«

»Für mich wäre es zu weit«, sagte ich.

»Zu weit von wo?«, fragte Gavrilo.

»Von Deutschland.«

»Deutschland war auch mal weit, oder?«

Ich wollte nicht sagen, dass ich mir nicht vorstellen könnte, dort zu leben. Wahrscheinlich hätte Gavrilo die Wahrheit lieber gehört. Oder aber ich projizierte bloß wieder, stellte mir selbst eine Frage, die mir gar nicht gestellt worden war.

Der Schnaps erlöste mich. Ich trank, um mich nicht weiter erklären zu müssen. Und als Marija abzuräumen begann, trug ich ihr gern das Geschirr hinterher ins Haus – die anderen blieben draußen sitzen.

Das Knarren der Böden in dörflichen Wohnstuben.

Vertäfelte Wände.

Als einziger Schmuck: Ein Reiter zielt mit seinem Speer auf einen Drachen. Zwei Holzfiguren in Heiligenscheingold, Reptiliengrün und Blutrot. Der Reiter mit Locken und Umhang, das Ross mit feurigem Blick, sodass ich erst meinte, es wären Kerzen in den Augenhöhlen.

Der Drache will dem Speer ausweichen, windet sich, der Leib in Abwehr gekrümmt. Blut benetzt den Pferdeschweif.

Die Bilder flirrten. Das Licht so voll von Adjektiven, dass ich blinzeln musste. Der Speerträger und der Drache zuckten, als kämpften sie wirklich. Ich war betrunken. Ich wandte mich ab.

Der wuchtige Tisch, darauf ein Wachstuch. Marija brachte Platten mit Fleisch, Käse und Brot aus der Küche. Wir hatten doch gerade Kuchen gegessen! Gedecke für sechs. Ich fragte, ob noch jemand erwartet werde.

»Man weiß nie, wie viele kommen«, sagte sie.

Im Regal ein kleiner Fernseher. Eine Fliege ließ sich auf dem Bildschirm nieder. Auf dem Gehäuse Häkelhandwerk und auf dem Häkelhandwerk zwei gerahmte Fotos von den Kriegsverbrechern Radovan Karadžić und, in Uniform, Ratko Mladić.

Ich musste mich setzen.

»Mehr?«, fragte Marija. Sie meinte doch wohl nicht allen Ernstes mehr Essen? Das graue Fleisch war vor mir aufgetürmt, ich hätte keinen Bissen runterbekommen. Oder meinte sie mehr Bilder vom todgeweihten Leben auf dem Land und zugleich von übervollen Serviertellern? Mehr Herkunftskitsch, den ich reproduzieren könnte?

Vielleicht meinte sie die Dalmatiner aus Porzellan neben den Verbrechern im Regal: Mehr Erschütterung gefällig?

Vielleicht meinte sie Gavrilo, ihren Mann. Ob ich mir mehr zeigen lassen wolle von ihm?

Oder meinte sie sich selbst? Mehr Biografie: Eine Frau, die zur Schule gegangen war in einem Land namens Jugoslawien, acht Klassen, Pioniergruß, eine Exkursion mit dem Zug ins Ethnologische Museum nach Sarajevo, die weiteste Reise ihres Lebens.

Meinte sie den Reiter und den Drachen? Und dass ich –

wenn ich wollte – in allem mehr sehen durfte als das, was vordergründig zu sehen war. Das wollte ich ja! Mitsamt den Adjektiven. Im fahlen Licht, in der stickigen Bude, gegenüber dem groben Gipfel des Vijarac.

Der Drache war getroffen, Blut rann aus seinem Hals. Ich schwöre, derart viel Blut war gerade noch nicht dagewesen. Die Augen des heiligen Reiters waren vom Braun aller hier. Von meinem Braun.

Er ist die Bestie, dachte ich, er.

An meinem Ohr, Marija: »Der Drachentöter.« Ihr Atem roch nach Lammbraten. Sie spuckte drei Mal auf den Boden des eigenen Heims, nahm meine Hand und sagte: »Ich habe größere Hände als mein Mann.«

Ihre Hände, dieses Haus, Oskoruša. Der bitter-süße Tag mit den Lebenden und den Toten, einer leibhaftigen Schlange oder einem symbolischen Tier. Das Picknick am Grab meiner Urgroßeltern. Das alles ist eine Art Urszenerie geworden für mein Selbstporträt mit Ahnen. Es ist auch ein Porträt meiner Überforderung mit dem Selbstporträt.

Die anderen kamen herein, wuschen sich die Hände, setzten sich. Jeder müde auf eigene Weise. Gavrilo fragte, ob ich gerne reise. Endlich, dachte ich, etwas, worin ich glänzen kann. Ich reihte Land an Land, erzählte von Goethe-Instituten, von Universitäten und Verlagen, erzählte den unbeschwerten Auslandsstipendiaten. Ich war in den USA gewesen, in Mexiko, Kolumbien, Indien und Australien. Mit jedem von Oskoruša weiter entfernten Ort kam mir die Aufzählung absurder vor. Ich hörte mich sagen, ich hätte in Guadalajara den besten Tequila meines Lebens getrunken. Ich nahm an, Gavrilo begriffe es als Errungenschaft, guten Schnaps zu trinken. Ich wollte ihm gefallen. Gavrilo zeigte keine Regung. Die Kriegsverbrecher in der Vitrine auch nicht.

Gavrilo setzte an, von *seiner* Reise zu erzählen. Eines Tages seien Linguisten im Dorf aufgetaucht. Sie hielten ihm ein Mikrofon vor die Nase und sagten: Sprechen Sie bitte hier hinein, wir wollen hören, wie das klingt.

Er wollte sie fortjagen, weil man dem Menschen nicht aufs Maul gucken soll, sondern darauf, was er mit dem Maul sagt. Dann hat er sich aber gebremst und die Linguisten gefragt, was sie selbst zu sagen hätten.

Ja, und die erzählten von dem Dialekt. Dass der besonders ist und einige Ausdrücke enthält, die sonst nur in Montenegro vorkommen, an einem Ort, hunderte Kilometer entfernt.

Das wiederum hat Gavrilo gefallen. Dass jemand ganz woanders so spricht wie er hier. Er schrieb den Namen des Ortes auf, dann jagte er die Linguisten fort. Noch am selben Tag belud er sein Pferd und machte sich auf den Weg. Tagelang nur das Pferd und er, also ein Pferd und ein alter Esel, sagte Gavrilo. Und dass er am Ende gefunden hat, was er zu finden hoffte. Er holte aus der Vitrine eine ledergebundene Kladde, schlug sie auf und sagte: »Die Geschichte, wie alles begann.«

Die Kladde war auf alt gemacht mit künstlich gequältem Papier. Ein Foto war eingeklebt. Es zeigte, nicht sehr scharf, ein Pergament mit Text. Zwei Semester Slavistik genügten, um zu erkennen, dass die Sprache Kirchenslawisch war, nicht aber um das Geschriebene zu verstehen.

»Wie alles begann!«, rief Gavrilo wieder und erzählte: Drei montenegrinische Brüder begehren gegen den osmanischen Statthalter in einer Weise auf, dass sie entweder sein Pferd, seinen Schmuck oder seine Frau rauben – was es genau war, sagte Gavrilo, sei nicht ganz klar und sei auch egal. Sie fliehen aus der Stadt. Ein Kopfgeld wird ausgesetzt, kein kleines. Zwei sind zu Fuß unterwegs, der dritte aber – und spätestens hier wurde das Ganze merkwürdig, wer aber bin ich, Merkwürdigkeiten zu verurteilen? –, der dritte ist als Drache in die Luft gestiegen, um die Landschaft auszukundschaften nach Gefahren und einem geeigneten Ort für den Neuanfang.

»Als Drache?«, fragte ich.

»Pferde fliegen schlecht«, sagte Großmutter.

»Ein Stanišić, noch ein Stanišić und noch einer«, frohlockte Gavrilo. Sein Atem ging schnell, er stellte sich aufrecht hin, um sich Platz zu verschaffen. Die Luft wog schwer vor Ahnungen und Ahnen. »Und sie fanden den geeigneten Ort«, rief er. »Der Ort ist hier! Oskoruša! Hier schlugen sie ihre Wurzeln! Stanišić, Stanišić, Stanišić. Und jetzt – jetzt kommst du!«

Um darüber zu schreiben? Über Vorfahren und Nachkommen. Gräber und Tischdecken und Wiedergänger. Überlebende. Und jetzt ja wohl auch über Drachen.

Ich fragte Gavrilo, was mit dem Drachen weiter war, worauf er mir gegen die Stirn klopfte und sagte, ich solle doch nicht alles wörtlich nehmen. Der sei vielleicht einfach nur der Schnellste von den dreien gewesen.

Am Abend brachte Stevo uns zurück nach Višegrad. Zuhause bestand Großmutter darauf, das Bett für mich zu beziehen. Ich bedankte mich, dass sie mich mitgenommen hatte.

Ich konnte nicht einschlafen. Machte Licht und recherchierte im Netz. Die Drachen-Brüder Stanišić wurden nirgendwo erwähnt. Ich war erleichtert.

Großmutter klopfte und trat ein. Sie habe gesehen, dass das Licht noch brannte und wolle mir eine gute Nacht wünschen. Sie deckte mich zu. Blieb an meinem Bett stehen als wäre ich der Junge noch, dessen Hände sie in ihren wärmt, nachdem er aus dem Schnee kam.

Ich wusste nicht, ob sie erwartete, dass ich etwas sagte, und sie wusste vielleicht auch nicht, ob ich erwartete, dass sie etwas sagte, und so sagten wir beide nichts.

In den nächsten Tagen ging ich oft allein durch die Stadt.

Einmal kam ich von einem Spaziergang zurück und fand Großmutter in Gesellschaft eines gekämmten jungen Mannes. Ein gutaussehender Typ. Typ Jeans und weißes T-Shirt. Er saß neben ihr auf dem Sofa.

Großmutter stellte ihn stolz als »mein Andrej« vor. Großmutters Andrej schüttelte meine Hand, ließ sie für meinen Geschmack zwei Sekunden zu lang nicht los, in denen er sagte: »Du bist also der Schreiber.«

Ich sah zu der Vase. Mein Buch lag nicht mehr drauf.

»Und du bist der Bulle«, sagte ich.

In der Vase steckte eine Sonnenblume.

GROSSMUTTER UND DER SOLDAT

Großmutter geht zum Metzger, der Metzger hat aber an der Stelle, wo Großmutter an der Tür rüttelt, seit zehn Jahren kein Geschäft mehr. Großmutter kocht Bohneneintopf, weil ihr Mann gleich von der Arbeit kommt, Bohneneintopf ist sein Lieblingsessen.

Seit sie schlecht auf den Beinen ist, kaufen die Nachbarn für sie ein. Am liebsten schickt sie immer noch Andrej, den gut gekämmten Polizisten von gegenüber. Der sei nicht korrupt wie die anderen Polizisten und hat mal Emir Kusturica angehalten und auf dessen Frage: Weißt du überhaupt, wer ich bin? »Führerschein und Fahrzeugpapiere, bitte«, geantwortet. »Da steht es ja dann.«

Den pensionierten Offizier aus dem vierten Stock bittet sie nie um einen Gefallen, dabei bietet der sich immer wieder an. Großmutter mag bärtige Ex-Militärs nicht. Außerdem bringt ihr der Polizist immer etwas Kleines mit und bleibt nett zum Kaffee.

Manchmal wundert sich meine Großmutter, wohin die Soldaten alle auf einmal verschwunden sind. Sie hat die Kriege zu Hause erlebt. Den Zweiten Weltkrieg in Staniševac, dem Dorf ihrer Kindheit, den Bosnienkrieg in Višegrad.

Ihre einzige große Reise unternahm meine Großmutter Anfang 2000, um Sohn und Schwiegertochter – meine Eltern – in den USA zu besuchen, wohin die ausgewandert waren, nachdem sie in Deutschland nicht hatten bleiben dürfen.

Großmutters Flieger hätte um zwanzig Uhr landen sollen, sie landete mit einem um siebzehn Uhr. »Was soll man so lange warten?«, erklärte sie meinen verdutzten Eltern, als sie unangekündigt und zu früh vor deren Tür stand. Ein blasser Slowake trug ihre Koffer. Sie verständigten sich über die slawische Wurzel der beiden Sprachen. Großmutter wollte, dass der Slowake noch zum Kaffee reinkomme, aber der Slowake behauptete, er habe leider keine Zeit, und verabschiedete sich hastig.

1944 kamen Wehrmachtssoldaten nach Staniševac. 1944 war Großmutter zwölf Jahre alt.

»Erinnerst du dich an ihren Einmarsch, Oma?«

»War eher ein Einschleich. Die kamen geduckt. Von allen Seiten.«

»Hattest du Angst?«

»Alle hatten Angst. Die Deutschen hatten Angst, deswegen schlichen sie so herum. Und wir hatten Angst, weil die so herumschlichen, man kannte die Geschichten. Alle hatten Angst voreinander, und das hat mir Angst gemacht.

Wir sind aus den Häusern raus, Hände überm Kopf, und die Deutschen sind in die Häuser rein, Hände an den Waffen. Weil aber in den Häusern niemand schussbereit oder überhaupt irgendwas schussfähig war, haben sie die Waffen wieder weggetan, erst mal. Und weil ihnen heiß war und sie in den Uniformen schwitzten wie die Schweine, haben wir ihnen Wasser angeboten, aber sie tranken lieber aus ihren Feldflaschen.«

Außer über das Wasser habe man erst wieder vor Anbruch der Nacht miteinander gesprochen. Die Soldaten mussten ja auch irgendwo schlafen, das war leicht zu verstehen, und in dem Moment, da etwas leicht zu verstehen war, wurde die Angst bei allen etwas kleiner. Die Tiere könnten wohl aus dem einen Stall in den anderen umziehen, der Gestank bleibe halt.

In der ersten Nacht schlief niemand gut. In der zweiten auch nicht. Mit jeder Morgenwäsche, die unternommen werden konnte, ohne dass nebenan einer vom Baum hing oder einer im Schlaf erstochen worden war, wurde das Einschlafen leichter und der Stahlhelm auch mal abgenommen.

Zagorka wusste, in welchem Haus die Soldaten vor dem Ofen mit nacktem Oberkörper hockten und einander entlausten. Großmutter begleitete ihre Schwester dahin. Zagorka erkundigte sich, ob einer Pilot sei. Sie hatte vorgehabt, mit einem Piloten mitzugehen, wenn sie weiterzögen. Keiner war Pilot. Zagorka war enttäuscht und auch ein wenig sauer, und die Soldaten waren auch irgendwie enttäuscht, vermutlich wären sie alle gerne Piloten gewesen.

Großmutter erzählte, dass ein Offizier bei ihrer Familie untergekommen war. Er hatte feine Hände und zarte Haut, wie ein Kind. Und eine winzig kleine Brille. Morgens und abends hat er sich gewaschen und vor dem Schlafengehen höflich erkundigt, ob es Milch gab. Er bot etwas zum Tausch an, leider nichts, womit irgendjemand etwas hätte anfangen können. Obwohl, die Kreide hätte Großmutter gern genommen, aber ihr Vater erlaubte es nicht.

Nachdem er die Schale mit der Milch bekommen hatte, schloss der Offizier sich in der Schlafstube ein. Kam heraus, die Schale war leer. Er bedankte sich, wünschte Gute Nacht, ein paar Tage lang auf Deutsch, dann hatte ihm jemand *laku noć* beigebracht und auch *mlijeko, molim* – Milch, bitte. Und irgendwann, irgendwann wollte meine zwölfjährige Großmutter wissen, wie das denn sei, wie das denn aussehe, wenn ein deutscher Soldat Milch trinkt.

Sie versteckte sich im Schrank und linste durch den Türspalt. Der Offizier kam herein, Georg hat er geheißen, er stellte die Milchschale auf den Boden, seine kleine Brille legte er dazu. Dann ging er auf die Knie, Hände gefaltet, und begann zu flüstern. Ganz, ganz leise war das und dauerte nicht sehr lang.

Anschließend bekreuzigte er sich und führte die Schale mit beiden Händen zum Mund, um die Milch zu trinken.

Auch er besucht Großmutter heute gelegentlich. Wie das Mädchen auf der Straße. Der deutsche Offizier meiner Großmutter kniet auf dem alten Bahndamm, Großmutter kann ihn vom Fenster aus sehen. Die Brille und alles.

Er braucht keine Hilfe wie das Mädchen. Für ihn macht sie sich gar nicht erst auf den Weg. Großmutter glaubt, er lässt sich ungern stören.

MIROSLAV STANIŠIĆ ZEIGT SEINEN SCHAFEN, WIE ES LÄUFT

Es gehört sich nicht, in Gegenwart von Toten schlecht von ihnen zu sprechen. Schlimmer wäre es nur, gar nicht über sie zu sprechen. Die Erde ist kein stummer Begleiter, das nicht. Ihr fehlen aber die Wärme der menschlichen Stimme und unsere Neigung zum Abschweifen. Die Erde ist zurückhaltend, die Erde ist sachlich. Die Toten lieben die Übertreibung.

Der frischeste Tote von Oskoruša hieß im Frühling 2009 Miroslav Stanišić. Gavrilo zeigte uns sein Grab.

»Möge die Erde ihm leicht sein«, seufzte Großmutter.

»Miki hat den eigenen Tod vorausgesagt«, sagte Gavrilo. »Möge der dreifach gehörnte Geflügelte ihm die Rechthaberei verzeihen.«

»Inwiefern vorausgesagt?«, fragte ich, dabei hätte mich der dreifach gehörnte Geflügelte eigentlich mehr interessiert.

»›Ihr werdet's schon sehen‹, hat er immer gesagt. ›Dann und dann‹, hat er gesagt. Und so kam es auch. Auf den Tag genau.«

»Warum konnte er das?«, fragte ich.

»Weil er ein pünktlicher Mann war, darum.«

»Rekordmeister im Domino«, sagte Marija.

»Du bist mit ihm verwandt«, sagte Gavrilo, als wollte er dem, was folgen würde, mehr Gewicht verleihen. »In den Monaten vor seinem Tod hat Miki seine Schafe abgerichtet. Wir dachten zuerst, eine Schrulle wegen der Krankheit. Wir sagten:

›Mensch, Miki, was machst du denn?‹

›Ich zeig ihnen, wie es läuft‹, hat Miki geantwortet.

›Wie was läuft, Miki? Möge der Blitz dich zart erschlagen.‹

›Wie es läuft ohne mich.‹ Er kniete vor seinen Schafen und redete auf sie ein. Machte ihnen irgendwas vor. Übungen, meckernd auf den Wiesen.«

»Er hatte den Verstand verloren?«, sagte ich unvorsichtig, worauf mich alle – sogar Stevo – mit einem Blick bedachten, als wäre ich es, der auf den Wiesen robbend meckert.

»Mein Saša, mein Esel«, sagte Großmutter mitleidig.

»Verrückt wäre es nur, hätten die Schafe nichts gelernt«, ergänzte Gavrilo. »Die Schafe machten aber, was er von ihnen verlangte, jedes, was ihm am meisten lag.«

»Eins konnte Türen öffnen«, sagte Marija.

»Eins warnte vor Gefahren«, sagte Gavrilo.

»Drei lernten Wasser aus dem Brunnen zu schöpfen.«

»Einmal traf eins den Cigo, das ist der Hund von meinem Bruder Sretoje, sensibles Viech, und das Schaf zähmte seinen Zorn, indem es ihm die bellende Schnauze ableckte. Hat man nicht gesehen, so was.«

»Hat man nicht«, nickte Marija.

»Die sind heute noch da. Also manches nicht, aus Altersgründen. Die Herde aber! Die Herde gibt es noch. Unser Miki hat der Herde das Überleben beigebracht! Am Morgen des Tages, an dessen Abend sein Herz die letzte Rechnung beglich, hat er die Schafe freigesetzt, und die sind in einer Kolonne, wie Soldaten oder Ameisen oder was weiß ich, am Vijarac hinauf in den Wald.« Gavrilo nahm die Mütze ab. »Und Miki legte sich hin und ging von uns.«

»Möge sein Sarg dicht halten«, sagte Großmutter.

»Möge die Erosion den Friedhof verschonen«, sagte Marija.

»Die Schafe«, rief Gavrilo, »die streifen frei über das

Land. Sie vermehren sich! Die Schafe gedeihen, Saša! Sie gedeihen! Mikis Herde wird uns überleben. So gut sind die organisiert. Dem ganzen Land ginge es unter diesen Schafen besser als unter der Verbrecherbande! Ist kein Scherz. Und alles, weil einer ihre Sprache sprach. Miki.«

»Möge die Erde ihm leicht sein«, seufzte ich.

»Vier Monate ohne Niederlage«, seufzte Marija und machte gegen Vijarac das Kreuz-Zeichen.

Ich sah zum Gipfel. Die Sonne brannte gegen die Felsen, die grellweiß strahlten, ein Leuchtturm im Hügelmeer.

»Und ich bin mit Miki verwandt«, sagte ich. Als wollte ich dem, was folgen würde, mehr Gewicht verleihen.

DIE HÄKCHEN IM NAMEN

Wir tragen Häkchen im Namen. Jemand, der mich gern hatte, nannte meine mal »Schmuck«. Ich empfand sie in Deutschland oft eher als Hindernis. Sie stimmten Beamte und Vermieter skeptisch, und an den Grenzen dauerte die Passkontrolle länger als bei Petra vor und Ingo hinter dir.

Im meinem Pass war außerdem zwölf Semester lang vermerkt, dass mein Aufenthalt in Deutschland ausschließlich zum Zweck eines Studiums erlaubt sei. Also befragten mich die emsigsten unter den Grenzschützern nach meinen Studienfächern. Die waren ebenfalls angeführt, sie fragten trotzdem. Es war ein Test: Wenn man die Antwort verbockte, weil man die eigenen Studienfächer nicht kannte, war das Visum womöglich gefälscht.

Am Frankfurter Flughafen, vor einer Reise in die USA, wo ich als Lehrassistent für Deutsch antreten sollte, ließ sich ein Grenzer derart genüsslich viel Zeit mit meinem Pass, dass die Schlange hinter mir schon die Lage der Notausgänge sondierte. Irgendwann rief der Beamte, als sei ihm das Visum gerade erst aufgefallen: »Du. Studierst ja. Was! Studierst du denn?« Er schrie. Irgendwie schrie er jedes Wort, als sei es das wichtigste.

»Slavistik!« Gab ich in gleicher Lautstärke zurück.

Die Antwort entlockte ihm ein anerkennendes Nicken. »Ist bestimmt viel Mathe.«, rief er. Blätterte weiter und erkundigte sich noch: »Was hast du! In Tunesien! Gemacht!«

»All! Inclusive! Und mich! Dann vor allem! Über das Buffet! Aufgeregt!«

Es hätte mir egal sein können, dieses namentliche Exotentum, immerhin hatte ich selber manchmal Schwierigkeiten, deutsche Namen vorurteilsfrei einzuordnen. In einer Unterhaltung über ein Paar, das ich nicht kannte, fragte ich, wer von den beiden die Frau sei, Hauke oder Sigrid. Und dann waren beides Frauen! Und ich war überführt.

Allerdings: Kommt man auch bei der zwanzigsten Wohnungsbesichtigung nicht auf die Shortlist, dann wird aus *Saša* schon mal *Sascha*. Es klappte zwar auch dann erst mal nicht, jetzt aber lag es wenigstens am Beruf. (»In unserem Haus wohnen eigentlich nur Ärzte, Anwälte und Architekten. Und ein Altphilologe, den kriegen wir nicht raus.«) Dann bekam ich einen Literaturpreis, und ein halbes Jahr lang sah es aus, als verdiente ich richtig gutes Geld. Da waren plötzlich weder der Name noch der Beruf ein Hindernis.

Bevor ich den Friedhof von Oskoruša sah, hatte ich mir aus Herkunft im Sinne familiärer Abstammung nichts gemacht. Meine Großeltern waren einfach da. Den einen Großvater gab es noch, den anderen nicht mehr. Der eine war ein freundlicher Angler, der andere zu Lebzeiten fantasievoller Kommunist.

Über die Vergangenheit der Großmütter wusste ich wenig, sie waren selbstverständlicher Teil meiner Gegenwart. Gut zu mir und voll im Leben. Manchmal etwas unheimlich mit den Bohnen. Es bliebe uns, hoffte ich, Zeit für ein richtiges Kennenlernen.

Auch Orte waren nicht überfrachtet von Zugehörigkeitsgefühlen. Višegrad war Mutters Erzählung von einem Krankenhaus im Regen, war Gerenne durch die Straßen als Räuber und Gendarmen, war, zwischen den Fingern, die Weichheit der Fichtennadeln, war das Treppenhaus bei Großmutter mit unzähligen Gerüchen, war Schlittenfahren, war Schule, war Krieg, war gewesen.

Heidelberg war Flucht und Neubeginn, war das Prekäre und die Pubertät, erste Polizeikontrolle und erste Liebe, Sperrmüllmöbel und Studium. War irgendwann trotziges Selbstbewusstsein, das rief: Weil ich es kann!

Dann las ich aber auf dem Friedhof von Oskoruša meinen Nachnamen auf jedem zweiten Grabstein. Und habe mir aus dem, was mit Herkunft zu tun hatte, aus meiner unbekannten Verwandtschaft und meinen bekannten Orten, gleich mal mehr gemacht. Aus dem, was vergangen war in dem vermeintlich vertrauten Višegrad, und auch aus dem, was ich durch das anfänglich fremde Heidelberg gewonnen hatte.

Ich war in Oskoruša bloß Tourist gewesen mit kurzer Hose. Einer, der Schnaps trank unter dem Stammobstbäumchen seiner Ahnen. Der die Landschaft unfassbar schön und die Ruinen unfassbar fand. Der sich fragte: Was waren das für Leute, meine Leute? Auch die, die noch am Leben waren, Großmutter, die neben mir stand mit lilafarbenen Wicklerlocken. Die sagte: »Ich sehe in Oskoruša nur Frühling.«

Warum sagte sie das? Erst viel später werde ich wissen: Großmutter war immer nur im Frühling mit Großvater in diesen Bergen. Auch unsere Reise war voll von April.

Ich habe mir nach dem Besuch des Friedhofs tatsächlich Gedanken gemacht, irrsinnig und irrelevant, dass ich der letzte männliche Stanišić sei. Dass ich die Sackgasse sein könnte, sollte ich kinderlos bleiben. Ich begann mich mit meiner Herkunft zu beschäftigen, gab es aber lange nicht zu. Es erschien mir rückständig, geradezu destruktiv, über *meine* oder *unsere* Herkunft zu sprechen in einer Zeit, in der Abstammung und Geburtsort wieder als Unterscheidungsmerkmale dienten, Grenzen neu befestigt wurden und sogenannte nationale Interessen auftauchten aus dem trockengelegten Sumpf der Kleinstaaterei. In einer Zeit, als Ausgrenzung programmatisch und wieder wählbar wurde.

In den meisten meiner Texte nach Oskoruša beschäftige ich mich in irgendeiner Form explizit mit Menschen und Orten und damit, was es für diese Menschen heißt, an diesem bestimmten Ort geboren zu sein. Auch, wie das ist: dort nicht mehr leben zu dürfen oder zu wollen. Was ist einem, qua Abstammung oder Hervorbringung, gegeben und vergönnt? Und genauso: Was bleibt einem qua Abstammung vorenthalten? Ich schrieb darüber, über Brandenburg, über Bosnien, die geographische Verortung war gar nicht so entscheidend, Identitätsstress schert sich nicht um Breitengrade. Ich schrieb über Rassismus, Gewalt und Flucht. Kaum eine meiner Figuren bleibt. Wenige kommen dort an, wo sie ursprünglich hinwollten. Selten sind sie sesshaft glücklich. Sie fliehen vor etwas mal mehr, mal weniger Existenziellem. Das Unterwegssein ist mal Last und mal Geschenk.

Von Heimat sprechen sie selten. Wenn, dann meinen sie keinen konkreten Ort. Heimat, sagt der Weltenbummler Mo, ist dort, wo man sich am wenigsten vornehmen muss.

Heimat, sage ich, ist das, worüber ich gerade schreibe. Großmütter. Als meine Großmutter Kristina Erinnerungen zu verlieren begann, begann ich, Erinnerungen zu sammeln.

Die andere Großmutter, Mejrema, nannte ich Nena. Was wird von Nena bleiben? Dass sie passionierte Kinogängerin gewesen war, erzählte meine Mutter mir. In den Siebzigern und Achtzigern hatte sie jeden Film im *Haus der Kultur* gesehen, jeden. Auch so was wie *Rambo II*. Sie hat mich in meinen ersten Horrorfilm mitgenommen, irgendeine *Dracula*-Verfilmung – viel zu früh für mich, es wurde eine ziemliche Katastrophe, wir mussten den Saal vor dem Ende verlassen. Die Bilder habe ich mit den Jahren zum Glück vergessen. Mitgenommen habe ich eine irgendwie bange Sympathie für Fledermäuse.

Dass Nena viel geraucht hat, habe ich selbst erlebt. Reich

mir den Aschenbecher, sei so gut. Dass sie gern im Schneidersitz saß. Dass sie viel nähte, um weniger zu rauchen. Dass sie am Fenster wartete, wenn sie wusste, dass Besuch kam oder jemand von irgendwo zurückkehren würde. Die Bohnen hatten ihr die ungefähre Ankunftszeit mitgeteilt. Dass sie sachte den Oberkörper hin- und herwiegte, wenn sie aufgeregt war, und auch wenn sie ruhig und müde war.

Was ist von ihrem Vater geblieben, meinem Urgroßvater Suljo?

Er war Flößer an der Drina. Das Erste, was ich über ihn höre: einer der besten.

Dass er nicht schwimmen konnte, das Zweite.

FRAGMENTE

Meine Cousine hat letztes Jahr ihr zweites Kind bekommen, ein Mädchen namens Ada. Sie leben in Frankreich, in Montpellier. Der Mann meiner Cousine ist ein Arzt mit Schnurrbart. Seine Eltern sind tunesische Einwanderer, er ist Franzose. Er schenkt seiner Mutter meine Bücher. »Weil sie vom Fremdsein erzählen.« Das sei nach all den Jahren in Frankreich noch immer ihr Thema. Am ersten Geburtstag von Ada, im April 2018, irre ich wieder in bosnischen Bergen zwischen den Gräbern herum.

Meine Familie lebt über die ganze Welt verstreut. Wir sind mit Jugoslawien auseinandergebrochen und haben uns nicht mehr zusammensetzen können. Was ich über Herkunft erzählen möchte, hat auch zu tun mit dieser Disparatheit, die über Jahre mitbestimmt hat, wo ich bin: so gut wie niemals dort, wo Familie ist.

Herkunft ist Großmutter. Und auch das Mädchen auf der Straße, das nur Großmutter sieht, ist Herkunft.

Herkunft ist Gavrilo, der zum Abschied darauf besteht, dass ich eines seiner Ferkel nach Deutschland mitnehme.

Herkunft ist in Hamburg der Junge mit meinem Nachnamen. Er spielt mit einem Flugzeug. Ich frage: »Wo fliegst du hin?« – »Nach Split, zu Nana.« Er fährt Laufrad. Ich frage: »Wo fährst du hin?« – »Nach Afrika zu den Dinos.«

Herkunft ist Nana. Meine Mutter, seine Großmutter. Nach Deutschland und Amerika seit ein paar Jahren nun in Kroatien zu Hause, in einem Hochhaus, von der Terrasse kann sie die Adria sehen.

Herkunft sind die süß-bitteren Zufälle, die uns hierhin, dorthin getragen haben. Sie ist Zugehörigkeit, zu der man nichts beigesteuert hat. Die unbekannte Familie in der sauren Erde von Oskoruša, das unbekannte Kind, dort in Montpellier.

Herkunft ist Krieg. Das war er für uns: Mutter und ich flohen über Serbien, Ungarn und Kroatien nach Deutschland. Am 24. August 1992 kamen wir in Heidelberg an. Vater hatte uns über die serbische Grenze gebracht und kehrte nach Višegrad zurück, um bei seiner Mutter zu bleiben. Er kam ein halbes Jahr später nach und brachte mit: einen braunen Koffer, eine Schlaflosigkeit und eine Narbe am Oberschenkel. Ich habe nach der Herkunft der Narbe bis heute nicht gefragt.

Kommst du vom Balkan, bist geflüchtet und sprichst die Landessprache nicht, sind das deine eigentlichen Qualifikationen und Referenzen. Mutter, die Politologin, landete in einer Großwäscherei. Fünfeinhalb Jahre fasste sie in heiße Handtücher. Vater, den Betriebswirt, verschlug es auf den Bau.

Waren die beiden in Deutschland glücklich? Ja, manchmal. Und ja, zu selten.

1998 mussten sie das Land wieder verlassen. Um der Abschiebung ins ethnisch gesäuberte Višegrad zuvorzukommen, wanderten sie nach Florida aus. Dort hatten sie Jobs, von denen sie in Deutschland zu träumen nicht gewagt hätten. Sie spielten Poker mit ihren amerikanischen Freunden und grillten mit den bosnischen. Sie legten etwas Geld zur Seite und begegneten einmal einem Alligator an ihrem Gartenteich.

Und heute also das Leben als amerikanische Rentner in Kroatien, wo sie aber immer bloß ein Jahr bleiben können, bevor sie für drei Monate in einen Nicht-Schengenstaat ausreisen müssen. Aus Kroatien sind 2017 etwa 47 000 Menschen emigriert. Kroatien ist ein weiteres in Migrationsfragen blindes europäisches Land.

Unser erstes deutsches Zuhause lag in einem Gewerbegebiet zwischen den Städten Wiesloch und Walldorf, direkt neben der Landstraße. Dass der Bahnhof in der Nähe war und man einfach wegkam, war das einzig Gute. Unseres war das einzige Wohnhaus weit und breit. Wir waren umzingelt von Fabrikschloten, Betriebshallen, Autodealern. *Heidelberger Druckmaschinen. PENNY*-Zentrallager. *Car-wash-center SB Waschboxen & Sauger*. Weiß nicht, ob es das alles damals schon gab. Ich lese es heute von *google maps* ab.

Es lebten sechs weitere Flüchtlingsfamilien in dem Haus. Alle waren permanent enttäuscht. Von den Behörden, von den Preisen, davon, dass nur zwei Herdplatten heiß wurden, von sich selbst. Alle warteten auf gute Nachrichten und ein besseres Leben, es musste nicht mal gut sein. Gut war, noch am Leben zu sein.

Wir Kinder durften fernsehen, so lange wir wollten. Wir sahen Wrestling und Softpornos und rauften auf alten Matratzen im Hof. Die Matratzen rochen nicht gut. Sie trugen die Träume und die Hautschuppen ihrer Vorbesitzer. Bodyslam. Piledriver. Neckbreaker.

Der Sperrmüll war für die meisten von uns eine Riesenattraktion. Dass Leute einfach so ihr Zeug rausstellten! Ich ekelte mich sehr. Wir hatten aber keine Möbel und kein Geld und damit auch keine Wahl. Eine Zeitlang schlief ich aus Protest trotzdem auf dem Boden. Ich war zu stolz. Mein Lieblingswrestler war *Undertaker* (er ist es bis heute).

Mutter und ich verbrachten Stunden in der Telefonzelle am Bahnhof. Wenn ein anderer telefonieren wollte, gingen wir raus, Mutter rauchte eine. Wir versuchten, meist vergeblich, irgendwen – Mann, Vater, Bruder, Großmutter – zu erreichen. Wochenlang kamen wir nicht durch, wochenlang wussten wir nicht, ob derjenige, den wir sprechen wollten, noch sprechen konnte.

Mutter erinnert sich heute noch an das zerfledderte Telefonbuch, an den Schweißgestank, an das Graffito im Fenster, ein schwarzes Herz. Die beiden Buchstaben in dem Herz haben wir nicht entziffern können.

Mit dem Umzug nach Heidelberg wurde einiges leichter. Wir bewohnten einen Bungalow zusammen mit der Familie meiner Tante Lula, der Schwester meiner Mutter. Beim Ausbruch des Krieges waren Tante und ihr Mann als Gastarbeiter in Deutschland. Als man Mutter und mich am Münchner Flughafen festhielt und zurückschicken wollte, bezeugten die beiden in Garantiebriefen, dass sie zur Not für unseren Lebensunterhalt aufkommen würden. Erst dann durften wir einreisen. Für manchen anderen gab es keine Garantie.

Wir verbrachten vier Jahre unter einem Dach.

Nach dem Krieg konnte die Familie meiner Tante nach Zavidovići zurückkehren. Die Stadt lag im bosnischen Teil der neuerschaffenen Föderation, und ihre Wohnung war noch immer ihre und fast unbeschädigt. Sie strichen die Wände und legten den Garten neu an. Sie züchteten Hühner (Tante) und Brieftauben (Onkel). In unserer Wohnung in Višegrad lebten zu der Zeit irgendwelche fremden Leute. Großmutter kämpfte lange darum, dass sie Miete zahlten.

Ich weiß nicht, was meine Tante heute beruflich macht, ich glaube, nichts. Irgendwie mag ich das nicht fragen. Ich weiß, was sie froh macht. Meine Tante tanzt sechzigjährig Folklore und verbringt im Sommer ein paar Tage an der Adria. Außerdem machen Hühner sie wahrscheinlich froh. Sie erzählt von den Hühnern, fotografiert und postet Hühner auf *instagram*. Auf ihrem Account sieht man außerdem, dass der örtliche Zweig der sozialdemokratischen Partei, für den sie beinahe in den Stadtrat gekommen wäre, gern Ausflüge macht in die Natur (Genossen sitzen in einem Wald auf einem merkwürdigen Steinbrocken und sehen ernst in die Kamera). Meine Tante backt eine sehr gute Pita und lacht gurrend wie eine Taube, was mich froh macht. Meine Tante war nie mies zu mir.

Ihre Söhne, meine Cousins, sind beide Anfang dreißig. Der ältere ist Spielervermittler in Deutschland und hat sehr breite Schultern und einen kleinen, schnellen Sohn. Er wusste, dass der HSV absteigen würde, lange bevor der HSV abgestiegen war. Er weiß, dass der HSV wieder aufsteigen wird. Sein Lieblingswrestler in Wiesloch war »Macho Man« Randy Savage.

Der jüngere hat Germanistik studiert, um in Bosnien in einem deutschen Call-Center zu arbeiten. Inzwischen hat er selbst ein Call-Center eröffnet. Gerade entwickelt er eine Fitness-App, in der dir Leistungssportler ihre Trainingsmethoden zeigen. Falls die App je veröffentlicht wird, werde ich sie jedem empfehlen, der Liegestütz machen will wie Mario Götze, weil ich meinen Cousin empfehlen kann. Er mochte in Wiesloch, wie ich, Undertaker am liebsten.

Meinen Onkel, den Bruder meiner Mutter, zerrten im August 1992 serbische Freischärler in eine Toilette und wollten ihn zwingen, dass er sich auszog, damit sie sehen konnten, ob er beschnitten war. Er erzählte und machte und tat, schindete Zeit. Mein Onkel war gut, sein Applaus war die eine Minute, die er gewinnen konnte und in der jemand vorbeikam, der ihn erkannte und den Typen sagte, was macht ihr da, das ist doch bloß der Schauspieler. Sie ließen ab von ihm. Er sollte sich von nun an täglich in der Polizeiwache melden. Leute, die sich täglich in der Polizeiwache meldeten, verschwanden beim vierten oder fünften Mal. In Višegrad sagte man dazu: »Die Dunkelheit hat sie verschluckt.« Mein Onkel und seine Familie entkamen der Dunkelheit. Sie waren Monate unterwegs und fanden in Salzburg ein neues Zuhause.

Onkel dachte darüber nach, was er als vierunddreißigjähriger Schauspieler im fremden Land und ohne Landessprache spielen könnte. Die Theater hatten kein Interesse an ihm, Agenturen keine Hoffnungen für ihn. Also spielte er ein Jahr lang das Austragen von Zeitungen, bis ihm doch eine Rolle einfiel, die Sprache nicht braucht. Jugos buchen keine Clowns, die Kindergärten und österreichische Immobilienbranche lieben sie aber. Er fand einen Partner und stolperte von da an mit roter Nase auf Geburtstagsfeiern und fuhr Einrad auf Firmenfesten. Zuletzt reiste er sogar auf einer kleinen Tournee durch die USA mit einem Programm, das aus einem einstündigen Versuch bestand, über eine winzige Mauer zu klettern.

Nach einem Streit mit dem Partner hängte er die übergroßen Schuhe an den Nagel, zimmerte einen Pokertisch und etablierte mit seinen beiden Töchtern in deren Kinderzimmer eine Pokerrunde. Erst spielten sie mit den Nachbarn, später kamen Leute aus der ganzen Stadt.

An Wochenenden angelte Onkel an der Salzach, neuerdings angelt er wieder an der Drina. Er hat in der Nähe von Višegrad ein Häuschen gebaut. Für das Leben als Rentner. Ein halbes Jahr in Frankreich bei den Töchtern und Enkeln, ein halbes Jahr an der Drina, wartend, dass der Wels anbeißt, so stellt er sich das vor.

Seine Kinder, meine Cousinen, leben also in Frankreich. Früher, in Višegrad, haben wir oft miteinander gespielt. Wir spielten Kaufladen. Ich verwaltete das Geld. Wir spielten Puppen, ich verprügelte die Puppen. Die beiden weinten ein bisschen, dann spielten wir etwas anderes.

Es gibt ein Foto von meinen Cousinen und mir, aufgenommen zwei Jahre vor Kriegsbeginn. Wir sitzen auf einer Treppe. Ich habe die Arme um die jüngere gelegt, die ältere lehnt den Kopf an meine Schulter. Wir tragen Trainingsanzüge. Schielen gegen die Sonne, lächeln für die Kamera. Näher bin ich dem Gefühl, Geschwister zu haben, nie gekommen.

Wenn wir heute einander besuchen, unternehmen wir etwas, das Aufmerksamkeit verlangt. Sprechen über das, was wir gerade erleben. Über das zu sprechen, was gewesen ist, bräuchte es Ruhe und Zuwendung und vor allem den Mut, nachzufragen. Über Višegrad sprechen wir seit Višegrad nicht mehr.

Als wir Kinder waren, genügte die Gegenwart ja auch. Die Sonne. Ruhe vor dem nächsten Spiel. Jetzt haben wir selbst Kinder, also reden wir über sie. Was sie spielen. Wie sie wüten. Darüber, wie wir es mit der Soße halten (direkt über die Nudeln, auf gut Glück, oder im Extra-Schälchen). Wir sagen, dass es gut wäre, wenn unsere Kinder sich öfter begegnen würden. Alle drei haben wir den Abzug noch von uns dreien auf der Treppe in der Sonne.

MÜSSEN FLÖSSER SCHWIMMEN KÖNNEN?

Der Mann meiner jüngeren Cousine heißt, wie der Vater meiner Mutter, Muhamed. Zum Vater meiner Mutter gehörte die blaue Eisenbahner-Uniform und zu der Uniform im Winter ein Mantel. Dieser Mantel war ungeheuer dick und schwer, damit Großvater nicht erfror auf dem Zug. Mein Großvater Muhamed war Bremser. Schwitzte in seinem Bremserhäuschen im Sommer, fror im Winter. Züge hatte er von klein auf geliebt. Wäre lieber Lokführer geworden, aber gut.

1978 wurde der Bahnbetrieb zwischen Sarajevo und Višegrad eingestellt und Großvater Muhamed in Frührente entlassen. An seinem ersten Tag als Rentner faltete er seinen schweren Mantel zusammen, band ihn mit einer Schnur, legte die restliche Uniform und die Schirmmütze obendrauf und machte sich auf den Weg in die Eisenbahnbehörde.

Die Dame von der Behörde rauchte und las. Sie winkte ab, er solle warten. Es gab im Gang keine Fenster und vor dem Büro keinen Stuhl. Mein Großvater hatte es nicht eilig. Über seinem Kopf die stockfleckige Decke. Er stellte sich woanders hin. Das Gebäude war sehr still, das einzige Geräusch war das Umblättern der Seiten in dem kleinen Büro.

Dann durfte er hinein. Ein enger Raum, unordentlich und verraucht. Papiere überall. Auch auf dem Besucherstuhl. Großvater blieb stehen. Grüßte erneut und sagte seinen Namen. Sagte die Anzahl der Dienstjahre auf und seine Dienstnummer. Die Dame von der Behörde steckte sich noch eine an.

Er kannte sie nicht. Sie war nicht jung und nicht alt, sie war blass. Fragte nach seinem Anliegen. Er sagte, er habe die Uniform abgeben wollen und sich bedanken. Er lächelte, sie hustete. Er wusste nicht, was er mit der Uniform anstellen sollte. Sah sich um. Legte alles auf dem Boden ab. Lächelte noch immer, womöglich, weil er nicht mehr genau wusste, wofür er sich bedanken wollte. Womöglich, weil ihm eingefallen war, wie ihm der Mantel im Winter 1975 das Leben gerettet hatte. Womöglich dachte er kurz sogar darüber nach, sich bei dem Mantel zu bedanken.

Die Dame rauchte. In dem Heft, das sie gelesen hatte, gab es viele Fotos. Großvater lächelte. Dann sagte er, gut. Nahm den Mantel wieder und verließ das Büro.

Die Sonne schien. Zuhause hängte er den Mantel auf, zog Hemd und gute Schuhe aus, dann Overall und Gummistiefel an. Er packte sein Angelzubehör, schulterte den Schemel. Mein Großvater war 57 Jahre alt. Er ging zur Drina, er lächelte, vermute ich, als er die Angel auswarf.

Großvater Muhamed war der freundlichste Mann. Alle fanden das, allen fiel es auf. Was für ein freundlicher Mann, sagte auch seine Frau, meine Nena Mejrema gelegentlich, als spreche sie über einen hilfsbereiten Unbekannten. Es brach aus ihr einfach so heraus, sie klang ehrlich ungläubig, als könnte sie nicht aufhören, sich über das milde Naturell ihres Mannes zu wundern.

Fast täglich kam er vorbei, um zu fragen, ob wir Hilfe bräuchten. Er brachte uns frisch geangelten Fisch, kaufte für uns ein, spitzte meine Stifte. War etwas kaputt, gab er sich Mühe, es zu reparieren, und machte selten etwas noch kaputter.

Ich hatte eine Zeitlang eine Scheu – Ekel vielleicht – vor Regenwürmern. Großvater Muhamed grub drei aus der Erde und zeigte sie mir auf der Hand. Die Regenwürmer krochen über die Lebenslinien. Ich könne, sagte er, wenn ich wolle, meine Hand neben seine legen, und die Regenwürmer würden rüberkommen. Ich tat es. Die Regenwürmer blieben beim Großvater. Sogar die mussten seine Güte gespürt haben (später spießte er sie auf den Haken). Die Scheu vor ihnen überwand ich ein anderes Mal.

Meine Mutter erzählt, er habe ihre ganze Kindheit lang nach Kohle gerochen. Keine Seife kriegte das weg. An dem Tag, als wir mit den Regenwürmern angeln gingen, roch er nach Rasierwasser und nach Erde.

Die vielleicht beste Beschreibung seines Wesens kommt aus dem Krieg. Großvater verließ Višegrad mit einem Hilfskonvoi. Außerhalb der Stadt wurde der Konvoi angehalten. Bewaffnete stürmten die Busse und befahlen allen auszusteigen. Unter den Soldaten waren zwei Männer aus Višegrad, die Großvater kannte. Er lächelte, gab ihnen die Hand und fragte sie nach ihrem Befinden.

Diesen Halt überlebten alle.

1995 gelang es uns, Nena und ihn zu uns nach Heidelberg zu holen. Die beiden blieben meist zuhause. Großvater wagte ab und an einen Spaziergang durch die Weinberge oder einen Einkauf im Edeka, ein paar Straßen weiter. Alle paar Tage füllte er einen Kanister mit Wasser an der Waldquelle. Er lernte kein Deutsch, half ein bisschen im Haushalt mit und sah gern Formel 1 im Fernsehen.

Einmal kam er ins Wohnzimmer, während *Akte X* lief. Er sah den beiden Agenten eine Weile bei der Arbeit zu und fragte irgendwann, ob er mit einer Frage stören darf: »Was war das gerade, das Ding im Fernsehen?«

Ich sagte: »Ein Außerirdischer.«

Großvater lachte und sagte: »Wie ich!« Er strich mit groben Händen sanft durch mein Haar. Blieb auch in Deutschland der freundlichste Mann, theoretisch. Viele Chancen, es zu zeigen, bekam er nicht.

Bevor sie meinen Großvater kennenlernte, war meine Nena schon einmal verheiratet gewesen. Kaum jemand in der Familie weiß davon. In den Fünfzigern und Sechzigern sprach man in Jugoslawien ungern über gescheiterte Ehen, das Thema war fast anstößig. Man hielt es miteinander aus, teilte sein Leben auch mit jemandem, mit dem man ungern lebte. Auseinander ging man heimlich und beschämt.

Über Nenas ersten Mann weiß man nichts Sicheres. Er war wohl Mazedonier gewesen, denn man hatte sie nach Skopje »abgegeben«. Ein halbes Jahr später kehrte sie nach Višegrad zurück. War magerer als zuvor, hatte mit dem Rauchen angefangen und lachte viel. Schwer zu sagen, wofür das alles ein Zeichen war. Sollte sie je von der kurzen Ehe etwas erzählt haben, diejenigen, die zuhörten, haben stillgehalten.

Großvater Muhamed lebte damals in einer Baracke stadtauswärts und suchte Arbeit. Zeit hatte er, und da er nicht in die Partei eintrat, brauchte er sie auch. Er verbrachte sie, wann immer er konnte, gern am Fluss unter der Trauerweide nahe Mejremas Elternhaus. Dort konnte man gut Züge beobachten und gut angeln. Beides mochte der junge Muhamed, und wohl auch die Aussicht, Mejrema zufällig zu treffen. Von der Trauerweide aus konnte man das Haus sehen, in dessen Garten sie unter einem Maulbeerbaum nähte und – wenn die Eltern nicht da waren – rauchte. Und man konnte umgekehrt unter der Trauerweide gesehen werden.

Irgendwann ist Mejrema zu ihm runter. Er sprang sofort auf in der Erwartung ihrer schlendernden Ankunft, knetete seine Mütze in den Händen, zum Gruß bereit.

Sie grüßte nicht. Sie fragte, was er denn hier immer suche.

Das brachte meinen Großvater etwas aus dem Konzept. Also grüßte auch er nicht, vielleicht das erste Mal in seinem Erwachsenenleben, sondern fragte zurück, ob sie denn gern angeln würde.

Was sie, wiederum mit einer Frage, verneinte: Ob sie denn aussähe, als angelte sie gern?

Was sagte man auf so was? Jedermann, auch eine Hübsche wie Mejrema, darf doch gerne angeln mögen! Den Fischen ist dein Aussehen egal. Lieber etwas anderes ansprechen. Muhamed fiel aber wieder nur das Angeln ein, also fragte er, ob sie einen Knoten von ihm lernen wolle.

Sie kenne sicherlich mehr Knoten als er, gab sie zurück, beim Stricken sogar unsichtbare.

Er wolle Lokführer werden, hat er darauf gesagt.

Warum das denn?

Mit dem Angeln und den Knoten komme man so weit nicht, hat er gesagt. Und da hat sie ihn gefragt, ob er mit ihr ins Kino gehen wolle.

Er war sechs Jahre älter als sie und grüßte sie ein Leben lang stets freundlich, so stelle ich es mir vor.

Der Vater meiner Nena Mejrema hieß Suljo, das war der Flößer. Ein tosendes Handwerk an der Drina, Schwielen und Schnitte, und mein Urgroßvater Suljo mit Kappe und Kippe am Ruder.

Dieses Bild: Meine Mutter als Mädchen auf seinem Floß, rittlings auf einem losen Stamm. Eine Drina-Kapitänin. Kätzchen nennt ihr Großvater sie. Ihre hell hallende Stimme im Canyon, wenn der Fluss das Floß erzittern lässt: »*Dedo*!«

Großvater hatte ihr eingeschärft, still zu sein, sie durfte ja eigentlich nicht mitfahren. Wie sollte man aber bei dieser schönen Wackelei stumm bleiben?

Suljo lenkte das Floß gekonnt um einen weit in den Fluss ragenden Felsen. Er war zu stolz, seine Enkelin den anderen Flößern nicht zu zeigen, sie ihre Stimme nicht hören zu lassen.

Unterhalb der Mündung der Žepa stürzt die Drina zwei schäumende Gefälle berauscht hinab, das Kätzchen muss vor den Stromschnellen aussteigen, es ist zu gefährlich. Sie folgt dem Großvater am Ufer, rennt, um nicht zu verpassen, wenn er über die Schnellen fliegt. Vor der zweiten, noch engeren, noch mächtigeren, springen viele Flößer ab, schwimmen zum Ufer, überlassen das Gefährt kurz seinem Schicksal.

Der Großvater kann nicht oder braucht nicht schwimmen. Er bleibt auf dem Floß mit seinem Kompagnon am hinteren Ruder. Das Floß neigt sich, das Wasser schwappt über die Balken, jemand ruft etwas, vielleicht der Fluss, dann sind sie drüber weg, und meine Mutter klatscht in die Hände.

Ich war noch nicht geboren, als Suljo die Welt verließ. Er starb nicht am Fluss, er starb an Nierenversagen. Von 1963 an, mit dem Bau dreier Stauwehre, brauchten sie keine Flößer mehr. Die Stauseen hatten die Drina gezähmt.

Ob er schwimmen konnte oder nicht? Eine Geschichte gibt es dazu. Was an ihr wahr ist und was nicht, kann ich nicht sagen.

Meine Urgroßmutter Rumša ging zum Waschen an die Drina. Eine Analphabetin, die alte Lieder sang. Die Geschichte besagt, Suljo habe ihre Stimme das erste Mal auf seinem Floß gehört und sie für die Stimme einer der Vilen gehalten, die bekanntlich in der Drina spuken, seit man den Fluss in Višegrad gegen ihren Willen überbrückt hatte. Suljo sei ins Wasser gesprungen, um sich entweder ans Ufer zu retten oder zu ertrinken, Hauptsache, nicht verflucht werden, den Vilen ewig zu dienen.

Im Untergehen habe er gesehen, wo der Gesang wirklich seinen Ursprung hatte, und dort wollte er hin. Also sei er zu der Stelle am Ufer geschwommen, wo Rumša mit dem Wäschezuber unter der Trauerweide hockte und sang.

»Na, was für einen hässlichen Fisch hab ich mir da geangelt«, soll meine Urgroßmutter als Erstes zu meinem Urgroßvater gesagt haben.

Er sei sich im Nachhinein nicht sicher, pflegte Suljo zu sagen, wenn er die Anekdote erzählte, was schlimmer gewesen wäre – der Fluch einer Vila oder der lose Mund seiner späteren Frau.

Wenn sie erzählte, beschrieb Rumša einen Flößer mit Kappe und weißem Hemd, oder manchmal, noch besser, mit gar keinem Hemd, der mehrmals die Woche die Drina hinabtrieb. Er sei der Einzige gewesen, den sie von Weitem erkennen konnte, seine Kappe und den Schwung seiner Arme, und weil sie ihn nicht immer nur von Ferne angucken wollte, fing sie einmal zu singen an.

»Hab meinen Suljo zu mir gesungen, wobei er da noch nicht wusste, dass er meiner sei!« Sie aber wusste das schon. »Für ein paar Groschen singe ich euch das Lied von damals. Oder jedes andere auch.«

Urgroßmutter Rumša kam aus einer vielköpfigen Familie, die im großen Krieg dezimiert worden war. Vielleicht waren es gerade die Opfer, die sie, die Überlebende, findig, lustig und gesangsfroh werden ließen.

Man sagt von Rumša, sie habe eine Stimme gehabt, klar wie die Wahrheit, und dass sie aber nicht für jeden diese Wahrheit verkünden wollte. Vor den Deutschen habe sie singen sollen, als die 1944 ein Podest zimmerten in einem ehemaligen Stall. Man habe ihr das Singen aufgetragen, nicht aber, dass sie auch gut zu singen habe …

Suljo und Rumša bauten sich ein Haus an der Drina. Die Fassade weiß, Fensterläden aus Espenholz, Moos überwuchs bald das Dach, fünf Kinder kamen zur Welt. Auf der Terrasse konntest du deinen Kaffee über dem Fluss trinken und Rumša singen hören. Im Schatten zweier schwarzer Maulbeeren spielten die Kinder im Garten, stand ein Tisch, gediehen Kürbisse.

Auch meine Mutter verbrachte als Kind gute Tage unter

den Maulbeerbäumen. Rumša flocht ihr das Haar und brachte ihr bei, es selbst zu flechten in vielen Varianten. Sang für sie und für den Fluss. Großvater nahm das Kätzchen in seinem Kahn mit auf die Drina. Beide Urgroßeltern zog es zum Wasser ein Leben lang.

Und das Wasser kam zu ihnen. Im März 1975 regnete es vierzehn Tage lang, im Gebirge schmolz der Schnee – die Flut ließ das Haus der Urgroßeltern unbewohnbar zurück.

Die Familie versammelte sich in der überschwemmten Stube knöcheltief im Schlamm. Die Kinder räumten auf, die Enkeltöchter weinten – meine Mutter und Tante Lula. Am Vortag hatten sie noch alle zusammen das Haus geputzt. Rumša konnte sich da nicht mehr so gut bücken, beziehungsweise nicht mehr so gut aufrichten. Etwas später würde sie gehen müssen wie ein Winkeleisen.

Inmitten der Tränen und der Verheerung ergriff sie das Wort: »Ihr habt schlecht geputzt«, sagte sie, »also habe ich der Drina gesagt, sie soll mal nachhelfen.«

In einem Dokumentarfilm über die Drina-Flößer aus dem Jahr 1951 gibt es einen mit Kappe und Hemd.

Als Rumša starb, war ich zwei Monate alt. Man habe sie in der Nacht ein Mal auflachen und ein Mal fluchen hören, am Morgen war sie tot. Auf unserem einzigen gemeinsamen Foto liege ich in ihrem Schoß. Sie sieht mich an, ihr Mund leicht offen. Heute ist der 24. August 2018. Ich lege das Ohr an die verblassten Farben und lausche.

GROSSMUTTER UND DER REIGEN

Großmutter Kristina ist eine pragmatische Frau. An jenem sonderbaren Tag in Oskoruša sagte sie zu Gavrilo: »Ich will deinen Fernseher, solltest du vor mir nicht mehr sein.«

Am Nachmittag lief bei Gavrilo der Fernseher, aber alle hielten satten Mittagschlaf zu einer mexikanischen Telenovela, die Fliegen tranken von unserem Haar. Eine Stunde später waren wir wieder wach. Großmutter hakte sich bei Gavrilo unter, sie verließen das Haus. Nein, sie mussten nichts sagen, ich folgte ja schon.

Die beiden gingen voraus und unterhielten sich leise. Ich stellte mir vor, dass es abwechselnd um Erinnerungen und um Geldwäsche ging. Einmal lachte Großmutter ungläubig wie ein Mädchen, stimmaufwärts.

Eine Schafherde kam aus dem Wald und trottete in unsere Richtung. Das Gebimmel ihrer Glocken in Moll. Großmutter und Gavrilo hielten vor einem Zaun. Selbstverständlich verwittert. Drei Holzplanken, Pfeiler, drei Holzplanken, Pfeiler. Die beiden sahen sich um, besprachen etwas, dann fragte Großmutter, ob sie ein Foto von mir machen dürfe. Ich war überrascht, schlug vor: Von uns dreien.

Von dir allein. »Setz dich da auf den Zaun.«

Ich reichte ihr das Smartphone. Ob sie wisse, wie es geht. Ich sei ein Esel, natürlich wisse sie es nicht. Ich zeigte es ihr. Stieg auf den Zaun. Hier?

Nein, weiter links. Noch ein bisschen. Stopp. Halt still!

Ich hielt still.

Vor mir die Wiesen, in meinem Rücken die Schafsherde und der Berggipfel vom Vijarac. Und dann geschah Folgendes: Nichts geschah.

»Oma? Was ist jetzt?«

»Bleib sitzen.«

»Mach schon!«

»Zappel nicht so.«

»Einfach auf den roten Kreis, Oma.«

»Ruhig bleiben.«

Es war komplett albern. Nach drei Minuten oder so reichte es mir. Ich kletterte runter, doch Großmutter und Gavrilo riefen beide: »Halt! Zurück!« Es war ihnen ernst.

Ich kletterte wieder auf den Zaun, entschuldigte mich fast.

»Ein bisschen nach links«, sagte Großmutter.

Die Schafe staksten an uns vorbei. Eines öffnete das Tor zur benachbarten Weide. Die anderen schlüpften durch. Ich wunderte mich über gar nichts mehr. Das letzte Schaf legte sich hinter mir ins Gras. Auch Gavrilo ließ sich nieder. Ein Vogel schrie. Großmutter rief: »Da! Da!« Ich sah mich um. Da war nicht mehr als der Berg und das Schaf und der strahlende Himmel. Ich blickte wieder nach vorn und Großmutter drückte ab, machte ein Foto von mir in Oskoruša.

Das Foto ist nicht weiter auffällig. Ein junger Mann im Hügelland. Das Haar verschwitzt, klebt an der Stirn. Ein Schaf liegt da. Der Berg ragt über seiner Schulter auf. Große Vögel kreisen um den Gipfel. Der Himmel ist rigoros blau.

Heute ist der 7. Februar 2018. Es sind fast neun Jahre vergangen, seit das Foto aufgenommen wurde. Lebt noch jemand dort oben? Warum auch nicht? Ein Maler aus Leipzig könnte in Oskoruša vorbeigekommen sein und zwölf Gemälde gemalt haben mit Obstbäumen, in denen sich Schlangen rekeln. Eine an Schlangen in Obstbäumen interessierte Kulturmanagerin der Commerzbank erwirbt die Serie für dreihunderttausend Euro. Ihre Frau, eine Yoga-Lehrerin, verliebt sich in die Gegend auf den Gemälden, fährt hin, und dann ist der echte Anblick noch schöner. Sie kauft einen leerstehenden Hof, lässt ihn sanieren und gibt im Sommer Yoga-Workshops für Yoga-Liebhaber aus dem Großraum Leipzig. Ein ausgebrannter Unternehmensberater lässt sich nieder. Seine Freundin, eine Solo-Bassistin, sorgt für Stimmung in der Stille der Nacht. Der Maler kehrt zurück und malt Porträts von Gavrilo, von Marija, von Sretoje, von Miroslavs Schafen. Zwei Heilpraktikerinnen keltern Apfelmost in einer Scheune. Eine Kommune ist das jetzt. Man streitet miteinander und liebt einander in verschiedenen Konstellationen. An Kommunen interessierte Touristen kommen. Praktisch veranlagte Hippies reparieren Gavrilos Waschmaschine und zeigen ihm, wie man meditiert. Weitere Häuser werden instand gesetzt, Social-Media-Accounts gelöscht und Früchte eingekocht. Kunsthandwerker eröffnen Werkstätten. Eine Hautärztin aus Halle füllt mit *nachhaltig Urlauben in den bosnischen Bergen* eine Marktlücke im Nachhaltig-Urlauben-Segment. Der ausgebrannte Unternehmensberater findet auf dem Vijarac die Schuppe eines großen Reptils und kann mit der Schuppe unter dem Kissen wieder gut schlafen. Alle kaufen von Marija die Milch und von Gavrilo zu einer Feier fünf Ferkel. Ein Jahr später hallen die Schreie der ersten Kommunenbabys im Gebirge. Eine Russin beschließt nach einer Yoga-Stunde, alles zu kaufen, was niemandem gehört. Es gibt etwas Stress mit der Kommune, bis man die Russin besser kennenlernt und eigentlich ganz *khorosho* findet. Ihr Mann kauft Višegrad gleich mit. Stevo kriegt einen neuen Job, weil die Russen in Višegrad die Industrie ankurbeln. Gavrilo gereichen die Kriegsverbrecher in seiner Vitrine zur Mahnung. Die ehemaligen jugoslawischen Republiken bereiten den Krieg minutiös auf.

Ich rufe Großmutter an. Ich frage, wie es ihr geht.

»Es geht mir nicht gut«, sagt meine Großmutter, die nie

sagt, dass es ihr nicht gut geht. Sie summt eine Melodie, als hörte sie Musik. Ich stelle mir vor, ihre Augen seien zu. Hustend unterbricht sie sich.

Ich frage, ob ihr etwas fehlt. Was eine dämliche Frage ist, also werfe ich schnell hinterher: »Hast du Schmerzen?«

»Ja«, sagt Großmutter und summt. »Hab ich dir schon mal erzählt, wie ich deinen Opa kennengelernt habe?«

Ja, hatte sie. Zwei oder drei Mal in dieser Woche allein. »Hast du nicht, Oma.«

»In einem Reigen. In Oskoruša. Er hakte sich bei mir ein und trat mir auf den Fuß, bevor die Musik überhaupt aufgespielt hat. Und als es losging gleich noch mal. Für den nächsten Tanz hab ich mich woanders hingestellt. Pero ist hinterher und trat mir wieder auf den Fuß. Ich wollte lieber neben einem tanzen, der nicht trat, und hab die dritte Runde ausgelassen. Er dann natürlich auch.«

Ich stelle mir vor, dass Großmutter lächelt. Großmutter hustet. Beim nächsten Reigen tanzte Großvater wieder auf ihren Zehen, und diesmal blieb Großmutter einfach stehen. Der Reigen spannte und zuckte wie eine Kette kurz vorm Springen, ging auf und schloss sich wieder, drehte sich ohne meine Großeltern weiter.

Sie schlug vor, dass sie sich setzten – was er als Zeichen ihrer Sympathie verstand und sie als Folge seiner Stiefeltritte. Großmutter summt. Ich kenne die Melodie, es ist ein serbischer Reigen, eilig und einfach.

»Wie ging es weiter?«, frage ich. Das Summen ist die Antwort, dann ihr Atmen, langsam und schwer. »Oma?«

Sie sagt: »Du hast Peros lange Beine.«

Als Kind fand ich den Vergleich gut, glaube ich, weil ich Großvater gut fand. Am Telefon klingt es, als ginge es ihr nicht bloß um die Physiognomie, sondern als müsste ich die Frage, wie die Geschichte weitergeht, selbst beantworten.

Am Tag nach unserem Telefonat kam Großmutter mit einer Lungenentzündung ins Krankenhaus. Statt die Krankheit zum Anlass für einen Besuch zu nehmen, blieb ich in Hamburg und schrieb über sie. An meiner Stelle fuhren meine Eltern nach Višegrad. Heute ist der 7. März 2018, sie sind seit einem Monat dort. Von ihnen weiß ich, dass es Großmutter körperlich besser geht, die Demenz sie aber härter beansprucht als zuvor. Sie spricht mit Menschen, die nur sie sieht, und sucht Menschen, die es nicht mehr gibt.

Heute rufe ich sie an, damit sie mir zum Geburtstag gratulieren kann. Ich will, dass sie sich an den Geburtstag erinnert. Das Gespräch plätschert so dahin. Großmutter spricht so leise, dass ich nicht fragen muss, wie es ihr geht. Ich sage: »Ich will demnächst wieder nach Oskoruša.« Sie schweigt. Ich frage: »Willst du mit?«. Sie schweigt. Ich summe den Reigen. Ich will schon aufhören, da lebt doch etwas in ihr auf und tanzt wieder. Diesmal ist sie im Reigen »mit einem Mann«. Sie sagt nicht »Pero« oder »Opa«. Ein Mann tritt ihr auf den Fuß.

Ich will wissen, wann genau das war.

»An einem Georgitag. Nicht so lange her. Hier auf der Kleewiese haben wir getanzt«, sagt sie, als wäre sie vor Ort, als stünden Tische und Bänke unter den Bäumen, als hörte sie die Grillen und die Musikanten. Und es ist merkwürdig. Ich will nicht, dass meine Großmutter mit irgendeinem Mann tanzt. Ich will, dass Großvater ihr auf den Fuß tritt. Ich will, dass sie in ihrer Erinnerung den ersten Tanz tanzt und die ersten Worte wechselt mit ihrem künftigen Ehemann.

»War das mit Opa?«

»Was?

»Du warst doch mit Opa in dem Reigen? In Oskoruša? Mit deinem Pero?« Ich summe wieder die Melodie, komme mir aber auf einmal vor, als richte ich ein Tier ab und breche ab.

»Mit Pero?«, sagt Großmutter zögerlich.

Das reicht mir schon.

»Drüben, unter dem Speierling«, sagt sie, »haben wir geredet. Man konnte mit Pero besser reden als tanzen, ohne Frage. Weißt du, die Mädchen aus der Gegend sind alle groß und rau. Wie Eichen. Ich hab kleine Knochen, das mochte mein Pero.«

Großmutter räuspert sich.

»Opa nimmt sich viel Zeit für dich«, sagt sie, ihre Stimme verändert. Fester und überzeugt von dem, was sie sagt. »Ich sehe euch gern zusammen. Ihr streunt herum in der Stadt. Redet die ganze Zeit.« Und dass mich jeder andere Siebenjährige verhauen könnte, ich aber jeden von ihnen austricksen, dass er mir gibt, was ich von ihm will. »Auch das hast du von Pero«, sagt Großmutter. »Ihr seid beide Querulanten mit den Worten.«

Angeblich hat Großvater auf meine zahlreichen Kinderfragen selten direkt geantwortet, sondern die Antwort in eine kleine Geschichte verpackt. So habe ich es selbst über Jahre erzählt. Es war eine gute Erklärung für meine Lust am Erfinden. Ich frage Großmutter, ob das wahr sei, mit den Geschichten. Ich hätte es gern so. Ich bin ein Opportunist.

Großmutter sagt: »Er hat trotz der Hitze ein Sakko getragen. So ein Großtuer. Ein gutaussehender Großtuer.«

Sie legt auf.

An der Klingel zur Wohnung meiner Großmutter stand noch viele Jahre nach seinem Tod der Name meines Großvaters. Petar Stanišić war 1986 gestorben. Man klingelte dreißig Jahre lang bei jemandem, den es nicht mehr gab. Großmutter ließ nicht zu, dass man ihren Mann von der Klingel entfernte. Sie wusste wohl, wenn er nicht mehr die Klingel benannte, gab er bloß noch einem Grabstein seinen Namen, vor dem man dann und wann eine Kerze anzündet.

Mein Drängen zum Reigen hin ist merkwürdig, weil ich doch weiß, dass die ganze Geschichte so gar nicht sein kann. Meine Großeltern haben sich nicht tanzend kennengelernt und auch nicht in Oskoruša. Großvater ging als Steuerbeamter einmal in einem Dorf namens Staniševac von Tür zu Tür und erledigte, was zu erledigen war. Im größten Haus blieb er länger. Er trank und aß mit dem Hausherren, eine junge Frau tischte die Speisen auf. Sie wechselte kein Wort mit dem Fremden und keinen Blick.

Ein Jahr später stürzte Großmutter vom Pferd und brach sich den Arm. Sie kam nach Višegrad in das Krankenhaus, wo Großvater inzwischen als Buchhalter angestellt war. Im Neonlicht auf dem Flur begegneten sie einander. Er konnte sich an die junge Frau erinnern, die Polenta aus der Küche bringt, und sie an den jungen Mann und sein Sakko über der Stuhllehne. Das reicht ja manchmal für den Anfang: die gemeinsame Erinnerung an einen Augenblick, der zunächst keine Bedeutung zu haben scheint.

Mein Name steht an einer Klingel in Hamburg.

Ich habe als Kind ein paar Mal den Reigen getanzt.

Ich weiß die Schritte heute nicht mehr.

Mein Sohn hat meine langen Beine.

RECHTSCHAFFEN, LOYAL, UNERMÜDLICH

Ich bin in einem Land geboren, das es nicht mehr gibt. Der 29. November ist Tag der Sozialistischen Föderativen Republik Jugoslawien. An dem Tag treffen sich Jugoslawen, die es nicht mehr gibt, an jugoslawisch aufgeladenen, symbolischen Orten. Wenn sie am 29. November, dem Tag der Sozialistischen Föderativen Republik Jugoslawien, die es nicht mehr gibt, zusammenkommen, gibt es sie noch. Es zählt die Selbstbestimmung, oder? Am 29. November habe ich alte Männer und alte Frauen mit Tränen in den Augen singen sehen:

Širom sveta put me vodio
Za sudbom sam svojom hodio,
U srcu sam tebe nosio,
Uvek si mi draga bila
Domovino moja mila,
Jugoslavijo, Jugoslavijo!

In die weite Welt führte mich mein Weg,
ich folgte meinem Los,
im Herzen trug ich dich,
stets warst du mir teuer,
meine liebe Heimat,
Jugoslawien, Jugoslawien!

Einmal kam man an der Neretva zusammen. Ein anderes Mal grillte man Lämmer auf dem Igman. Ljubljana, Belgrad und

Jajce waren ebenfalls schon dran. In Jajce hätten die Deutschen um ein Haar Tito getötet. Die Teilnehmer machen Selfies in der Höhle, in der Tito und sein Stab sich versteckt hielten. Das Licht ist schlecht und die Fotos dementsprechend auch, was soll man machen.

Für die Abendunterhaltung wird ein Chor gebucht. Der Chor singt Volks- und Heldenlieder und darf nicht zu teuer sein. Steht stumm im Hintergrund, der Chor, wenn Reden gehalten werden. Über den Antifaschismus redet immer einer, inklusive aktueller europäischer Bezüge. Einmal Antifaschist, Antifaschist bis ins Grab.

Alle Anwesenden, außer dem Chor – der ist meist jung –, sind noch in Jugoslawien geboren und aufgewachsen. Sie verliebten sich dort, haben geheiratet oder auch nicht, meistens aber doch. Sie ließen sich in Jugoslawien am Blinddarm operieren, kauften ein jugoslawische Auto, machten Schulden und beglichen sie, standen Krisen und Glück durch, und manche haben ihren Blinddarm noch. Das Einzige, was sie in Jugoslawien nicht mehr können: sterben. Der Erde ist das gleich, ihnen nicht.

Sie können schlecht abschließen mit dieser Pointe der Geschichte. Also abschließen schon, man ist realistisch. Jugoslawien ist vorbei. Sie aber eben noch nicht. Für einen Tag und eine Nacht lassen sie Jugoslawien auferstehen mit Vollpension, Festredner, Dia-Show (auch mal Powerpoint) mit Fotos aus den Fünfzigern und Sechzigern, die Waghalsigen zeigen auch die Achtziger. Die Katastrophe findet in Podiumsdiskussionen statt, von der Katastrophe muss man keine Fotos zeigen. Unter Fahnen mit dem Stern stehen sie auf, der Chor intoniert die Hymne:

Hej, Slaveni, jošte živi
riječ naših djedova,
dok za narod srce bije
njihovih sinova.

Hey, ihr Slawen, noch lebt
das Wort unsrer Ahnen,
solange für das Volk
das Herz ihrer Söhne schlägt.

Singen alle mit. Hand auf dem Herzen, Kinder des Sozialismus, Geschwister der Völker. Sie sind Reliquienhändler, belesene Rentner, Bauern und Großmütter. Sie sind im Verein des *Tito-Centers*, in der *Gesellschaft für die Wahrheit des Volksbefreiungskampfes*. Sie debattieren im Stuhlkreis. Nur wer die Stafette hat, darf reden. Die Jahre unter Tito waren ihre besten. Sie glauben, dass das für andere auch wahr sei. Die Gegenwart ist die Hölle nach dem Paradies. Außer für jene, die von der Hölle profitieren – die politischen Hardliner, die gewissenlosen Unternehmer, die ausbeuterischen ausländischen Investoren.

Einmal gab es im Hotel in Mostar zur gleichen Zeit einen Gynäkologen-Kongress mit weitaus besserem Essen. Spät am Abend setzte einer der Jugoslawen seine etwas zu kleine Pioniermütze auf und brachte die Faust zum Gruß an die Schläfe, worauf alle ihre Mützen nahmen und salutierten. Der erste sprach den Pionierschwur, die anderen stimmten ein. Die Erde tat sich auf, Tito stieg über eine goldene Rolltreppe in die Welt und wollte jedem Anwesenden einen Orden verleihen, dann war es aber nicht Tito, sondern ein verwirrter Gynäkologe, der in die Augen der Pioniere starrte und rückwärts wieder rauslief. Es tat ihm ehrlich leid, gestört zu haben.

Ich bin ein wenig wie sie. Ich glaube an die alten Ideale. Auch ich kann den Pionierschwur noch immer auswendig:

Heute, da ich Pionier geworden bin, gebe ich mein Pionierehrenwort:
Dass ich fleißig lernen und arbeiten werde, Eltern und Ältere ehren und ein guter und ehrlicher Genosse sein.
Dass ich unsere selbstverwaltete Heimat lieben werde, die Sozialistische Föderative Republik Jugoslawien.
Dass ich für die Idee der Brüderlichkeit und Einheit einstehen werde und für Ideen, für die Tito kämpfte.
Dass ich alle Menschen der Welt wertschätzen werde, die Freiheit und Frieden anstreben.

Wie schön ist das denn? Alle Menschen der Welt wertschätzen! Wie einfach es klingt.

Nach dem Frühstück ein verkaterter Spaziergang an der Neretva. Einer will in den Fluss pissen und fällt hinein. Mehrere Genossen springen hinterher, Solidarität und Albernheit brechen aus. Aus dem Wasser ertönt die Internationale, flussabwärts ruft ein Angler: »Maul halten, ihr Vollidioten!«

Und: »Alle, die arbeiten wollten, hatten eine Arbeit.«

Und: »Ja, etwas Zensur und ein paar politische Häftlinge gab es auch. Weitaus weniger als in den Blockstaaten.«

Und: »Soziale Absicherung, Bildungsgleichheit, Reisefreiheit.«

Und: »Ja, aber Personenkult muss man sich ja verdienen.«

Und: »Wäre Tito noch am Leben gewesen, hätte es keinen Krieg gegeben.«

Und: »Wäre Tito noch am Leben, wäre Jugoslawien heute wie die Schweiz, nur weniger verstockt.«

Und: »Wäre Tito noch am Leben, wäre Jugoslawien Weltmeister. Stell dir doch mal vor, eine Fußballmannschaft aus allen Landesteilen!«

Und: »Bitte um Ruhe, Genossinnen und Genossen. Nächster Vortragender ist Mile Radivojević. Mile braucht keine gesonderte Vorstellung. Miles Referat trägt den Titel: *Josip Broz Tito und die Wahrheit um seinen ›Hexenschuss‹ zum 40. Jahrestag der Großen Sozialistischen Oktoberrevolution.* Bitte, Mile.«

Und: »Wir sind Jugoslawen. Das ist unsere Herkunft. Und unsere Zukunft.«

In der Nacht, der Chor und die Krawattenknoten sind aufgelöst, schieben die Teilnehmer, noch fast vollzählig, die Tische an die Wand. Es wird getanzt und trotz Verbot geraucht. Ein klarer Himmel über Mostar. Mancher Stern ist längst verglüht, man sieht ihn trotzdem noch. Ein Hotelangestellter fragt, ob noch etwas gebraucht werde, er mache gleich Feierabend.

Es wird nichts gebraucht.

Jugoslawien tanzt in die Morgendämmerung. Einer aus Split träumt auf dem Stuhl. Einer aus Ljubljana geht auf sein Zimmer. Einer aus Tuzla verabschiedet sich mit einer aus Titograd nach oben. Einer aus Novi Sad döst weg auf dem Klo. Einer aus Skopje stellt den Wecker auf dreizehn Uhr.

Gute Nacht, Genossen, gute Nacht.

HALBBLUT

Der Weltrekordhalter im Liegestütz (29.449) innerhalb von vierundzwanzig Stunden hieß 1986 Miodrag Stojanović Gidra und war Jugoslawe.

Die jugoslawischen Herren wurden zwei Mal hintereinander, 1989 und 1991, Basketball-Europameister.

1991 spielte Roter Stern auch um den Weltpokal. Ich durfte bis tief in die Nacht wach bleiben und das Spiel ansehen. Der Gegner kam aus Chile und trug im Wappen einen Indianer. Wir spielten eine ganze Halbzeit zu zehnt und gewannen trotzdem 3:0.

Jugoslawien stellte Produkte her, die vielleicht nicht richtig gut waren, aber gut genug. Oder vielleicht nicht einmal gut genug, aber billig.

Jugoslawien war Landschaftskulisse für Italowestern, das grandioseste Genre, sofern man Karl May und Pistolengefechte so sehr liebte wie ich als Kind und wie Nena Mejrema die ernsten Augen des sehr schmutzigen Clint Eastwood.

Jugoslawien, das waren die Guten. Gut im Sport, gut im Krieg, gut im Frieden, gut zwischen Krieg und Frieden und abseits der Blöcke. In der jugoslawischen Erzählung ziehen alle an einem Strang und sind gleichberechtigt, unabhängig vom Alter, Geschlecht, Beruf oder von der ethnischen Zugehörigkeit.

Alle Probleme kamen mit dem Versprechen einher, man könne sie lösen, falls man gemeinsam anpackte. Das war vielleicht nicht ehrlich, es war aber optimistisch. Manche wurden gelöst, manche nicht.

Das Problem mit den astronomischen Krediten blieb Jahrzehnte lang ungelöst und führte in die Inflation.

Das Problem mit den Kritikern der Staatsmacht löste man, indem man sie auf einer Insel wegsperrte, aber so was fühlt sich natürlich nicht wirklich prima an. Als Kind bekam ich nichts davon mit. Darin war Jugoslawien auch ganz gut: das weniger Gute verschweigen.

Jugoslawien förderte die Jugend, weil die Zukunft in deren Händen lag. Damit war auch ich gemeint. Es war ein ziemlicher Druck, ehrlich gesagt: für etwas einstehen und sorgen zu müssen, das noch gar nicht stattgefunden hat. Es war überhaupt ganz schön leichtfertig, sich auf jemanden zu verlassen, der mal gucken wollte, was mit einem Ficus geschieht, wenn man ihn mitsamt Topf und Erde in der Waschmaschine schleudert, aber gut.

Mit meinen Pioniergenossen säuberte ich die Ufer der Drina und pfiff »Wind of Change«, mein Lieblingslied zu der Zeit. Ich lernte Gedichte auswendig und schrieb selbst welche, meine lyrischen Ichs waren gereimte Partisanen.

Kurz vor dem Krieg warb ich für Blutspenden.

An einem Samstag im Januar oder Februar schwärmten wir aus, gingen von Tür zu Tür, fragten die Bewohner: »Wann war eigentlich deine letzte Blutspende, Genosse?« Das mir überantwortete Viertel lag in der Nachbarschaft von Großmutter Kristinas Haus. Ich kannte die Leute, sie kannten mich. »Wie sieht es aus, wollt ihr nicht mal wieder Blut spenden?«

Bestimmt hat kein Land so viel Blut gespendet wie Jugoslawien, glaubte ich damals, das beachtliche Blut der Serben, Kroaten, Bosnier, Mazedonier, Slowenen und jener Minderheiten, die nicht unbedingt namentlich genannt wurden, wenn man die Völkerformel aufsagte. Aber auch ihr Blut war bestimmt super.

Ich war Halbblut. Ich las *Winnetou*.

1990 kam es zu Ausschreitungen bei einem Spiel zwischen Dinamo Zagreb und Roter Stern Belgrad. Zuschauer gingen aufeinander los, Kroaten auf Serben, Serben auf Kroaten, die Spieler mittendrin. Es gab hunderte Verletzte.

1992 wurden die Nationalmannschaften Jugoslawiens aufgelöst.

Im August 1992 massakrierte die Armee der Republik Srpska unweit von Višegrad ein ganzes Dorf. Barimo. Barimo heißt das Dorf. Sechsundzwanzig Menschen wurden umgebracht.

2001 wurde der Liegestütz-Weltrekordhalter Miodrag Stojanović Gidra in seinem Wagen erschossen. Eine Kugel traf ihn in den Hals, fünf in die Brust.

TOD DEM FASCHISMUS, FREIHEIT DEM VOLKE

Spätestens nach Titos Tod in den Achtzigern taten sich Lücken auf in der multiperspektivischen Erzählung Jugoslawiens und Risse im Fundament der Föderation. Mit Parolen der Einheit und Brüderlichkeit waren vor allem die wirtschaftlichen Gräben nicht zu schließen. Die reicheren Republiken zeigten sich nicht länger willens, die Verteilung der Güter und des Kapitals mitzutragen, die Abspaltungsbestrebungen wurden mit ethnischen Ressentiments unterfüttert – ethnische Ressentiments waren die Antwort. Die Politik ließ die Ängste nicht kleiner werden, sondern schürte eher die Feindseligkeiten.

Der Kitt der multiethnischen Idee hielt dem zersetzenden Potenzial der Nationalismen nicht länger stand. Tito als die wichtigste Erzählstimme des jugoslawischen Einheitsplots war nicht zu ersetzen. Die neuen Stimmen volkstümelten verlogen und verroht. Ihre Manifeste lesen sich wie Anleitungen zum Völkerhass. Sie wurden von Intellektuellen unterstützt, medial verbreitet und so oft wiederholt, bis man ihnen, Mitte der Achtziger, nirgends mehr entkam. Von ihnen hatte Vater gelesen, bevor er mit Mutter und mit der Schlange tanzte.

Die neuen Erzähler hießen Milošević, Izetbegović, Tuđman. Sie gingen auf eine lange Lesereise zu *ihrem* Volk.

Genre: Wutrede mit Appellcharakter.

Rahmen: Erratische Politik der Achtziger, Wirtschaftskrise und Inflation.

Sujet: Das eigene Volk als Opfer. Ehrverletzung, erlittene Ungerechtigkeiten, verlorene Schlachten. Der *Andere* als Feind.

Hauptfiguren: Wenigverdiener und Arbeitslose von heute und vor Jahrhunderten gefallene Krieger.

Erzählte Zeit: Etwa achthundert Jahre.

Stil: Imperative. Symbole über Symbole. Brachiale Bilder. Dräuende Ahnungen.

Perspektive: Allwissend. Erste Person Plural ist das Erzählpronomen der Wahl. Das *Wir* wird so genutzt, dass es *Die* ausschließt, die nicht dazugehören: »Wir lassen uns von denen nicht mehr – undsoweiter.«

Botschaft: Auf zu neuen Heldentaten! Die Geschichte kann korrigiert werden! Unser Blut ist stark! Nikola Tesla ist Serbe. Dražen Petrović ist Kroate.

Argumentationslinie: Behauptung eines Volkes, dessen nationale und kulturelle Integrität bedroht ist und daher verteidigt werden muss. Behauptung wahlweise rassischer, religiöser oder moralischer Überlegenheit zur Legitimierung territorialer Begehrlichkeiten. Herkunftsfolklore als Ausweis von Individualität. Alles, was von der anderen Seite kommt, ist gelogen.

Rezipienten: In den Herrenhüfttaschen Klappmesser und Deo.

Ausgerechnet hier! Auf diesem Balkan, Mann! An der Kreuzung zwischen Orient und Okzident! Alle sind hier irgendwann aufmarschiert, alle! Haben sich breitgemacht, wurden besiegt (oder auch nicht), zogen sich zurück. Und sie alle ließen etwas da. Rom, Venedig, die osmanischen Heere, Österreich-Ungarn. Und all die Slawen. Juden kamen von der Iberischen Halbinsel und blieben. Roma-Enklaven existieren im gesamten Raum. Die Deutschen schliefen in Betten meiner Vorfahren. Alle waren hier, wo du dasselbe Lied in verschiedenen Tonarten anstimmst, *je nachdem*. Hier, wo du *türkischen* Kaffee trinkst, deutsche und arabische Lehnwörter selbstverständlich benutzt, mit urslawischen Vilen in den Wäldern tanzt und auf Hochzeiten zu gleichermaßen miesen kroatischen oder serbischen Schlagersongs. Hatten wir nicht die Tore von *Roter Stern* gemeinsam bejubelt? Offenbar nicht.

Heute ist der 29. August 2018. In den letzten Tagen haben tausende in Chemnitz gegen die offene Gesellschaft in Deutschland demonstriert. Migranten wurden angefeindet, der Hitler-Gruß hing über der Gegenwart.

Im jugoslawischen Wappen brannten, umkränzt von Weizenähren, sechs Flammen für die sechs Völker. Darüber briet der fünfzackige Stern. Das Kind, das ich gewesen bin, fand das Wappen super, wobei es sich schon auch fragte, warum der Weizen oder der Stern nicht in Flammen aufgingen.

1991 waren Zugehörigkeiten ein Zündstoff geworden. Alle tranken dasselbe Benzin. Jede Herkunft konnte die falsche sein. Das Feuer wurde angefacht.

Nachdem die Flammen in Kroatien 1991 aufgelodert waren, agitierte ich in Višegrad für den Frieden. In seinem Namen entwarfen wir, eine Gruppe Acht- bis Vierzehnjähriger, ein Show-Programm. Großmutter Kristina half uns, die passende Bühne zu finden. Sie kannte den Besitzer eines zentral gelegenen Restaurants, er schuldete ihr vermutlich was. Wir durften kostenlos in den Biergarten und bekamen obendrein die Getränke spendiert.

Wir schmückten die Tische mit dem roten Stern und hängten Fähnchen und Kränze an die Wände. Die Kränze sollten aussehen wie Friedenskränze, aber in Wirklichkeit sahen sie aus, als käme gleich Väterchen Frost.

Wir rezitierten Lobeslyrik: Auf Jugoslawien. Auf den Volksbefreiungskampf. Auf die Gemeinschaft, die Kindheit, den Regen, den Roten Stern (ich).

Wir sangen Partisanenlieder und amerikanische Popsongs. Es gab eine Talkshow mit wechselnden Themen. Ich erinnere mich an die Dinosaurier- und an die Antifaschismusfolge. Großmutter organisierte an drei Nachmittagen eine Tombola und gewann selbst zwei Mal. Meine Englischlehrerin hielt einen Vortrag über etwas, ich weiß nicht mehr, was, ich starrte die ganze Zeit auf ihre Lippen. Unsere Mütter schmierten täglich Brote fürs Buffet. Am Ende der zwei Wochen waren die wegen der Inflation so teuer, dass wir sie verschenkten.

Nach den Vorstellungen gab es Musik. Ich agitierte zu der Zeit auch um ein Mädchen und hatte Erfolg. Sie tanzte mit mir, und alles fühlte sich unfassbar *gut* und *richtig* an. Dann tanzte das Mädchen mit einem anderen Saša, was sich unfassbar *schlecht* und *falsch* anfühlte. Bei ihnen lief sogar (bitter und höhnisch) »Wind of Change« von den Scorpions.

Ziemlich genau ein Jahr nach unserer Show wird ein serbischer Soldat in der Wohnung meiner Großmutter Kristina nach meiner Mutter suchen. Er wird alle Türen öffnen und sogar nachschauen, dass sie nicht am Balkon hängt. Er wird sich ein Glas Milch einschenken und meine Großmutter fragen, wie sie zulassen konnte, dass ihr Sohn eine »Türkin« heiratet. Beim Abschied gibt er Großmutter noch einen Rat:

»Nimm das Bild von Tito von der Wand!«

»Rassisten sind grundsätzlich unhöfliche Menschen«, soll Großvater Pero einmal gesagt haben. Es ließ sich in Jugoslawien lange Zeit gut gegen Rassismus und Faschismus sein. Umso unerhörter erscheint die Selbstverständlichkeit, mit der Rassisten in Belgrad, in Zagreb, in Vukovar und auch in Višegrad in den 90ern aufmarschierten.

Welten vergehen, stellt man sich denen, die sie vergehen lassen wollen, nicht früh und entschieden in den Weg. Heute ist der 21. September 2018. Wäre am nächsten Sonntag Bundestagswahl, käme die AfD auf 18% der Stimmen.

Das Porträt von Tito hängt heute noch in der Wohnung meiner Großmutter. Die Kinder von Višegrad hielten einen Ort zwei Wochen lang für den Frieden besetzt. Einmal sangen sie bestimmt:

In die weite Welt führte mich mein Weg,
ich folgte meinem Schicksal,
dich trug ich im Herzen,
stets warst du mir teuer,
meine liebe Heimat,
Jugoslawien, Jugoslawien!

GROSSMUTTER UND TITO

»Tito ist tot!«, flüsterte Großmutter. Sie leerte ihren Kaffee in die Spüle, tupfte sich den Mund mit dem Küchentuch ab, öffnete die Tür zum Treppenhaus und rief: »Tito ist tot!« Ich fasste sie am Arm, sie verkündete es weiter und lauter. Froh oder entsetzt? »Tito ist tot!«

Großmutter war nie politisch gewesen. Politik war die Domäne meines Großvaters, er war es, der Titos Porträt an die Wand gehängt hatte, und nur weil Tito zu ihrem Mann gehört hatte, nahm sie ihn nicht wieder ab. Sie selbst teilte Menschen in gut und schlecht, je nachdem, ob sie gut oder schlecht aßen und ob sie sich gut oder schlecht um die Familie kümmerten. Das Kümmern betraf auch das Leben nach dem Tod, die Pflege der Gräber und der Erinnerung. An erster Stelle standen jene, für die ihre Familie an erster Stelle kam.

Tito sah auf Fotos wohlgenährt aus, und er hat sich um die jugoslawische Familie gekümmert. Das dürfte Großmutter genügt haben. Ihr Ausbruch schien mir aber übertrieben. Sie schlug meine Hand weg: »Tito ist tot!« Sie wollte runter, wollte auf die Straße.

»Heute, da ich Pionier geworden bin, gebe ich mein Pionierehrenwort.« Ich hatte nicht laut gesprochen, Großmutter blieb aber stehen. Ich flüsterte: »Tito ist im Untergrund. In seiner Höhle in Jajce.« Ich schloss mit Daumen und Zeigefinger den Reißverschluss zwischen meinen Lippen.

Großmutter nickte. Ihre Augen glänzten. Sie kehrte zögerlich um. Schlug die Tito-Biografie auf und sah sich die Bilder an. Den Abschnitt über Titos Höhlenversteck in Jajce ließ sie sich von mir vorlesen. Bat mich, Fenster und Türen zu schließen, und sagte leise: »Sei ehrlich, braucht er unsere Hilfe?«

»Die Revolution braucht jeden, der getreu dem Kampf des Proletariats dienen will«, sagte ich und führte die Faust an die Schläfe.

»Ich will einfach eine Pistole, du Esel«, flüsterte sie.

Ich sagte, ich würde sehen, was sich machen lässt. »Vielleicht frag ich Andrej.«

»Welchen Andrej?«

»Deinen Nachbarn. Den Polizisten?«

»Hier gibt es keinen Polizisten.« Großmutter winkte ab.

Ich begriff: »Hier« war nicht heute. Großmutter befand sich in Titos Todesjahr, 1980.

Ich las weiter in der Biografie, sie wirkte abwesend. Die Erwähnung von Andrej hatte sie verunsichert. Sie starrte vor sich hin. Legte irgendwann den Kopf auf das Riesenbuch und schlief ein, Titos Konterfei unter ihrer Wange.

IN SCHUHKARTONS, IN SCHUBLADEN, IM COGNAC

Großmutter hat vieles aus der Wohnung entfernt, was ihrem Mann gehört hatte. Behalten hat sie: Dokumente und Fotos, die sein Leben beglaubigen; Großvaters kleine Bibliothek (Bücher, die sie nicht gelesen hat und nicht lesen wird); seine Anstecknadeln und seine drei Sakkos (eines passt mir wie maßgeschneidert, die beiden anderen sind hässlich). Während sie auf Titos Biografie schlief, ging ich durch die Wohnung und suchte nach seinen Spuren. Ihr Schlaf kam mir gelegen, ich wollte sie nicht wissen lassen, was ich tat, keine Ahnung, warum.

Großvater war eine Leerstelle in meiner Erinnerung, die durch fremde Anekdoten und eigene Erfindungen überbrückt worden war. Ich wollte nun so etwas wie eine Begegnung mit ihm in Tatsachen. In Ausweisen und Stromrechnungen auf seinem Namen. Ich begann mit einem Gläschen seines Cognacs. Die Flasche war älter als ich. Für mehr als einen winzigen Schluck fehlte mir der Mut. Der Cognac schmeckte zu süß und nach Vergeblichkeit.

Petar »Pero« Stanišić liegt in Schuhkartons, in Schubladen, er ist in Folien eingeschweißt. Seit sie krank ist und die vergangenen Zeiten grüblerisch durchquert wie eine Dichterin, spricht Großmutter wieder häufig von ihm. Meist weiß man nicht, erinnert sie sich wirklich oder fabuliert sie? Gewiss ist, dass sie sich ihn – so oder so – herbeiwünscht. Ich erinnere mich nicht an die beiden am selben Ort.

Da sitzen sie aber nebeneinander auf dem Foto von einer Feier. Eine Tafel, hier, in dieser Wohnung. Großmutter und Großvater zwischen ihren Gästen. Es ist heiß im Raum, man schmeckt das Gelächter über den Tellern. Auf dem Tisch die Cognacflasche. Über der Lehne von Großvaters Stuhl hängt sein Sakko – das mir gut steht.

Ich zog das Sakko an.

Großvater wendet sich der Großmutter zu. Sie steht an seiner Seite, eine Hand auf seiner Schulter, die andere gestikuliert. Großmutter erzählt. Kein Mensch wird je erfahren, was. Sie erinnert sich vermutlich nicht mehr. Und die anderen an dieser Tafel sind alle schon tot.

Großmutter hatte bestimmt nicht die Absicht, ihrem Mann ein Denkmal zu errichten. Sie hat einfach ein paar Sachen, die sie wichtig fand, nicht weggeworfen. Ich fand auch einen Einkaufszettel (Brot, Milch, Äpfel, Mehl, Salami) und blätterte in einem fettigen Heftchen mit Kinderliedern. Das war ihr Privatarchiv, keiner sonst musste es verstehen.

GROSSVATER IST LÄSSIG UND BEWAFFNET

Heute ist der 18. Juli 2018. Ich finde keinen anderen Weg, um zu präsentieren, was ich über meinen Großvater erfahren habe, als die Funde aufzulisten wie Zutaten im Rezept für eine Biografie. Der große Großvater-Erzähler ist eine angestaubte Liste.

URKUNDE DER STAATLICHEN VOLKSSCHULE RUDO

Stanišić, Petar, *Sohn von* Bogosav, *geboren am* 14.10.1923 *in* Oskoruša, *Konfession:* serbisch – orthodox, *beendete* die vierte *Grundschulklasse im Jahr* 1934/35 *und erlangte dieses Zeugnis:*

Es sind alles Vierer (zweitbeste Note). Auch im *Singen*, in *Schönschrift* und im *Handwerklichen Arbeiten unter Einsatz volkstümlicher Motive.* Die einzige Fünf (beste Note) in *Religion und Moral.*

Verhalten: 5
Tage gefehlt, begründet: 3
Unbegründet: 0

Foto: Großvater in Schwarzweiß als etwa Sechzehnjähriger
Im Gürtel ein Messer. Die Kappe schief, der Blick trotzig, die Hand in die Seite gestützt. Großvater ist lässig und bewaffnet, und ich denke: Vielleicht bist das wirklich du.

DIENSTAUSWEIS DER JUGOSLAWISCHEN ARMEE (JA)

Genosse: Stanišić, Petar.
Wohnort beim Einzug in die Jugoslawische Armee: Oskoruša
Zivile Tätigkeit: Landwirt
Größe: 176
Gewicht: 72
Dienstdauer in der JA vom 12.02.1945 *bis* 18.01.1946
Gattung: Infanterie
Erlernte Fähigkeiten im Militärdienst, die im zivilen Leben von Nutzen sein könnten: Kämpfer

LOBESURKUNDE

Genosse Stanišić, Petar. Diese Lobesurkunde sei Attest deines Anteils am Wiederaufbau unserer Heimat.
Tod dem Faschismus – Freiheit dem Volke!

Višegrad, 05.12.1948

PARTEIAUSWEIS BH 01 456416

Stanišić, Petar *ist Mitglied des Bundes der Kommunisten Jugoslawiens seit dem* 8.9.1949.

Etui (darin eine Uhr vom Haus der Gesundheit):
1.10.1967 – für 20 Jahre treuen Dienst.

Foto: Familienfest in Schwarzweiß
Eine reich gedeckte Tafel. Mutter, lachend. Großvater hat den Arm um sie gelegt. Beide Großmütter mit Dauerwelle und ohne Eckzahn. Großvater Muhamed lächelt verlegen. Hat alle Zähne. Würde wohl gerade

lieber angeln als in einen Fotoapparat gucken. Die Cognacflasche sieht zuversichtlich aus. Hoch die Gläser! Nenas Arm bleibt im Schoß, sie trinkt keinen Alkohol. Feiern sie meine Geburt?

Befund der Klinik für kardiovaskuläre und rheumatische Erkrankungen in Banja Vrućica, Nr. 3605 für Stanišić, Petar
DIAGNOSIS:
Calculosis renis 1. sin.
Varices cruris bill.
Hypertensio arterialis osc.
Myocardiopathia hypertensiva comp.

Ich googelte alles sofort: Nierenstein, Krampfadern. Erkrankung des Herzmuskels infolge von Bluthochdruck. Wegen des erhöhten Widerstands in den Arterien pumpt das Herz kräftiger, die linke Herzkammer nimmt an Volumen zu und verliert mit der Zeit an Leistungsfähigkeit.

Ich nahm mein schlagendes Herz wahr. Recherchierte Präventionsmaßnahmen (Sport, Diäten). Mein Vater hat vor ein paar Monaten blutdrucksenkende Medikamente verschrieben bekommen.

Der Patient hat die Belastungsprüfung auf dem Fahrrad-Ergometer nach 11 Min./150W (entspricht schwerer physischer Arbeit) aufgrund von Ermüdung und Atemnot abgebrochen.

Ich rief meinen Arzt an und machte einen Termin aus für ein Belastungs-EKG.

Foto: Großmutter, Großvater und ich am Esstisch in Farbe
Eine Geburtstagstorte mit acht Kerzen. Großmutter trägt ein rotes Kleid und sieht mich an. Großvater im

Sakko sieht in die Kamera. Das Kind im Pullunder sieht zur Torte. Es ist unser letztes gemeinsames Foto. Monate später zeige ich es meinem Sohn. »Wer ist das?« Ich deute auf den Jungen im Pullunder.
»Das bin ich«, sagt mein Sohn.

Die Todesanzeige aus der Lokalzeitung vom 24.07.1986
Petar Pero Stanišić, Buchhalter im Haus der Gesundheit, Kämpfer für die Volksbefreiung, Kommunist und vorzüglicher gesellschaftlich-politischer Arbeiter, verstarb unerwartet … Die traurige Nachricht hallte schmerzvoll wider in seiner Familie, in Višegrad, in Oskoruša, seinem Geburtsort –

Die Anzeige begleitet ein Foto des riesigen Trauerzugs. Der Sarg an der Spitze ist längst diesseits der Brücke, das Ende der Kolonne noch auf der anderen Seite. Ich bin nicht in der Kolonne. Ich durfte nicht mit zur Beerdigung, meine Eltern hatten befürchtet, dass mich das Ganze überfordern würde. Ich war bei einer Nachbarin geblieben, wir spielten Domino. Heute bin ich neidisch auf diejenigen, die ihn zu Grabe getragen haben. Auch das, mein Fehlen in dem Trauerzug, hat mich hierhergebracht, zu diesen Schuhkartons.

Hier ist meine einzige ehrliche Erinnerung an das Bauernkind, an den Partisanenkämpfer, an den Parteifunktionär: ein alter Mann und ein Junge, gebeugt über ein Kreuzworträtsel. Der alte Mann gibt Hinweise verpackt in einfache Fragen, bis der Junge, scheinbar allein, auf den gesuchten Begriff kommt. Der Junge schreibt die Buchstaben in die Kästchen mit einem dicken Vierfarb-Kugelschreiber.

Na gut, noch einen Schluck. Im Barschrank hinter der Cognacflasche der letzte Fund. So gelagert, dass man es *finden soll*: ein Foto von Großvater, er sitzt auf einem Holzzaun (drei Planken, Pfeiler, drei Planken, Pfeiler), eine Berg-Lehne im Rücken. Es sind die Wälder und Wiesen von Oskoruša, der Gipfel vom Vijarac.

Großvater wirkt entspannt. Kantiges Gesicht, sagt man das so? Hohe Wangenknochen. Eine gespielte Strenge im Ausdruck, man ahnt: Gleich lächelt er, gleich, nachdem ausgelöst worden ist.

Wer hat das Bild gemacht – Großmutter?

Sie kam, wie gerufen, herein: »Pero, was machst du da?«

»Ich bin es, Oma.«

Großmutter brauchte einen Moment, um sich zu orientieren, im Raum und in der Zeit, stellte ich mir vor. Sie hob eines der Fotos auf, sah es sich an und streichelte über das Papier wie über Haut. »Du hast nicht gefragt, ob du das darfst. – Was willst du denn?« Sie kam näher.

»Ich weiß es nicht, ich weiß nicht, was ich suche –«

»Dann denk doch erst mal nach!«

»Es tut mir leid.«

Sie stand vor mir. »Du solltest dir das Haar schneiden.«

»Warum das?«

»Pero hätte das nicht gefallen.«

Ich fragte, ob es ihr gefällt.

»Naja.« Oma stützte sich schwer auf meine Schulter. »Zeig mir mehr«, sagte sie. Sie wollte mehr Fotos sehen. Ich zeigte ihr Großvater in Uniform. Wenn er es denn war. Mit Mütze und auch Bart, es war schwer zu sagen. Ich fragte nach. »Das ist Opa, oder?« Fügte hinzu, er sei verwundet worden. Das war in seinem Dienstausweis vermerkt worden. Wo, fragte ich. Was war geschehen?

Großmutter sah sich das Foto lange an, tat es zur Seite und sagte: »Er war nicht im Krieg. Mein Pero hat den Krieg verachtet.«

Meine Erinnerungen sind Variablen der Sehnsucht. Großmutters Erinnerungen Variablen der Krankheit.

Sie tippte auf das Foto vom Großvater am Zaun. Unter ihrem Finger der Gipfel des Vijarac. »Dahin«, sagte sie, »da wollte er hinauf. Zu den Feuerfelsen. Wo bleibt er bloß so lang?« Sie nahm den Finger wieder weg. Über dem Gipfel ein Schemen. Wurmartig. Ein Fussel auf der Linse? Flügel ausgebreitet. Flügel? Ein Fussel auf der Linse.

Großvater sitzt exakt dort auf dem Zaun, wo ich damals saß, als Großmutter mich mitgenommen hatte nach Oskoruša.

Flügel? Ein Fussel. Ein Schemen. Ein Berggipfel.

»Wo bist du gerade, Oma?«, fragte ich.

»Wo bist du?«, fragte – mich? – Kristina.

GROSSMUTTER UND DER EHERING

Großmutter findet ihren Ehering nicht. Sie sucht überall, er ist weg. Sie sieht einen Mann auf dem Hügel. Er kommt ihr bekannt vor. Großer Mann im Sakko, dieses Profil, das ist er doch – sie ist sich fast sicher. Großmutter eilt hinunter, überquert den Hof, und am Hügel angekommen, ruft sie seinen Namen: »Pero!«, ruft Großmutter. »Pero!«

Der Mann ist nicht mehr zu sehen.

Eine Passantin fragt, ob alles in Ordnung sei.

Nichts sei in Ordnung, erwidert Großmutter. Aber das sei ja wohl nicht ihr Problem.

Heute ist der 17. April 2018. Meine Großmutter wartet in den dünnen schwarzen Strümpfen bei den Garagen. Sie wartet unterhalb des Vijarac, und es ist ein Frühlingstag in Oskoruša, circa 1960. Sie hat einen Schirm dabei, der Himmel ist klar, und es regnet gleich.

Ihr Mann ist im Gebirge unterwegs. Was er da macht, sie ist sich unsicher. Mal sucht er Pilze, mal wandert er zum Nachdenken auf den Gipfel. Immer ist er da draußen in einem Wetter, das einen Regensturm bringt.

Großmutter dreht an ihrem Ehering und überlegt, was zu tun sei. Hatte sie den Ring die ganze Zeit am Finger? Egal. Hauptsache, er ist wieder da.

Großmutter kehrt um. Noch steigt sie nicht hinterher, um ihn zu suchen, in diesen dunklen Wald.

NÄHER AM NORDPOL

Zoki kommt ins Klassenzimmer, legt ein Papier auf das Lehrerpult und ruft: »Jeder trägt sich ein.«

Es gibt drei Spalten: *Moslem / Serbe / Kroate*.

Alle versammeln sich, alle zögern.

»Mann, Leute, ts.« Zoki trägt seinen Namen unter *Serbe* ein.

Kenan nimmt ihm den Stift weg und trägt sich unter *Moslem* ein.

Die beiden Gorans tragen sich unter *Serbe* ein.

Edin trägt sich unter *Moslem* ein.

Alen trägt sich unter *Moslem* ein.

Marica trägt sich unter *Serbe* ein.

Goca trägt sich unter *Serbe* ein.

Kule fragt, was das soll.

Zoki sagt: »Damit wir Bescheid wissen.«

Kule sagt: »Fick dich.«

Zoki sagt: »Du bist doch Moslem.«

»Ich bin *Fick dich*«, sagt Kule.

Elvira macht eine neue Rubrik mit *Weiß nicht* auf und trägt sich da ein. Alen nimmt wieder den Stift und streicht seinen Namen durch und trägt sich unter *Weiß nicht* ein. Goca auch.

Marko trägt sich unter *Serbe* ein.

Ana trägt sich unter *Weiß nicht* ein, denkt kurz nach, streicht den Namen durch, schreibt *Jugoslawe* als fünfte Rubrik und trägt sich da ein.

Zoki schreibt unter *Moslem* Kule rein.

Kule sagt: »Zoki, ich fick deine Mutter, du dummes Pferd.«

Die Gorans bauen sich vor Kule auf. Der mit den langen Schneidezähnen sagt: »Kule, was ist los, wo drückt der Schuh?«

Kule reißt Zoki den Stift aus der Hand, er will etwas auf Gorans Stirn kritzeln, der schubst ihn, Kule schubst zurück, wir gehen dazwischen.

Alle rufen durcheinander. Kule hebt die Arme, *alles okay, hab mich wieder im Griff*, sagt die Geste. Er tritt an den Tisch und schreibt eine sechste Rubrik. Sie heißt: *Fickt euch alle.* Kule trägt dort *Kule* ein, tritt auf den Stift, der bricht, und verlässt das Klassenzimmer.

Niemand folgte Kule. Die Liste verschwand.

Moslems wurde ein paar Monate später in manchen Städten befohlen, ein weißes Tuch am Ärmel zu tragen.

Eine Eskimo-Familie lebte in Višegrad über dem Supermarkt in der Tito-Straße. Die hatten mit den Inuit nichts gemein, es war nur ein Scherz gewesen bei der Volkszählung 1991, ein Scherz, der tatsächlich in die Statistik aufgenommen wurde und bald stadtbekannt war. Der Vater wiederholte ihn während der serbischen Besatzung, aber niemand lachte mehr. Also verließ er mit seiner Frau und der kleinen Tochter die Stadt. Sie leben heute näher am Nordpol und sprechen ganz ordentlich Schwedisch.

GRETCHEN FRAGT

Ich hatte nie Religionsunterricht. Niemand, der mir nah war, praktizierte irgendeinen Glauben offen, es gab nicht mal jemanden, der gesagt hätte: »An einen Kirchengott glaube ich nicht, aber dass es so eine Wesenheit geben könnte, das schon.« Darüber bin ich extrem froh. Ich dachte eine Zeitlang, ohne Witz, Moslem sei man, *weil* man Schweinefleisch nicht aß – einfach also jemand mit einer speziellen Diät.

Nena Mejrema glaubte an Nierenbohnen und an Clint Eastwoods Schauspieltalent. Ich habe sie nie beten sehen. Wenn sie dem Islam überhaupt zugewandt war, dann sehr diskret. Allah kam in ein paar Redewendungen vor. Bei uns allen.

Großvater Muhamed war zu sehr Menschenfreund, um an einen Gott zu glauben. Wie kannst du religiös sein, wenn du zum Anbeten zu gut bist? Freundlichkeit, Fischfang und Familie. Das zählte für Muhamed, den selbstlosesten Menschen, den ich bis heute kennen durfte.

Das, und eine gute Rasierklinge. Großvater Muhamed besaß zeitlebens denselben Rasierer, einen kleinen verchromten Hobel mit einem Zahnkamm als Kopfteil, ein deutsches Modell der Firma Rotbart. Den Griff zierte die Prägung *Mond Extra*. Er hatte den Rasierer von seinem Vater bekommen, und der hatte ihn von einem deutschen Soldaten im Tausch für was auch immer. Großvater bewahrte den Rasierer in einer roten Büchse aus Blech auf; die Farbe blätterte ab, und auch dem Rasierer fehlte hier und dort der Glanz. Großvater hütete ihn wie einen Schatz. Er rasierte sich jeden zweiten oder dritten Tag mit sehr gutem Ergebnis.

Großvater Pero war wahrscheinlich der einzig Gläubige in der Familie. Er glaubte an den Sieg des Sozialismus, und da er dessen Niederlage nicht erlebt hatte, ist er in quasi-religiösen Belangen eigentlich nie enttäuscht worden.

Im April 1992 stieg ein unrasierter Mann in Camouflage-Uniform auf das Dach seines Hauses in Sarajevo und verschoss ein ganzes Magazin in Richtung Sonne, weil ihm zu heiß war an dem Tag. Er bekreuzigte sich, oder er sah auf Knien gen Mekka und sagte: »Friede sei mit euch.« Dann kletterte er vom Dach, packte seinen Rucksack und zog in die Berge, und das war der Krieg.

Im April 1992 rief jemand den Namen meiner Mutter in der Tito-Straße in Višegrad sehr laut. Mutter zuckte zusammen. Ein Mann saß auf dem Mäuerchen vor dem Rathaus und winkte sie zu sich. Polizeihemd und Waffengurt und Trainingshose. Sein Gesicht kam Mutter bekannt vor, wie er hieß, erinnert sie heute nicht mehr.

Als sie vor ihm stand, wiederholte er ihren Namen leiser und mit gespielter Sorge. Er fragte Mutter, ob sie denn wisse, wie spät es sei. Mutter verstand schon, dass er nicht die Uhrzeit meinte, sie sagte sie ihm dennoch.

MEINE MUTTER RAUCHT GERN EINE ZUM KAFFEE

Mutter lernt früh die Uhr zu lesen, das ist das Los der Eisenbahnertochter. Sie weiß alle Ankunfts- und Abfahrtszeiten und sie weiß, zu welcher Stunde ihr Vater zurückkommen soll. Wartet auf ihn bei allen Wettern am Gleis. Dreckig und müde und schwer wie Rauch steigt er aus, hebt sie hoch und trägt sie nach Hause, wo ein warmes Essen wartet.

Reisen bedeutet für meine Mutter bis heute das: Freude, dass jemand, den sie liebt, irgendwo angekommen ist. Ihr Wunsch an mich, an uns alle, lautet, man möge ihr Bescheid sagen, wenn es so weit ist. Von eigenem Reisen, nah oder fern, habe ich sie nie schwärmen hören. Ihre Kindheit an der Eisenbahntrasse war nur das: eine Kindheit an einer Eisenbahntrasse. Die Züge transportierten kein Fernweh. Familienreisen konnte sich die Familie nicht leisten.

Die selbstbewussten jugoslawischen Sechziger durchmaß meine Mutter mit dem bescheidenen Ehrgeiz einer jungen Frau, der gelang, was ihr wichtig schien. Sie hatte gute Schulnoten und Freunde. Im Gymnasium las sie Marx und Kant und konnte alles kochen, was ihre Mutter kochen konnte. Meine Mutter war als junge Frau schön. Trug ihr Haar lang und offen. Über das Verliebtsein sprachen wir nie. Weder über ihres noch über meines.

Mutter schrieb sich für Politikwissenschaften mit Schwerpunkt *Marxismus* in Sarajevo ein. Sie war nicht ambitioniert, sie war interessiert. Nun fuhr sie selbst oft mit dem Zug zwischen Višegrad und Sarajevo, und bei einer ihrer ersten Fahrten stimmten zwei ältere Frauen ein Partisanenlied an. Mutter sang nicht mit, es war ihr zu dämlich. Einmal reiste sie in einem Zug, auf dem ihr Vater Bremser war, und kam mit Verspätung an.

Die Bahntrasse führte durch das Tal der Drina. Mutter las. Lernte. Verlor keine Zeit. Draußen verging Jugoslawien vage vor sich hin. *Die Gewalt ist der Geburtshelfer jeder alten Gesellschaft, die mit einer neuen schwanger geht.*

In ihrer Studenten-WG fiel im Winter die Heizung ständig aus. Mutter schlief in voller Montur, als stiege sie auf schneebedeckte Träume. Sarajevo blühte und stank und tanzte und stritt. Mutter wurde schwanger. Ich lernte mit ihr fürs Examen, habe das meiste aber nicht mehr parat.

Sehr gute Noten zu bekommen schien schwieriger, wenn du eine Frau warst, sagt meine Mutter, und sie lernte einfach mehr als die Männer. *Die Menschen machen ihre eigene Geschichte unter unmittelbar vorgefundenen, gegebenen und überlieferten Umständen.*

Mutter bezog einen kleinen Studentenkredit und leistete sich nur ein Mal im Monat eine warme Mahlzeit außerhalb der Mensa. Wenn einer seiner Züge in Sarajevo hielt, brachte Großvater ihr Essen aus Višegrad mit. Mutter wartete am Gleis. Er stieg aus, lächelnd und verrußt. Roch nach der Kohle, die ihre Pita in der Lokomotive warm gehalten hatte.

1980 kehrte sie nach Višegrad zurück mit knapp den besten Abschlussnoten ihres Jahrgangs, wurde Marxismus-Dozentin am Gymnasium und stand für überteuerte Waren von fragwürdiger Qualität an. Sie echauffierte sich über die unfähige Führungsriege und soziale Ungleichheit. Fürchtete sich vor dem erstarkten Nationalismus und nahm ihn nicht wirklich ernst. Die Krise war für Mutter – für die meisten – auszuhalten gewesen, bevor sie lebensbedrohlich wurde. Bevor sie in Polizeiuniform und Trainingshose eine freundliche Warnung drohend aussprach.

Mutter leidet an der Vergangenheit unromantisch. Sie hatte die Hindernisse sozialer Herkunft überwunden – ihre Eltern waren keine reichen Leute, mussten sich Geld leihen. Sie hat, als Frau und aus einem nicht-akademischen Umfeld stammend, als einziges der drei Kinder studiert. 1990, als das noch unüblich war, machte sie sich selbstständig.

Die ethnische Herkunft allerdings hing ihr wegen ihres arabischen Namens an wie ein hartnäckiges Gerücht. Sie war ein Makel in den Augen der neuen Bestimmer, ein Makel, der sich weder mit Ehrgeiz noch mit Bildung oder Geschick korrigieren ließ. *Die Religion ist der Seufzer der bedrängten Kreatur, wie sie der Geist geistloser Zustände ist.*

Als Mutter mit fünfunddreißig ihr Leben in Višegrad aufgeben musste, verließ und verlor sie einen Ort, der bereits voll war mit guten Erinnerungen, Erfolg und persönlichem Glück. Das, was ihr fehlt, ergänzt sie heute nicht mit Erfindungen wie ich. Was fort ist, ist fort. Sie weiß noch, wie ihr Vater riecht, bevor er aufbricht (Kölnisch Wasser), und wie er bei seiner Rückkehr riechen wird (Kohlen). Meine Mutter raucht gern eine zum Kaffee und isst dazu gern Twix. Herkunft ist das Zusammenzucken, wenn jemand in ihrer Geburtsstadt ihren Namen ruft.

Ich habe zwei Lieblingsfotos von meiner Mutter. Auf dem ersten, einem Porträt, ist sie achtzehn oder neunzehn. Die Gesichtszüge – ich kann es nicht anders sagen – unendlich sanft. Das lange, schwarze, glatte Haar. Und der Blick: in sich gekehrt. Sie ist voll bei sich. Als Kind möchte man die eigene Mutter eher nicht in sich gekehrt sehen, sondern einem zugewandt. Heute finde ich ihre Versunkenheit irre schön. Zumal ich sie selten so erleben durfte. Mutter war erst für mich da, dann für andere, dann für sich.

Auf dem zweiten Bild ist sie umgeben von Freunden. Schlaghosen, Koteletten, Alkohol und Wünsche. Vater ist dabei, aber noch nicht mein Vater. Mutter lächelt, die anderen sind im ernsten Gespräch, eingefrorene Gesten aus einer bewegten Zeit. Mutter lächelt, als wäre sie außerhalb des Bildes. Sie lächelt, als wüsste sie mehr als die anderen. Oder als wüsste sie weniger, wäre aber glücklicher.

Als der Polizist ihr im April 1992 nahelegte, aus Višegrad zu verschwinden, weil es den Muslimen bald an den Kragen ginge, lautete ihre Antwort in einem Leben, das ich für sie geschrieben hätte: »Wer hat entschieden, dass ich eine Muslima bin?«

Mutter hat nichts dergleichen gesagt. Und das war klug. Sie hat sich für die Auskunft bedankt. Sie hat mich von Großmutter abgeholt und Vater von der Arbeit. Während wir packten – was würden wir am ehesten brauchen? –, gingen in den Bergen die ersten muslimischen Häuser in Flammen auf.

Mutter hat telefoniert, hat die Empfehlung des Polizisten weitergegeben. Vater und ich haben den Yugo beladen. Die beiden sind dann noch in den Garten. Haben sich dort umarmt, wo sie – es kam mir vor, als sei es tags zuvor gewesen und zugleich in einem Sommer vor vielen Jahren – ihren letzten Tanz getanzt hatten. Vater stand mit dem Rücken zu mir, Mutter mit dem Gesicht. Ihre Miene, die Augen weit offen, von derselben Entrücktheit wie auf dem Foto. Sie war körperlich bei ihrem Mann und sonst bei sich und ihrer Angst, bei ihrer Angst um mich, um uns, und auch schon weiter, schon nach dem Abschied, schon jetzt, schon fort.

Wir haben Großmutter Kristina abgeholt, die selbst nur bis über die Grenze mitkommen und später wieder mit Vater zurückfahren würde. Sie wollte sicher sein, dass wir die Stadt lebend verließen. Das haben wir dann, wir haben überlebt und sind, jeder für sich, raus aus unseren Leben.

HEIDELBERG

In Bosnien hat es geschossen am 24. August 1992, in Heidelberg hat es geregnet. Es hätte ebenso gut Osloer Regen sein können. Jedes Zuhause ist ein zufälliges: Dort wirst du geboren, hierhin vertrieben, da drüben vermachst du deine Niere der Wissenschaft. Glück hat, wer den Zufall beeinflussen kann. Wer sein Zuhause nicht verlässt, weil er muss, sondern weil er will. Glück hat, wer sich geographische Wünsche erfüllt. Das gibt dann vorzügliche Sprachreisen, Alterswohnsitze in Florida und Auswanderinnen in die Dominikanische Republik zu besser aussehenden Männern.

Heidelberg begann für mich als eine zufällige Stadt. Ich war vierzehn und hatte von ihr nie gehört, geschweige denn geahnt, wie gut sich am Neckar später mit einer Studentin der Philosophie spazieren lassen würde.

Unser Aufenthalt war als kurzzeitige Rettung gedacht aus der wirklich gewordenen Unwirklichkeit des Krieges. Müssten wir jetzt fliehen, wären also die Zustände an den Grenzen 1992 so restriktiv gewesen wie an den EU-Außengrenzen heute, würden wir Heidelberg nie erreichen. Die Reise wäre vor einem ungarischen Stacheldrahtzaun zu Ende.

Am 24. August 1992 kam in Heidelberg nach dem Regen die Sonne. Mutter wollte dem von der Reise verunsicherten Jungen, der ich war, etwas Gutes tun. Dass sie selbst ebenso verunsichert war, verbarg sie, so gut es ging. Ich erinnere mich an eine Busfahrt mit ihr, die verregneten Fenster wie eine Maske, dahinter die Stadt als ein Geheimnis.

In einer Eisdiele kaufte sie uns Schokoladeneis. Mit den Waffeln in der Hand spazierten wir auf einer langgezogenen Straße und später neben einem Fluss. Ziellos wanderten wir durch eine Welt, in der alles noch ohne Namen war: die Straßen, das Gewässer, wir selbst.

Niemand verstand uns, wir verstanden niemanden. Das Einzige, was ich auf Deutsch sagen konnte, war Lothar Matthäus. Nun kamen dazu: »Mein Name ist«, »Fluchtling«, »Heidelberg« und »Šokolade«. Die letzten beiden waren recht einfach.

Und das Schloss kam dazu: *Schwer in das Tal hing die gigantische, / Schicksalskundige Burg nieder bis auf den Grund, / von den Wettern zerrissen; / Doch die ewige Sonne goß / ihr verjüngendes Licht über das alternde / Riesenbild, und umher grünte lebendiger / Efeu.*

Auch wenn sie Hölderlin gekannt hätten, für die müde Mutter und ihren Sohn hätten die Verse kaum Strahlkraft gehabt. An jenem ersten Heidelberger Tag war nichts belegt mit Geschichte oder Vorwissen oder Literatur. Dächer, Fassaden, Baustoffe. Materialien. Menschen in der klaren Luft nach einem Regen. Erinnerungen an Schüsse. Das war alles.

Dann aber wurde unvermutet der Blick frei, schräg nach oben, wo die ewige Sonne tatsächlich ihr verjüngendes Licht auf eine inmitten von Berg und Wald ruhende Schlossruine goss. Ich hatte mehr kaputte Häuser gesehen, als mir lieb sein konnte – das hier war das erste kaputte Schloss. Das trotz aller Kaputtheit fantastisch aussah, fantastisch und stolz – und darin irgendwie wieder vollständig. Es wirkte, als sei es schon als blassrote Ruine in den Berg eingelassen worden. Als könne es nur so und nur hier, in angenehmer Nähe zum weichen Fluss und den nun unmaskierten Gesichtszügen der alten Stadt, frei von allen Zweifeln existieren.

Auf einmal waren auch wir uns selbstverständlich. Eine Mutter und ihr Sohn auf einem kleinen Platz in Deutschland, der bald nicht mehr namenlos sein würde: Karlsplatz. Wie andere Mütter und Söhne auf anderen Plätzen. Wie der Schokoladengeschmack vom Schokoladeneis. Wie das Innehalten unterhalb eines imposanten Bauwerks, das man zum ersten Mal sieht.

Der Anblick des Schlosses wird für mich immer nach Schokolade schmecken. Meine erste Freude in Deutschland war eine touristische Attraktion. Im Nachhinein weiß ich, dass die Freude kam, weil wir uns zum ersten Mal nach der Flucht sicher fühlten. Hier waren wir fremd, aber die Fremde war nicht bedrohlich, der Regen einfach nur Wetter, die Sonne nur sie. An diesem merkwürdigen Ort, an dem du als eine gigantische Ruine einfach so herumstehen konntest, und Japaner kraxeln auf dir herum, und du bist ein wenig hochmütig, ein wenig grotesk, und gleich bist du auch ein wenig »mein« – hier konnte uns nichts geschehen. Wie die Schlossruine würden auch wir überdauern.

So schön wie Heidelberg trocknen nach dem Regen nur Städte, in denen Olivenbäume wachsen. Auch dieses Bild ist ein Relikt aus dem Spätsommer 1992.

Mutter glaubte, der Krieg werde bald vorbei sein und wir könnten nach Hause zurück. In unserem ersten deutschen Zuhause teilten wir uns mit anderen Geflüchteten das Bad und den Fernseher und jede Türklinke. Wir teilten uns mit Fremden ein fremdes Leben in der Fremde. Uns allein gehörten drei braune Koffer. Das war genug, weil es genug sein musste. Wir lernten eine Sprache, die einen Kern hatte, hart wie der einer Pflaume.

Unser zweites Zuhause lag im Süden von Heidelberg in einem Viertel namens Emmertsgrund, einem Städtebauprojekt, bei dem mit Beton nicht gegeizt worden war. Dafür gab es Hanglage mit Blick auf die Rheinebene und immerhin Weinberge in den Ausläufern des *Naturparks Neckartal-Odenwald*.

In einer lauen Sommernacht in meinem zweiten deutschen Jahr habe ich dort mein Herz verloren an ein Mädchen mit rotem Haar, das mir versucht hat beizubringen, das Verb stehe in deutschen Relativsätzen immer am Satzende, was ich schon längst wusste, aber sie erklärte so schön.

Im Emmertsgrund wohnten besonders viele Migranten. Das ist in Deutschland überall gleich: Migranten wohnen meistens irgendwo im Besondersviel. Touristen fahren tendenziell erst zum Brandenburger Tor, andere Touristen gucken, dann nach Neukölln, Kaffee trinken und Araber gucken, und das wird sich nicht so schnell ändern, da können wir interkulturelle Dialoge fürs Theater bis übermorgen schreiben.

Zum Emmertsgrund fuhren Touristen überhaupt selten, der Barock wurde woanders beleuchtet. Sie verpassten einiges. Heidelberg hat einen schlanken Hals (das grazile Neckartal) und feingliedrige Arme (die Gassen der Altstadt). Seine Sandsteinfassaden sind immer zart gerötet – ewig verlegen von der eigenen Schönheit. Emmertsgrund ist zu diesem anmutigen Körper die rechte Hand. Groß und grob und rau, manchmal zur Faust geballt.

Im Emmertsgrund reichten einander die Hand: Bosnier und Türken, Griechen und Italiener, Russlanddeutsche, Polendeutsche, Deutschlands Deutsche. Dann und wann tauchten plötzlich größere Mengen dürrer, schweigsamer Schwarzer auf mit diesen blutunterlaufenen Augen, und da wusste man sofort: In Afrika hat es mal wieder irgendwo geknallt. Wir waren Nachbarn, Schulfreunde, Kollegen. Die Supermarktschlange sprach sieben Sprachen.

Die soziale Einrichtung, die sich für unsere Integration am stärksten einsetzte, war eine abgerockte ARAL-Tankstelle. Sie war Jugendzentrum, Getränkelieferant, Tanzfläche, Toilette. Kulturen vereint in Neonlicht und Benzingeruch. Auf dem Parkplatz lernten wir voneinander falsches Deutsch und wie man Autoradios wieder einbaut. Die einzige Regel: In der Nähe von Zapfsäulen – Rauchen verboten.

An Sonntagen war es besonders schön. Mittags gesellten sich die Polen nach der Kirche dazu und soffen sich langsam in den Nachmittag hinein. Großzügige, blonde Männer, noch leicht benommen vom Blut Christi, mit schmalen Schnurrbärten und diesen immer eine Spur zu großen Sakkos. Gespräche über Ausbildung, Felgen, Bundesliga, Bundeswehr, Leberwerte und immer irgendwann: Fortpflanzung. *Kurwa, Kurwa, Kurwa*, unvergesslich.

Die ARAL-Tankstelle war Heidelbergs innere Schweiz: neutraler Grund, auf dem die Herkunft selten einen Konflikt wert war. Multikultureller Faustdialog fand jedenfalls kaum statt. Gelegentlich überfallen wurde sie aber schon. Und auch dabei sprach man sich wohl ab, damit nicht etwa ein Deutscher und ein Russlanddeutscher am gleichen Abend mit der Gaspistole anmarschiert kamen.

Von uns Emmertsgrundern wollte da niemand jobben. Irgendwelche Hippies aus Kirchheim im vierzigsten Semester Kunstgeschichte übernahmen das, bemitleidenswerte Kreaturen, denen man prinzipiell eigentlich nicht wehtun wollte. Ihr Verschleiß war enorm. Aber einen Blick hatten sie von der ARAL – der war schon sensationell. An guten Tagen konnte man bis Frankreich sehen, an schlechten sah man in den Lauf einer Pistole.

Unterhalb der ARAL lag Leimen. Leimen ist die Geburtsstadt von Boris Becker. Manchmal besuchte Boris Becker seine Geburtsstadt. Wir saßen in den Weinbergen unterhalb der ARAL, tranken Leimener Bergbräu, das, wie Boris, irgendwann seine Karriere beenden musste, und sprachen über Steffi Graf. Tennisprofi wurde von uns keiner.

Wir waren eine Statistik der Gegenwart am Rand einer

ehrwürdigen Stadt, die ihre Vergangenheit im Heute feierte. Wir waren Kriminalität, Jugendarbeitslosigkeit, Ausländeranteil. Die Altstadt mit ihren amerikanischen Pflasterstein-Bewunderern, ihren Studentenküssen, Hundeschulen, verkaufsoffenen Sonntagen und kommunalen Kinos war ein Märchenreich, das wir höchstens mal betraten, wenn uns die Schule dazu zwang: Die Kinder der ARAL machten einen Ausflug ins Völkerkundemuseum.

Zum Studium zog ich dann tatsächlich »nach unten«, in die Weststadt. Meine WG hatte höhere Decken, als unser Emmertsgrunder Bungalow lang war. Gegenüber war der Friedhof, nebenan züchteten die Nachbarn seltenen Rosenkohl und hatten den *Stern* abonniert.

Nachdem meine Eltern den Emmertsgrund und Deutschland verlassen mussten, zog es mich kaum noch dahin. Auch der Kontakt zu den am Hang lebenden Freunden wurde seltener. Wer es sich leisten konnte, zog weg. Die ARAL gehörte der nächsten Generation.

Nach Emmertsgrund, dem Ungeschliffenen, durfte ich bald die Altstadt, den Schmuckkasten, mein nennen. Die besten Hanglagen bewohnten hier nicht Migranten, sondern Burschenschaftler. Die Altstadt war stolz auf sich. Dass sie älter wurde, aber nicht älter aussah. Der Verfall wurde aufgehalten oder kaschiert. Man war stolz auf das Abschneiden der Universität in den Rankings, auf das Verschontgebliebensein von amerikanischen Bombern. Auf die Ausländer im Emmertsgrund war man sowieso stolz. Solange wir keinen Scheiß bauten.

Dass ich Bosnier und Geflüchteter war, blieb im Emmertsgrund eine Randnotiz. Im akademischen Umfeld war es oft Hauptpunkt des Interesses. Ich war vorbereitet, hatte zwei, drei Kriegsanekdoten parat, für mehr Leid reichte die Aufmerksamkeit meist nicht.

Die Bibliothek der Philosophischen Fakultät blieb bis spät geöffnet. Während meines dritten Semesters saß ich oft dort und tat so, als würde ich Adorno lesen. Ich trug einen Rollkragenpullover, auch im Juni. Die Belohnung waren einige Spaziergänge mit *ihr* am Neckar. Ihr erzählte ich freiwillig, wo ich herkam, was ich erlebt hatte. Ich dachte, Flüchtlingsschicksal? Gibt vielleicht Punkte.

Sie zitierte gelegentlich Philosophen, ich weiß nicht mehr, wen, und leider auch nicht, was. Wie der erste Kuss geschmeckt hat, weiß ich noch (wir hatten Köfte gegessen).

Ich jobbte im Café Burkardt in der Friedrich-Ebert-Gedenkstätte. Was die ARAL für die Jugend Emmertsgrunds war, war das Burkardt für die Altstadt: ein Universum in der Nussschale mit getäfelten Wänden. Alle kamen sie: der SPD-Kreisverband, um mal wieder eine verlorene Wahl in Grauburgunder zu ertränken, Diabetiker-Omas fächelten sich gegenseitig Luft zu nach dem zweiten Stück Schwarzwälder Kirsch. Orientalistik-Studenten sprachen Arabisch und aßen dazu Semmelknödel.

Selten kam auch jemand von oben, vom Emmertsgrund. Man hatte inzwischen feste Jobs und Familien gegründet, erzählte aber vor allem von früher, von der ARAL, vom Jungsein. Von unserem einzigen Holländer, dem Michel, der mal bei einer Polizeikontrolle auf die Frage »Geboren?« mit »Ja« geantwortet hatte.

Als ich im August 2018 mit meinem dreijährigen Sohn in Heidelberg war, fuhr ich wie immer, wenn ich in Heidelberg bin, auch zum Emmertsgrund. Der ARAL-Parkplatz war leer, die Tankstelle renoviert. Wie früher kaufte ich mir ein Glückslos und gewann wie früher nichts.

Auf dem Weg zu dem Bungalow, in dem wir vier Jahre gewohnt hatten, traf ich die Mutter von Martek, einem meiner Freunde aus der ARAL-Zeit. Es war heiß, vor der Mittagsstunde schon an die dreißig Grad. Frau König saß auf der

Veranda und trank Limonade. Sie grüßte, ohne aufzustehen. »Hallo, Saša, wie geht es dir?« Es war, als hätten wir uns zuletzt tags zuvor gesprochen und nicht vor zwanzig Jahren. »Ist das deiner?«

»Ja, das ist er«, sagte ich. »Der ist meiner.«

»Martek hat schon drei«, sagte Frau König. »Ich war gerade bei ihm in New York. Drei Monate war ich da. Jetzt brauche ich drei Monate Pause.« Sie lachte.

Die Grillen zirpten. Vor zwanzig Jahren frage ich, ob Martek zuhause sei.

»Ja«, sagt Frau König. »Geh ruhig hoch.« Das schön gerollte polnische R. Das erinnerte Wort. Geh ruhig hoch.

Martek liest einen Comic.

»Alles klar?«

»Können los.«

»ARAL?«

Martek fasst sich ins Haar. »Wohin sonst?«

Ich verabschiedete mich von Frau König, wir stiegen die Stufen zu unserem alten Bungalow hoch. Auf dem Klingelschild stand ein türkischer Name. In dem kleinen Garten hatte ich Vokabeln gelernt, später Gitarre spielen. Im Bad am Spiegel das Küssen geübt, »mit Zunge«. Bringt auch nicht viel, wenn du vorher Köfte isst.

Wir gingen zu den Weinbergen runter. Die Stadt summte leise verdauend in der Mittagshitze. Stimmen waren zu hören, undeutlich, dann klarer: Ein Mädchen brachte einem Jungen Deutsch bei. Er wiederholte, was sie ihm vorsagte, wohl ungelenk, denn sie lachte, und er fluchte – ebenfalls lachend – auf Bosnisch.

»Jede Stadt«, schrieb der englische Schriftsteller John Berger, »hat ein Geschlecht und ein Alter, die nichts mit ihrer Demographie zu tun haben. Rom ist feminin. Paris ist ein Mann in den Zwanzigern, verliebt in eine ältere Frau.«

Heidelberg ist ein Junge aus Bosnien, der sich in den Weinbergen am Emmertsgrund von einem Mädchen Deutsch beibringen lässt. Der sich erst viel später des Zufalls bewusst werden wird, ausgerechnet ein Heidelberger Junge geworden zu sein. Der diesen Zufall Glück nennt und diese Stadt: mein Heidelberg.

BRUCE WILLIS SPRICHT DEUTSCH

Du stehst vor der Tür und liest: *Ziehen*. Das ist eine Tür. Das sind Buchstaben. Das ist Z. Das ist I. Das ist E. Das ist H. Das ist E. Das ist N. *Ziehen*. Willkommen an der Tür zur deutschen Sprache. Und du drückst.

Es ist der 20. September 1992. Du bist seit einem Monat in Deutschland. Die Tür gehört zu deiner Schule, heute ist dein erster Schultag. Du trägst deine neue Jeans. Deine Mutter hat dir die Jeans gekauft, weil sie nicht wollte, dass du in einer kaputten Hose zur deutschen Schule gehst. Sie fand die Jeans zu teuer. Mutter darf nicht arbeiten, und ihr habt wenig Geld. Die oder keine, hast du gesagt. Das zu sagen war assi, und du wusstest, dass es assi war, und Mutter hat es auch gewusst und hat dir die Jeans trotzdem gekauft.

Neben dir sitzt links ein Finne. Der Finne heißt Pekka. Pekka hat ein Daumenkino in sein Heft gemalt. Es sieht richtig gut aus. Eigentlich könnte Pekka gleich wieder nach Hause gehen und nie wieder zur Schule kommen und nur Daumenkinos malen, ein Leben lang.

Rechts sitzt Dedo. Er ist Jugo wie du. Bevor der Lehrer reinkommt, schreit Dedo schon mal vorsorglich. Dedo wird eine Zeitlang entweder schreien oder schweigen. Dann wird es mit dem Schreien besser werden.

Niemand in der Klasse ist von hier. Niemand spricht Deutsch. Super eigentlich, alle verstehen einander nur so ein bisschen und niemand muss irgendetwas erklären, weil man eh nichts erklären kann.

Der Geographielehrer stellt Landkarten auf und zeigt auf Flüsse und Berge und Wälder und Städte, und du schreibst *Rhein* auf und *Feldberg* und *Odenwald*, und der Lehrer sagt: »Ich bin in Mannheim geboren. Pekka, wo bist du geboren?« Und Pekka sagt: »Im Odenwald.«

Für die neue deutsche Schule also eine neue Jeans. Neu sind auch die Regeln, nach denen die Sprache gespielt wird und die meisten Spiele. Neu ist, dass Vater fehlt. Vater ist noch in Višegrad. Mutter und du verbringt Stunden in der Telefonzelle mit dem Besetztzeichen. Vaters Stimme ist gelöchert von Räuspern und Pausen. Auf die wichtigste Frage hat er keine Antwort: Wann kannst du zu uns kommen?

Du ritzt deinen Namen und das Datum in das Telefonzellengelb. 1.10.1992.

Erst ein halbes Jahr später ist Vater da.

Du sagst: »Wie geht's?«

Er hält dich lange fest. Er sieht aus wie immer, das Haar ist bloß länger. Erzählt wenig. Dass es in Višegrad ruhig war. Zuletzt. Dass es Großmutter gut geht. Den Umständen entsprechend. Was die Umstände konkret sind, dazu schweigt er, und das macht sie nicht gerade besser. Auch von den Umständen um die Narbe in seinem Oberschenkel erzählt er nichts. Du kennst dich nicht gut genug aus, als dass du sagen könntest, sie sehe aus wie ein verheiltes Einschussloch. Du fragst nicht nach. Vater hat seinen braunen Koffer mitgebracht. Eure letzte Reise zu dritt mit euren braunen Koffern führte an die Adria im Sommer 1990.

Die neue Sprache lässt sich einigermaßen gut packen, aber ganz schlecht transportieren. Du verstehst mehr, als du sagen kannst. An den Gepäckbändern der Deklination vergisst du Endungen, die deutschen Wörter sind zu sperrig, die Fälle geraten durcheinander und die Aussprache guckt immer raus, ganz egal, wie du die Sätze zusammenlegst.

Die Wochentage und die Monate hast du längst gepackt, es vergehen allerdings einige, bis du Freunde hast. Sie sind mit geteilter Sprache leichter zu finden. Du verstehst, welche Fußballmannschaft sie mögen. Olli aus Eppelheim mag eine Mannschaft aus Hamburg. Sein Vater nimmt euch mit zu einem Spiel nach Karlsruhe. Zum ersten Mal lädt dich in Deutschland jemand zu etwas ein. Ollis Vater schreit den Schiri an. Du lernst die Vokabel »Duwichserdu«. Er kauft euch in der Halbzeit Bratwürste. Du singst mit: »Hamburger Jungs, Hamburger Jungs, wir sind alle Hamburger Jungs.« Für neunzig Minuten bist du ein Hamburger Junge. Deine Mannschaft heißt HSV. HSV verliert. Daran wirst du dich gewöhnen.

Der Geographielehrer holt Landkarten und zählt Bundesländer und Hauptstädte auf. Er fragt Pekka, was die Hauptstadt seines Heimatlandes sei, und Pekka sagt: »Stuttgart.«

Der Geographielehrer sagt: »Sehr lustig.«

Alle lachen, sogar die Traumatisierten.

Der Geographielehrer fragt mich, was die Hauptstadt meines Heimatlandes sei, und ich sage: »Belgrad und Sarajevo und Berlin.«

Zum Fußballspielen brauchst du wenig Sprache. Wichtiger ist, nicht als Letzter in ein Team gewählt zu werden. Die neue Jeans reißt aber am Knie auf, und Mutter flippt erst aus, dann weint sie, dann flickt sie die Jeans. Du sitzt währenddessen auf dem Sofa und fängst eine Fliege. Das Sofa ist vom Sperrmüll, und die Panik der Fliege kitzelt dich in der Faust. Du lässt sie frei, erst mal.

Plötzlich das: Du verliebst dich ein bisschen. Susanne hat blondes Haar, lang und gepflegt, ein Schmetterling darin, eine Klammer, rot und leicht. Susanne spricht kein Serbokroatisch und kein Englisch. Dein Deutsch ist noch zu schlecht, um wirklich ehrlich verliebt zu sein. Wie soll man erzählen?

Man zuckt mit den Schultern, wenn eine Frage gestellt wird, und hält Händchen.

»Welche Musik hörst du?«

»Ja, Musik gut!«

Vierundzwanzig Stunden später sagt Susanne: »Es ist aus.«

»Aus was?«, fragst du.

»Aus, also mit uns. Ich will mit dir nicht mehr gehen.«

»Gehen wohin?«, fragst du. »Ausgehen?«

»Nein, du verstehst nicht – ich mach Schluss.«

»Auf Schloss ausgehen?«

Du lernst »Händchen halten« und »Abschiedskuss«.

Verbpräfixe. Du austrägst Zeitungen. Du lernst die Nachbarn kennen und die Vokabel »Trinkgeld«. Sechs Monate später laufen dir noch immer Fehler bei der Verbtrennung unter, du hast aber Geld genug für einen deutschen Schal *Made in Taiwan*, den du Mutter schenkst. Mutter weint.

Indirekte Rede. Mutter weint oft. Du weißt meistens nicht, ob vor Freude, aus Trauer oder Angst. Sie arbeitet in einer großen Wäscherei. Sie sagt, es sei dort so heiß, dass ihr das Herz koche.

Du kannst deinen ersten Witz auf Deutsch erzählen. Es lacht bloß keiner, außer Pekka, aber es liegt inzwischen eindeutig nicht an der Sprache, sondern daran, dass du nicht so gut Witze erzählst.

Relativpronomen. Ein Land, dessen Sprache man versteht, ist nicht zwingend mehr dein Land, es ist aber weniger relativ.

Ihr besitzt einen kleinen Fernseher. Am Abend wird kurz auch dein Krieg gezeigt. Du schaltest um: »Stirb langsam« mit Bruce Willis. Bruce Willis spricht Deutsch. Du verstehst Bruce Willis ganz okay. Es geht Bruce Willis körperlich nicht so gut. »Yippie-ya-yeah, Schweinebacke«, sagt er und kämpft für seine Familie.

Plusquamperfekt. Geschichte bei Herrn Gebhard, Thema

Nationalsozialismus. Du stehst auf, obwohl man in Deutschland nicht aufstehen muss, wenn man sprechen möchte, und du rufst, obwohl man nicht so laut sein müsste: »Tod dem Faschismus, Freiheit dem Volke!«

Futur. Politikunterricht. Du sagst: »Kapitalismus wird sich selbst fressen.«

Du stehst wieder vor der Tür. Du nimmst nicht mehr wahr, dass da *Ziehen* steht. Etwas können ist das Beste. Der Koffer aus Sprache ist mit mehr Gepäck leichter geworden. Die vielen Vokabeln und Regeln und Fertigkeiten schicken dich auf eine neue Reise: Du beginnst Geschichten zu schreiben.

Auf einem Hochsitz im Wald. In den Emmertsgrunder Weinbergen. Auf dem Sperrmüllsofa, Papier auf den Knien. Eine Geschichte handelt davon, wie dein Vater eine Schlange tötet. In einer anderen kommst du vom Schlittenfahren nach Hause und Großmutter wärmt deine Hände in ihren. In einer dritten wird dein Vater angeschossen. Großmutter Kristina ist allein in Višegrad. Davon werden deine Geschichten erst viele Jahre später handeln.

Der 31er-Bus bringt dich vom Emmertsgrund nach Rohrbach Süd. In Rohrbach Süd steigst du in die Tram Nr. 3 und fährst bis Ortenauer Straße. Von dort gehst du zur Schule. Der Weg ist nicht besonders interessant oder schön oder gefährlich. Es ist der kürzeste Weg. Vier Jahre ist es dein Weg. Auf beiden Seiten der Ortenauer Straße stehen ähnliche Häuser. Einige haben den Garten vorn, einige hinten. Einige haben einen Baum im Garten, einige nicht. Hecken trennen die Grundstücke, und in den Fenstern sind weiße Gardinen. Alle Dächer sind braun. Die Briefkästen sind weiß oder braun.

Du bist in der Ortenauer Straße nie angepöbelt worden. Du hattest in der Ortenauer Straße nie zu großen Hunger. Du warst aufgeregt vor mancher Klausur. Du hast Tagträume gehabt. Dir war heiß oder kalt, nie aber zu arg. Du hast in der

Ortenauer Straße nie in die Hecke gepisst oder eine Scheibe eingeschlagen, warum auch, und einmal, in der elften Klasse – der Krieg in Bosnien war zu Ende – bist du nach der Schule in einen der Gärten gestiegen, einfach so. Eine kleine Rutsche stand da, Spielzeug lag herum, und auf einem Tisch unter dem Apfelbaum gab es Äpfel in einer Schüssel. Der Schuhabtreter sagte: *Home Sweet Home.* An der Klingel waren die Namen von einer Frau, einem Mann und einem Mädchen. Der Name des Mädchens war mit Kinderschrift ergänzt worden.

Du hast auf deine Turnschuhe gesehen. Deine Mutter hatte die bei Deichmann gekauft. Sie sahen okay aus, sie waren schlicht und schwarz, und das Gras war kurz, gelbe Blumen in den Beeten. In der Ecke stand ein Gerätehäuschen, du hast die Tür geöffnet und hast im dämmrigen Licht Luft geholt, und die Luft hat nach Schmieröl und Zement gerochen. Dann hast du einen Apfel genommen aus der Schüssel auf dem Tisch und bist zurückgegangen in die Ortenauer Straße.

GEBUNDENE HÄNDE

Dass ich heute noch mit Sprache arbeiten, dass ich literarisch schreiben kann, ist ein Privileg. Ich weiß noch, wie es sich anfühlt, für etwas *keine* Sprache zu haben. Wie ich manche Unterhaltungen am liebsten einfach abgebrochen hätte, wenn meine Gesprächspartner ihre Ungeduld kaum verbergen konnten, weil ich so lange brauchte, um mich mitzuteilen. Wie ich mich der höchstens mittelmäßigen Sprachkenntnisse meiner Eltern geschämt habe nach drei oder vier Jahren in Deutschland. Dabei war Mittelmaß eigentlich super; es gab ja nicht wenige, denen der Zugang, der Wille oder die Gelegenheit fehlten, die Sprache überhaupt irgendwie zu erlernen.

Vater bewarb sich anfangs auf alle möglichen Stellen – solche, für die er qualifiziert war, und solche, von denen er sagte: Ich lerne schnell. Solange Kochen nicht involviert war, konnte er sich alles vorstellen. Gärtnern, Unterrichten, Schuhe verkaufen. Und jede Form von Baustelle. Er wurde selten zum Gespräch eingeladen. Klappte es mal, bat er mich mitzukommen, damit ich übersetzen könnte, falls er etwas nicht verstand.

Die Tatsache, dass ein Bewerber jemanden dabei hat, der ihm so unter die Arme greift, könnte für ihn sprechen und als Zeichen für seine hohe Motivation gedeutet werden. Oder aber gegen ihn. Ich erinnere mich an den Blick der Personalerin einer Spedition, als ich erklärte, warum ich mitgekommen sei. Es war der mitleidige Blick, den ich schon gut kannte bei Deutschen, die zwar wohlwollend sind, nicht aber willens.

Immerhin zog sie das Gespräch durch, obwohl ihr und mir und vermutlich auch Vater klar war, dass daraus nichts werden würde. Sie verabschiedete uns mit den Worten: »Ich will ehrlich sein: Sie sind mir sympathisch, mir sind aber die Hände gebunden.«

Das war neu und interessant: *gebundene Hände*. Die Hände der Personalerin ruhten auf dem Schreibtisch zu Fäusten geballt. Daneben stand eine Tasse mit dem Logo der Spedition und der Aufschrift *Die Welt ist klein*.

Vater bedankte sich. Sich bedanken hatte er in der kurzen Zeit in Deutschland gut gelernt. »Danke sehr!«, donnerte mein Vater, achtunddreißigjähriger Betriebswirt mit Schwerpunkt Logistik und hörbarem Akzent der kleinen Welt entgegen.

HÄNGT SIE!

Am 24. August 1992 werfen Neonazis Molotow-Cocktails in ein Wohnheim für vietnamesische Vertragsarbeiter in Rostock. Es gibt Zuschauer. Rostocker Bürger. Zugereiste Hasstouristen. Polizei.

»Wir räuchern sie aus!«

»Hängt sie!«

»Sieg Heil!«

Brandsätze werden in den unteren Stockwerken platziert. Die Menge singt: *So ein Tag, so wunderschön wie heute.* Es gibt Buden. Man holt sich ein Bier und eine Wurst und guckt in die Flammen. Feuerwehr kommt, man hat die Zufahrten versperrt. Ein deutscher Pogromjahrmarkt.

Ich bekam von der Sache nichts mit. Besser so. Wir waren in Deutschland gerade angekommen und mit uns selbst beschäftigt. Wo kriegt man Bettlaken, und wie soll man die bezahlen? Welcher Bus bringt mich wohin, gibt es das Ticket beim Fahrer, und wie soll man das bezahlen?

Knapp drei Monate später, an einem Montag im November, brachte ein Lehrer Zeitungsausschnitte über Lichtenhagen in den Sprachunterricht. Wortschatzarbeit. Mutet zynisch an, war ihm aber ein Anliegen: mit uns Ausländern über Ausländerhass sprechen.

Wir lasen stumm und blieben stumm nach dem Lesen. Sonst meldete sich immer gleich jemand, weil etwas nicht begriffen worden war. Diesmal hatten das Wesentliche wohl alle begriffen. Diesmal waren wir gemeint.

In meinem Vokabelheft gibt es am 19. November 1992 zwanzig Einträge:

Sonnenblume (f)
aufgebracht
Bürgerwehr (f)
Trittbretfahrer (m)
Vorgang (m) / vorgehen (-ging)
Krawal (n)
freisetzen (freigesetzt)
basteln (-te)
Sprengsatz (m)
ersticken (-te)
Löscharbeit (f, löschen, löschte)
sich zurückziehen (-zog)
jmndn das Feld überlassen
jmndn decken
verkorkst
Einsatz (m)
Zustrom (m)
mißbrauchen (-te)
Einschränkung (f)
Grundrecht (n)

Wir sahen uns auf der Karte an, wo Rostock liegt. Wir sahen uns auf der Karte an, wo Hoyerswerda liegt. Wir sahen auf der Karte, wo Vietnam liegt. Pekka sagte: »Ich komme aus Rostock nicht.«

Der Nachhauseweg über die Ortenauer Straße fühlte sich an dem Tag länger an. Von einem der Balkone hing eine deutsche Fahne (f). Ich hatte sie zuvor schon gesehen, jetzt fragte ich mich, wer sie warum dort angebracht hatte (anbringen, -gebracht).

Zuhause dann: Was haben wir Jugos mit Vietnamesen gemein? Und schon war ich dabei, in dem bisschen Wissen über Vietnam (vom Vietnamkrieg hatte ich gelesen, das Essen zwei Mal gekostet, einen Vietnamesen an der Schule gekannt) nach dem zu suchen, was an dem Land und seinen Leuten hassenswert sein könnte. Und der eigentliche Horror: Ich wägte ab, worin ich als Jugoslawe anders, worin *besser* sei, um mich gewissermaßen zu versichern, dass uns, den Guten, nichts Derartiges widerfahren könne.

In der Schulbibliothek lagen Zeitungen aus. Ich machte es mir zur Gewohnheit, sie in der Mittagspause durchzublättern. Erst las ich nur die Überschriften, später ganze Reportagen. Führte neben dem Vokabelheft auch ein Nachrichtenheft. Boris Becker gewinnt gegen Jim Courier. Eine Seeblockade gegen Serbien tritt in Kraft. In Mölln kommen ein zehnjähriges und ein vierzehnjähriges Mädchen sowie deren Großmutter ums Leben bei einem Brandanschlag. Großbrand in der Wiener Hofburg, man rettet die Lipizzaner und Tausende Bücher.

Am 29. Mai 1993 starben bei einem rechtsextremen Brandanschlag in Solingen fünf Menschen. Tat (f). Hergang (m). Tathergang (m). Alle sind immer noch da, nur die Toten nicht. Aufarbeitung (f).

2017 wurden zwischen 264 und 1387 Angriffe auf Flüchtlingsunterkünfte erfasst (die Zahl variiert je nach Quelle). Heute ist der 28. August 2018. Sebastian Czaja (FDP) twittert: »Antifaschisten sind auch Faschisten.«

SCHWARZHEIDE, 1993

Im Sommer 1993 bekam Vater einen Job. Unter der Woche musste er jetzt nach Schwarzheide. Das klang mystisch und gefährlich, bis Vater erklärte, da sei mal die DDR gewesen, und jetzt sei da die BASF, und mit der Mystik war es sofort aus.

Die BASF baute in Schwarzheide neue Produktionsanlagen. Vater arbeitete für einen Jugo, der Haris hieß, den aber alle Harry nannten, vielleicht weil er lieber Ami gewesen wäre als Jugo, oder einfach weil er seinen Namen scheiße fand.

Es war Vaters erster Job in Deutschland. Er kletterte in Rohre und machte in den Rohren, was man ihm auftrug. Die Rohre waren so groß, dass er darin aufrecht stehen konnte. Am Ende des Tages hatte er manchmal mit den Kollegen mehrere Rohrkilometer zurückgelegt. Und wenn sie keine Lust hatten, zurückzulaufen, legten sie sich dort zum Schlafen hin, und am Morgen brachte die Frühschicht ihnen Brötchen und Aufschnitt mit. Jugos frühstücken in BASF-Rohren in der Lausitz.

Vater sagt heute: Unsinn. Das war ganz anders gewesen mit den Röhren in Schwarzheide. Die waren weder so groß, noch hat man darin je übernachtet, und überhaupt: »Frag doch einfach, dann musst du dir nicht so ein Zeug ausdenken.«

Ich wusste tatsächlich wenig über Vaters Zeit in der Lausitz. Von sich aus hatte er kaum darüber gesprochen, und ich war damals pubertierender Weltmeister im Meiden-von-

Unterhaltungen-mit-Eltern gewesen. Jetzt erst, nachdem er mich korrigiert hatte, wollte ich mehr wissen. Vater sagte, er werde mir eine Mail schreiben. Das tat er dann auch. Der Betreff lautete: Leben in Schwarzheide.

Die Mail war ganz und gar merkwürdig. *Ich wohne in einer ehemaligen Militärbaracke und teile das Zimmer mit zwei anderen*, schrieb Vater, schrieb im Präsens. Es war, als bekäme ich einen 1993 von ihm abgeschickten Brief. Oder als sei er noch immer dort. *In der Nähe der Baracken gibt es eine Telefonzelle, abends rufe ich an, um zu hören, wie es euch geht, wo du bist und was du machst.*

Ich erinnere mich an die Anrufe. Das Telefon klingelte nach dem Abendessen. Mutter wartete schon. Ich sprach, wenn überhaupt, nur kurz mit ihm. Es ging um die Schule, ging immer um mich.

Es gibt hier eine Kneipe, einen Dönerladen und einen Supermarkt, das ist, was wir also in der freien Zeit unternehmen, schrieb Vater, und dass der Döner von Schwarzheide der beste Döner sei, den er je gegessen hat.

Ich stellte ihn mir vor. Vater hatte abgenommen in Deutschland, spitze Wangen, zu breite Jeans, er isst einen Döner in Schwarzheide. Sein Haar leuchtet im Neonlicht an den Schläfen weiß.

Schon interessant, die Arbeit hier, und nach der Arbeit auch. Immer tut sich was, kein Tag gleicht dem anderen. Beko und ein anderer Bosnier sind im Gefängnis gelandet und wären da um ein Haar auch ziemlich lang geblieben.

Vater am Stehtisch vor der Dönerbude prostet den Kollegen zu, die dort aus der Gegend kommen; er erzählt ihnen von Jugoslawien, sie erzählen ihm von der DDR. Sie sind sich im Neonlicht von Schwarzheide einig, dass sie das, was ihren untergegangenen Staaten gefolgt ist, scheiße finden.

Die Röhren müssen punktgenau nach isometrischen Zeichnungen verbaut werden. Du darfst keinen Fehler machen. Wenn du mit einem Rohr loslegst, muss es exakt an der vorgesehenen Stelle ankommen. Wir sind immer schneller als die Deutschen. Die gucken dann, aber was wollen sie machen?

Vater schrieb nicht, warum Beko und der andere im Gefängnis gelandet waren.

Olja ist Serbe aus der Krajina, ehemaliger Förster. Er dient im gleichen Rohrtrupp wie Vater. Aus dem Krieg kommend, landete er in Ludwigshafen und fünf Tage die Woche in Schwarzheide. In Schwarzheide erzählte Olja vom ersten Tag an denselben Witz, gern auch mehrmals hintereinander. Schwieg aber auch mal, konnte auch ganz normal mit dir reden.

Der Witz geht so: Es kämpfen Partisanen und Deutsche in einem Wald, da kommt der Förster und schmeißt sie beide raus.

Anfangs war es lustig, bald aber unnötig und lästig. Jetzt reicht es auch mal, Olja, was soll das? Olja hörte aber nicht auf. Olja schreckte nachts aus dem Schlaf auf und erzählte seinen Witz der Dunkelheit in der Baracke, weckte alle. Wütend auf Olja war keiner, wie sollte man?

Einmal wurde aber einer ernst. Ein Albaner, der wie Olja in Ludwigshafen lebte, Olja auch mitnahm im Auto nach Schwarzheide und zurück. Er ist hin, Rohrzange in der Hand, und hat sachlich darauf hingewiesen: Olja, Mann, ich halt das nicht mehr aus. Also nicht den Witz. *Das*. Wir können dir nicht helfen. Kapier das bitte mal.

Ein Albaner mit der Rohrzange. Vielleicht auch traurig, wer weiß. Stand da und wartete, dass Olja es kapierte, und Olja nickte, weil er kapiert hatte. Und erzählte den Witz noch mal.

Ein paar Wochen pendelte er weiterhin nach Schwarzheide, allerdings mit dem Zug, weil der Albaner ihn nicht mehr mitnehmen wollte.

Eines Montags kam er nicht. Am Montag darauf fing ein anderer an und übernahm Oljas Aufgaben.

Vater weiß nicht, was mit Olja weiter war.

Es kämpfen Partisanen und Deutsche in einem Wald, da kommt der Förster und schmeißt sie beide raus.

Es kämpfen Partisanen und Deutsche in einem Wald, da kommt der Förster und schmeißt sie beide raus.

Es kämpfen Partisanen und Deutsche in einem Wald, da kommt der Förster und schmeißt sie beide raus.

Es kämpfen Partisanen und Deutsche in einem Wald, da kommt der Förster und schmeißt sie beide raus.

Es kämpfen Partisanen und Deutsche in einem Wald, da kommt der Förster und schmeißt sie beide raus.

Es kämpfen Partisanen und Deutsche in einem Wald, da kommt der Förster und schmeißt sie beide raus.

Es kämpfen Partisanen und Deutsche in einem Wald, da kommt der Förster und schmeißt sie beide raus.

Es kämpfen Partisanen und Deutsche in einem Wald, da kommt der Förster und schmeißt sie beide raus.

Es kämpfen Partisanen und Deutsche in einem Wald, da kommt der Förster und schmeißt sie beide raus.

Es kämpfen Partisanen und Deutsche in einem Wald, da kommt der Förster und schmeißt sie beide raus.

Es kämpfen Partisanen und Deutsche in einem Wald, da kommt der Förster und schmeißt sie beide raus.

DAS FOTOREALISTISCHE GEMÄLDE

Projektwoche an der Schule. Ich hatte mich für Kunst eingetragen, für *fotorealistisches Malen* – und nur damit es keine Missverständnisse gibt: Ich entschied mich für *fotorealistisches Malen* nicht, weil mich Fotorealismus interessiert oder weil ich gut male oder überhaupt gern male, ich entschied mich dafür, weil Rike dabei sein würde. Rike aus der 10 B2, rothaarige Rike, grünäugige Rike, Rike, die ich so gern anguckte, dass ich ständig weggucken musste. Ich entschied mich also für den Fotorealismus, weil ich hoffte, dass ich Rike irgendwie würde beeindrucken können. Wie, das wusste ich noch nicht. Beziehungsweise wenn nicht gleich beeindrucken, dann wenigstens durch meine fünftägige Anwesenheit im selben Raum über meine Existenz informieren. Alle Gesprächsversuche waren zuvor daran gescheitert, dass sie nicht stattfanden, außer in meinem Kopf. Da hatte ich schon hundert sehr gute Gespräche mit Rike geführt. Über Tierhaltung, über Nirvana, über Indien, lauter Dinge, die Rike interessierten, vielleicht.

Am ersten Tag der Projektwoche betrat ich nervös, aber entschlossen, den Kunstraum. Wir sollten uns ein Foto aussuchen und unser Bild so malen, dass es wie das Foto aussah, sogar realistischer als das Foto, hyperrealistisch, sagte der Lehrer, und es war vielleicht nicht jedem im Raum, aber ganz sicher mir sofort klar, dass dieses Ziel völlig unrealistisch war.

Ich suchte mir ein Foto von einem Fahrrad aus, das an der Wand lehnte. Es schien das einfachste Motiv zu sein. Es war irgendwie flach und hatte die wenigsten Farben. Das Fahrrad war schwarz, die Wand orange.

Erst jetzt begriff ich, dass Rike fehlte. Vielleicht verspätet sie sich, dachte ich, doch sie erschien gar nicht, auch nicht am folgenden Tag.

Ich musste also ohne sie auskommen, musste jetzt mit Andreas über die Bundeswehr reden, denn das war alles, was Andreas interessierte. Andreas wollte zum Bund. Er wollte General werden oder wenigstens einen Krieg führen irgendwann. Er malte tatsächlich noch schlechter als ich, das hätte ich gar nicht für möglich gehalten. Er beschwerte sich auch, er fand Malen dumm. Malen, sagte er, sei etwas »für Pussies«. Ich fragte, warum er sich das überhaupt antat. Weil er auch beim Bund Situationen würde aushalten müssen, die er hasst, sagte Andreas. Situationen, die ihn überfordern werden und fertigmachen.

Er malte einen Obstbaum, das auf dem Bild sah aber nicht aus wie ein Obstbaum, das auf dem Bild sah aus wie ein Golf GTI, und ich malte ein Fahrrad, das an einer Hauswand lehnte, und die einzige hyperrealistische Stelle war die Klingel. Die malte der Lehrer, um mir zu zeigen, »wie das geht«.

Die Arbeit frustrierte mich. Ich war der einzige Ausländer im Raum. Vielleicht malen Ausländer generell ungern, vielleicht war es Zufall, keine Ahnung. Am ersten Tag geriet der Lenker zu krumm, am zweiten verfing ich mich in den Speichen. Ich machte aber weiter neben Andreas, der mit tiefer Stimme von Jagdflugzeugen schwärmte, und am dritten Tag ging es mir gut. Ich war entspannt irgendwie. Ich malte seit drei Tagen. Wenn man die Augen zusammenkniff, sah es gar nicht so schlecht aus, das Fahrrad.

Es freute mich für Andreas, dass er so einen klaren Traum hatte. Und es freute mich, dass er sich auf den letzten Metern doch noch Mühe gab. Sein Bild sah nach wie vor extrem beschissen aus, aber er hockte vor der Leinwand und seine kleine Zunge lugte selbstvergessen zwischen den Lippen hervor, ja, wie schön sind konzentrierte Menschen!

Am Freitagnachmittag waren wir fertig. Wir hängten die Bilder in der Mensa auf, da würden sie einen ganzen Monat zu sehen sein. Meines wie selbstverständlich zwischen den anderen, ein altes Fahrrad mit einer fotorealistischen Klingel lehnt an einer Wand in, ich rate mal, Portugal.

Wochen später fanden Rike und ich uns zufällig auf derselben Feier in den Weinbergen ein. Ich hatte acht Gespräche mit ihr im Kopf eröffnet, da stand sie auf einmal vor mir und eröffnete das Gespräch (glaubt mir wahrscheinlich keiner, aber ich erzähle es trotzdem):

»Hi. Du hast das Fahrrad gemalt, oder?«

»Ja!« Sagte ich sehr laut, weil ich so erschrocken war.

»Cooles Bild«, sagte Rike und, Achtung, lächelte. »Die Klingel ist super.«

»Ja!«, schrie ich wieder.

»Finde ich gut, dass du das Ganze nicht fotorealistisch aufgezogen hast. Nur die Klingel – das Herzstück.«

»JA!«

»Ich war leider krank, konnte nicht kommen. Rike«, sagte dann Rike.

»Ich weiß«, sagte ich, »Saša.«

Und Rike sagte: »Mit Schmuck am S, ich weiß.«

Rike interessierte sich tatsächlich für die Umstände der Massentierhaltung, sie mochte Nirvana so mittel und fand, Indien-Tourismus sei bloß »Ausbeutung des Subkontinents auf eine subtile Weise«.

Ich sollte etwas über mich erzählen, doch mir fiel wieder nur der bescheuerte Krieg ein. Das wollte ich nicht. Da kam mir Andreas in den Sinn, und ich erzählte Rike, dass ich Jagdflugzeuge mochte, Fallschirmjäger cool fand und die hohe

Qualität der deutschen Waffen bewunderte, und Rike sagte zu alldem: »Aha, interessant, ist das so?«

Ich habe ein Bild gemalt. Mit null Talent und keinerlei Leidenschaft für Bildende Kunst. Mit etwas Zeit und Ruhe und mir zur Verfügung gestellten Materialien. Zusammen mit Andreas. Ohne Rike. Bei unserem zweiten Treffen verriet ich ihr, das Militante sei erlogen gewesen, und Rike sagte: »Gut. Solange du gern malst, ist alles gut.«

ICH, SLOWENE

Anfangs in Deutschland wollte ich zweierlei nicht sein: Jugo und Geflüchteter. Ich wollte mir die Haare lang wachsen lassen, einmal, um meine Pickel zu verstecken, und einmal, um wie Kurt Cobain auszusehen. Ich wollte Gitarre spielen lernen und singen wie Kurt Cobain. Ich wollte Klamotten wie eine männliche Janis Joplin, ich fand gebatikte T-Shirts prima. Ich wollte noch besser Deutsch lernen, damit die Deutschen in meiner Gegenwart sich nicht so viel Mühe geben mussten, zu verbergen, dass sie mich für dumm hielten.

Zu neuen Bekanntschaften sagte ich also dann und wann, ich käme aus Slowenien. Die Alpenrepublik war am wenigsten in den Schlagzeilen gewesen, ich würde eher als Skifahrer denn als Opfer gesehen, hoffte ich.

Auf die Frage, warum ich in Deutschland sei, sagte ich etwas im Sinne von: »Mein Vater hat ein mega Angebot von BASF bekommen, da haben wir nicht nein sagen können.«

Ich seufzte und sagte: »Ich vermisse die Alpen.«

Das Vermissen der Alpen, lernte ich, kommt in Deutschland extrem gut an.

An der Schule war mein Slowenentum obsolet. Die Internationale Gesamtschule Heidelberg (IGH) war offen international ausgerichtet und gut eingestellt auf die Diversität der Schülerschaft. Ausländer waren weder Exoten, die auf dem Klassenfoto in die Mitte sollten, damit man sie besser erkannte, noch nahm man unsere große Zahl auf die leichte Schulter.

Ich war einer der Jugos, und zwar eben einer unter vielen. Den Mitschülern, die keine Jugos waren, war ziemlich egal, welche Gattung von Jugo ich war, die meisten hatten genug mit der eigenen Herkunft zu tun. Wäre es jemandem nicht egal gewesen, hätte er ein Problem gehabt. Diskriminierung wurde null geduldet.

Zurechtzukommen als Bedürfnis und Handlung kannte fast jeder an der IGH. Manchen gelang es besser als anderen, das war der Hauptunterschied. Die Sehnsüchte der Ankömmlinge ähnelten sich oder waren nachvollziehbar. Zur Sprache kommen und zu Freunden. Zum Alltag kommen. Nach Hause zurückkehren, sofern ein Zuhause noch irgendwo existierte.

Die deutschen Schüler stellten gelegentlich die Minderheit dar. Mal irgendwo die Minderheit zu sein, wenn man sonst die Mehrheit bildet, ist eine extrem wertvolle Erfahrung. Sie waren selbstverständlich in den Schulbetrieb integriert. Sie ließen uns abschreiben und schrieben von uns ab. Wir siegten und scheiterten für dieselbe – unsere – Schulmannschaft, und beschlossen demokratisch die Anschaffung von fleischfressenden Pflanzen für den Schulgarten. Andere Schulen in Heidelberg hielten uns für eine wilde, anarchische Meute, was nicht das Schlechteste ist, wenn du zwischen vierzehn und achtzehn bist.

Als Nicht-Muttersprachler besuchte ich zuerst eine Förderklasse mit Schwerpunkt Spracherwerb und integrative Themen. Inhalte aus dem Schulplan wurden nebenbei vermittelt, damit der Übergang in den Regelunterricht später leichter gelang. Es gab Hausaufgabenbetreuung und Ruhezeiten, die zu Hause bei den meisten nicht oft zu haben waren.

Die Lehrer waren ausgestattet mit einem Zusatzzertifikat *Deutsch als Fremdsprache* und wussten in etwa, was sie taten, oder sie wussten es nicht wirklich, waren aber motiviert, was quasi dasselbe ist. Mit Neuankömmlingen gingen die meisten behutsam um. Stellten die wichtigen Fragen und davon nicht zu viele, man wusste ja nie, vor welchem Trauma man gerade stand oder was bei uns zu Hause lauerte.

Es gab aber auch solche, die unsere Sätze für uns beendeten, und mancher zog seinen Unterricht wohl genau so durch, wie er es vor bayerischen Jungkatholiken einer Privatschule getan hätte. Auch das war in Ordnung. Unsereiner wollte sich auch nicht ständig schuldig fühlen müssen, dass der Unterricht schleppend ging.

Dazu gab es natürlich auch einen, der heimlich soff, und die Cholerikerin durfte auch nicht fehlen. Ein, zwei langweilten unsäglich, da war es dann auch wieder egal, ob du aus der Oberpfalz oder dem Nahen Osten kamst – öder Unterricht ist universell öde.

Die IGH war Schutzraum, Raum für Spracherwerb, Alltäglichkeit, war Plastiktabletts mit den immer zu weichen Mensa-Pommes drauf. Ich stand in der Raucherecke, ohne geraucht zu haben, und unterhielt mich über Grunge-Musik. Ich spielte Basketball, alberte herum. Dort und dann war es bisweilen so, als sei man als migrantischer Jugendlicher ein komplett normaler Jugendlicher in einer komplett normalen Zeit in einer komplett normalen Stadt. Also wurde ich selbstbewusster. Schrieb gute Noten. Die Schule bezahlte mir ein Jahr lang Gitarrenunterricht. Ich wollte eigentlich Songs von Nirvana spielen lernen, es wurden dann Menuette von Bach. In der Elften wollte ich sogar Verantwortung übernehmen und stellte mich zur Klassensprecherwahl, meine Klasse war aber noch nicht reif für den Realsozialismus.

Außerhalb der Schule wähnte ich mich noch lange als Migrant identifizierbar und auch angreifbar. Als sei mir das, was mich selbst störte, das sprachlich nicht Reibungslose, das Prekäre auch, anzusehen, und es war wohl tatsächlich zu erkennen: an meiner Unsicherheit, an meinem Akzent, an meinen Klamotten. Einmal fluchte ich während eines Basketballspiels auf Serbokroatisch, beim nächsten Angriff haute mich einer brutal um, brutal mit blödem Spruch. Ich traf beide Freiwürfe.

Beim Einkaufen mit Großvater an der Edeka-Kasse, ein Gespräch in der Schlange: Es ging darum, dass die Salami in Folie eingepackt war, das fand er immens komisch. »Eine Salami muss frei sein!«, rief Großvater und reckte die Salami über den Kopf wie Dejan Savićević den Landesmeisterpokal. Wir lachten und verpassten den Augenblick, da die Schlange sich weiterbewegte.

»Ey, Kanacken, wird's heut noch?«

Ich habe meinem Großvater nicht gedolmetscht. Ich habe mich umgedreht und mich entschuldigt.

Anders als mich die Schule führte die Arbeit meine Eltern an die Ränder des sozialen und des körperlich ertragbaren Lebens. Vater verbrachte seines auf Baustellen in Ludwigshafen und in der brandenburgischen Provinz. Er machte sich den Rücken kaputt und war nur an den Wochenenden zu Hause.

Mutter starb tausend heiße Tode in der Wäscherei. Als nicht-deutsche Frau, vom Balkan gar, stand sie auf der untersten Stufe der Beschäftigungstrittleiter, und das ließ man sie auch spüren.

Wir wurden auch oft daran erinnert, dass man sich in Deutschland an »die Regeln« zu halten habe. Als seien Regeln anderswo völlig unbekannt. »Do reddä märr Daidsch« an meinen Cousin und mich in der Straßenbahn gerichtet, war keine ernst zu nehmende Regel natürlich, der Spruch allerdings durchaus ernst gemeint. Meine Eltern unterhielten sich im öffentlichen Raum auf Serbokroatisch ohnehin schon vorbeugend leise. Wer sich an Regeln hielt, auch an solche, die gar keine waren, dem könnte man, so unser Eindruck, das Migrantendasein eher verzeihen. Und mit jeder Regel, an die man uns erinnerte, erinnerte man uns auch daran: Ihr seid fremd hier.

Mit der Zeit kannten wir die Vorurteile und lernten, gemeint zu sein, ohne *so* zu sein. Aggressiv und primitiv und illegal. Zwiebeln und Keime. Ausgewandert, um zu unterwandern. Im Grunde betrieben wir Aufklärungsarbeit, indem wir uns verhielten, wie wir uns überall verhalten hätten: als Menschen, die zufällig nicht da sein konnten, wo sie lieber wären. Wir mussten uns nicht verstellen.

Heute ist der 1. Dezember 2018. Mein Cousin schickt mir ein Foto. Auf dem Foto ist das Garagendach zu sehen, auf dem wir im Emmertsgrund Fußball gespielt haben. Eine freie Fläche, Unkraut zwischen Betonplatten, Schultaschen als Torpfosten. Das Foto zeigt das Schild mit durchgestrichenem Ball und der Botschaft: *Ballspielen verboten*. Er kommentiert das Foto mit: »Kindheit in einem Bild.«

Wir haben trotzdem gespielt. Selten mal hat auch jemand was gesagt. Könnt ihr nicht lesen? Dann sind wir kurz weg und kamen später wieder.

AUF DER BURG VOR DEM ANSTURM DER ORKS

Mit siebzehn verbrachte ich ungezählte Wochenenden mit Zaubersprüchen, Cola, Pfeil und Bogen. Unser Spielplatz waren Stift und Papier und eine Menge, wie man so sagt, Vorstellungsvermögen. Über unser Schicksal bestimmte ein zwanzigseitiger Würfel.

Was die ARAL-Tankstelle für meine Sozialisation im rauen Emmertsgrund war, waren Fantasy-Rollenspiele für meine Initiation im – ja, was eigentlich? Im Kampf gegen das Böse auf jeden Fall. Andere Siebzehnjährige widmeten sich ihrem Körper oder einander, experimentierten mit wahrnehmungserweiternden Substanzen und machten sich die sie umgebende Welt zu eigen. Meine Rollenspiel-Kumpels und ich widmeten uns zuerst einmal der vorrückenden Ork-Armee im Svelltland.

Olli kam aus Eppelheim, seine Hexe aus einem Hexen-Ei. Er war in meiner ersten deutschen Regelklasse, ein ruhiger Typ, Typ: *Ich melde mich nur, wenn ich was sicher weiß*. Irgendwann erzählte Olli, dass er samstags mit Freunden *Das Schwarze Auge* zockte. Ein Fantasy-Rollenspiel.

Auf dem PC?

Nein, im Kopf.

Ich war sofort begeistert. Im Kopf, das konnte ich. Schon war ich eingeladen, mitzuspielen. An einem Samstag kam ich zu Olli, in seinem Zimmer saßen bereits Jo, Peter und Seb auf dem Teppich, alle drei bis zu den Ellenbogen in Paprikachipstüten.

Vor jedem lag ein Blatt mit Zahlen und einem schlecht gezeichneten Bild einer bewaffneten Person. Es handelte sich um Fähigkeiten und Porträts jener Charaktere, die von den Spielern dargestellt wurden. Ich spielte einen Elf aus dem Auenland. Meine Eltern waren bei einem Orküberfall ums Leben gekommen, ich musste mich als Waisenkind durchschlagen, was ganz gut gelang, da ich zaubern konnte und würfelglücklich war.

Fulminictus Donnerkeil, triff und töte wie ein Pfeil. Rief ich, die Hand zur Faust geballt.

Bannbaladin, dein Freund ich bin. Rief ich und sah meinem Gegenüber in die Augen.

Jo spielte eine charismatische Hexe. Nach ein paar Monaten heirateten wir auf einer Waldlichtung, hoch oben in einem Gebirge voller Feen.

Ich beschrieb Großmutter Kristina am Telefon, was beim Rollenspiel geschah. Es ist wie Theater, erklärte ich, jeder hat eine selbsterfundene Rolle in einer magischen Welt mit Dämonen, auf denen Kletterpflanzen wuchern. Es gibt liebe Riesen und krasse Drachen, und das alles ohne Bühne, Skript oder Regie.

»Ohne Publikum auch«, nahm Großmutter richtig an.

»Ja, im Kopf würde Publikum nur stören«, sagte ich. »Wenn wir einen Raum betreten, betreten wir den Raum nicht wirklich – beziehungsweise schon, aber in einer Wirklichkeit, die uns der Spielleiter beschreibt. Wie es in dem Raum aussieht undsoweiter.«

Großmutter schwieg.

»Es ist sehr spannend«, sagte ich.

»Es ist überhaupt nicht spannend«, sagte Großmutter und fragte, ob man denn damit wenigstens Geld verdienen könne. Da versuchte ich das Gespräch auf etwas anderes zu lenken, auf sie selbst, auf Višegrad.

Wir hatten uns drei Jahre nicht gesehen und telefonierten selten. Der Krieg hatte die Stadt nicht zerstört, sonst aber mit wenig geschont. Allmählich wurde das Ausmaß der Gewalt gegen die muslimische Bevölkerung bekannt. Ich sprach sie nicht darauf an. Ich fragte, ob sie einsam sei. Sie sagte, sie freue sich, wenn ich sie besuchen käme. Sie sagte: »Komm mir aber ja nicht als Elf nach Hause, hörst du?« Und: »Wann kommst du überhaupt?«

WAS HAST DU SPÄTER VOR?

In den Sommern '95 und '96 sah ich mit Olli die Tour de France auf dem recht großen Fernseher seiner Eltern, auch die Flachetappen. Olli fuhr, seit er eine Taube überfahren hatte, kein Rad mehr. Das war schon tragisch, da er das Radeln sehr geliebt hatte. Er konnte das Geräusch der brechenden Knochen unter dem Reifen einfach nicht mehr vergessen. Ich selbst besaß gar kein Fahrrad und fuhr mit Bus und Bahn nach Eppelheim. Ehrlich gesagt, kann ich mir nicht erklären, warum ich plötzlich Radsport mochte, vielleicht weil ich Olli mochte und mein T-Shirt im Sommer am See ungern auszog, wegen der Pickel auf meinem Rücken.

Ollis Mutter war meist zu Hause, ich sah sie aber selten. Sie schlief viel, wir sollten leise sein. Wenn wir uns am Wochenende bei Olli zum Rollenspielen trafen, schmierte sein Vater uns Schnittchen.

Kurz was zu Eppelheim, da ich gerade dabei bin: Der Eppelheimer hatte einen Hang zum ausgefallenen Briefkasten. Ich weiß nicht, was da los war in Eppelheim. Ich weiß auch nicht, ob es heute noch so ist, ich war länger nicht da. Damals aber erkannte man im Grunde in jeder beliebigen Straße, dass der Eppelheimer extrem viel Zeit und immens viele Ideen auf seinen Briefkasten, ich will nicht sagen, verschwendet hat.

Verwendet wurden unterschiedlichste Materialien, Hauptsache einigermaßen wetterbeständig (war aber kein Muss) und außerordentlich auffallend. Zahnräder, Ketten, Röhren,

Streichhölzer, Münzen, Moos. Ich habe nie wieder irgendwo so viele merkwürdige Briefkästen gesehen wie in Eppelheim in den Jahren, als Jan Ullrich sehr gut dabei war im professionellen Radsport.

Ich bin kein Experte für Briefkästen, vielleicht ist es aber so: Wenn du in einer Straße, in der die Häuser relativ gleich aussehen, deinen Briefkasten als Erster individuell gestaltest, sagen wir mal, einen Riesenvogel aus Schilfrohr baust mit Schnabel als Einwurfschlitz, so steht der Riesenvogel, sagen wir ein Emu, so steht der Emu für deine ganz eigene Art. Der Emu ist direkt und indirekt dein Signal an alle anderen Eppelheimer, dass du nur so weit mit dem Strom schwimmen wirst, nicht aber weiter. Am Briefkasten wird der Unterschied gemacht.

Du darfst dich aber auch nicht wundern, wenn dein Emu für die Nachbarn zur Inspiration wird – der Nachahmer ist das Los des Vorreiters –, zur Inspiration, selbst über ihre Bestimmung und Stellung in der Gesellschaft nachzudenken und entsprechend reizvolle Briefkästen in Eppelheim einfallsreich aufzustellen. So etwas schafft Identität, auch wieder im Sinne der Gleichheit, einer Gleichheit im Besonderen; wir sind jemand, sagt der interessante Briefkasten in Gestalt eines Briefumschlags zum Briefkasten, den ein Fußballer über dem Kopf hält, womit ja auch gesagt wird, welcher Mannschaft der Besitzer anhängt, ohne dass du ihn das fragen musst.

Ausgerechnet 1997 sahen Olli und ich die Tour nicht zusammen. Bei mir war wegen der drohenden Abschiebung zu viel los, ich hatte keinen Kopf für Bergankünfte in den Alpen. Und Ollis Mutter ging es nicht gut. Was genau los war, habe ich erst später erfahren.

Olli und ich machten Abi. Wir lächelten nebeneinander für ein Klassenfoto. Olli lebt heute in einer Kommune irgendwo auf dem Land bei Hildesheim. Er hat zwei Kinder, und heute ist der 26. September 2018, und das Abendblatt titelt gerade: *Würgte Jan Ullrich einen Mitarbeiter am Hamburger Airport?*

Mein Gott, Jan.

Martek besuchte die Parallelklasse und las gern Comics, und im Winter '93 fuhr er aus irgendeinem Grund nicht mit ins Schullandheim, und da es für mich nicht genug Geld gab für die Reise, blieb ich ebenfalls in Heidelberg und musste mit Martek und drei, vier anderen Bosniern und Albanern aus unserem Jahrgang zum Unterricht. Wir freundeten uns an, weil das halt verbindet: gemeinsam etwas Geiles verpassen.

Martek wohnte wie wir im Emmertsgrund und war der normalste Fünfzehnjährige, den ich mir bis heute vorstellen kann, ohne dass ich das groß definieren könnte. Er redete nicht zu viel oder zu wenig. Er trug T-Shirt, Jeans und Turnschuhe. Er trank Apfelsaftschorle mit Leitungswasser. Er las nicht, beziehungsweise nur Comics, die aber auch nicht in übertrieben großen Mengen. Er sammelte nichts. Seine Lieblingsband hieß Fury in the Slaughterhouse, die Musik klang sehr höflich. Martek probierte alle paar Monate ein neues Haargel aus. Er spielte Basketball im Verein und überredete mich, ebenfalls mitzumachen. Er machte nie viel mehr und auch nie viel weniger als zehn Punkte pro Spiel.

Marteks Eltern waren Schlesier. Bevor ich Martek kennenlernte, kannte ich Schlesien nicht. Martek war in Deutschland geboren und hatte vor, mit achtzehn eine Reise zu den Geburtshäusern seiner Eltern nach Katowice zu machen. Er flog dann aber nach Korfu.

Dedo aus der Förderklasse war auf einem Traktoranhänger aus seiner Heimatstadt in Zentralbosnien geflohen. Der Traktor fuhr über einen Acker. Der Anhänger schaukelte heftig. Dort, wo sie von dem Acker abfuhren, warnte ein Stück Tuch, gespannt zwischen zwei Stöcken, vor MINEN auf dem Acker. Seit dem Tag kann Dedo nur dann einschlafen, wenn er den Kopf schnell schaukelt, hin und her, hin und her, bis er vor Schwindel quasi ohnmächtig wird.

In Form von Aufnähern an seiner Jeansjacke brachte Dedo seine musikalischen Vorlieben aus Bosnien mit: *Iron Maiden, Sepultura, Megadeath*. In Deutschland bekam die Jacke keine weiteren Aufnäher und Dedo auch keine andere Jacke. Ich habe ihn nie über Musik reden hören.

In meinem Zeugnis aus der Förderklasse steht: *Stanišić hat keine Mühe beim Spracherwerb. Er faßt schnell auf und wendet das Gelernte im neuen Zusammenhang sicher an. Besonderes Interesse hat er daran, merkwürdige Dinge und Fantasien zu formulieren.*

Auf Dedos steht, er sei *ein stiller Schüler.*

Rahim hatte einen lockigen Kopf und einen kurvigen Namen, der ihm gelegentlich ein »Bist du Araber oder so was?« einbrachte. Dabei ist sein Vater bloß Semitist und hat dreien von vier Kindern arabische Namen gegeben, außer der Melanie, die heißt Melanie.

Herr Heldau kommt herein, schlägt ein Buch auf, krempelt die Ärmel hoch, holt aus, wie mit einer Axt, Herr Heldau liest vor! Literatur ist für den kleinen Mann mit der großen Glatze physische Arbeit, und er arbeitet extrem gern. Herr Heldau liest vor, gestikuliert entlang der ersten Sätze, in denen einer aufwacht als *Ungeziefer*.

Ich weiß nicht, was Ungeziefer heißt.

Ich frage Olli, Olli sagt: »Käfer.« Einer wacht also auf und ist Käfer, viele Beinchen und so was. Ich muss lachen.

Ich muss laut lachen, irgendwie ist das komisch, auch weil alle anderen so ernst zuhören und Herr Heldau einfach weiter vorliest, als wäre keiner als Käfer aufgewacht. Jetzt unterbricht er doch die Lektüre und sieht mich so an, wie er halt immer die ansieht, die stören: seine Stirn (die halbe Glatze) und der Nacken in Furchen. Zum Glück bin ich nicht der Einzige, der lacht. Rahim lacht auch. Und noch einer, Arkadiusz, der ausnahmsweise mal aufgepasst hat, oder der lacht, weil zwei andere lachen.

Herr Heldau fragt, was so komisch ist, er würde gern mitlachen.

Ich will ehrlich sagen: »Herr Heldau, ist komisch, dass wacht einer auf, ist Käfer.«

Rahim ist aber schneller, weil sein Deutsch schneller ist, er sagt: »Herr Heldau, das Ungeziefer. Ist doch witzig. Also der Mann als so ein Insekt.«

Tags darauf setzte sich Rahim neben mich, freiwillig. Ob ich weitergelesen hätte. Ich hatte weitergelesen. »Die Verwandlung« war eine wunderbar hanebüchene Geschichte, damals gehörte aber »hanebüchen« nicht zu meinem Wortschatz, also sagte ich irgendwas anderes.

Als Nächstes fragte Rahim, was ich im Unterricht immer schrieb. »Du schreibst doch nicht mit, oder?«

Ich schrieb tatsächlich mit, das half mir, später einzufangen, was bloß als Unsinn vorbeigerauscht war. Ich fürchtete aber, er würde das uncool finden, also sagte ich: »So Gedichte.«

Rahim sagte, er schreibe selber »so Geschichten«. Und dass er mich mal im 31er gesehen habe, ob ich auch im Emmertsgrund wohnte. Wir klärten schnell, wer wo: er in den Einfamilienhäusern, ich nicht in den Hochhäusern, was man bei einem Jugo erwarten würde, sondern immerhin in den Bungalows am Rand des Viertels.

Rahim schlug vor, dass wir uns mal trafen. »Könnten auch zusammen was schreiben.«

»Vielleicht mit Käfermann?«, schlug ich vor.

»Käfermann wohnt am Emmertsgrund. Geht auch mal aus dem Haus.«

»Kauft Paprika im Edeka.«

So-Gedichte und So-Geschichten blieben wesentlicher Teil unserer Verbindung. In der zwölften Klasse wählten wir beide Deutsch als Leistungskurs und besuchten die Literatur-AG bei Herrn Heldau. Rahim war satirischer Nostalgiker mit Fernweh. Ich kitschiger Nostalgiker mit Heimweh. Wir lernten zusammen, teilten unser Essen und wollten mal eine große Reise machen. Erst paddelten wir aber in einem Zweier-Kanu die Jagst hinunter. Die große Reise führte später nach Bosnien. Rahim war Gast bei meiner Großmutter. Er lebt heute in München und hat eine kleine Tochter.

Emil lebte mit seinem Großvater in Hirschhorn. Wo seine Eltern abgeblieben waren, fragte ich nicht, Emil wollte auch nicht wissen, was mit meinen los war. Emil las gern und lieh mir Bücher. Ich besuchte ihn selten in Hirschhorn, weil Hirschhorn am Arsch der Welt lag und ich mich als Ausländer nicht so gern aus Heidelberg herausbewegte – schon gar nicht gern dorthin, wo es mehr Fachwerkhäuser aus dem 16. Jahrhundert gab als Hochhäuser.

Emils Großvater zeigte mir gleich beim ersten Besuch seine Jagdwaffen. Er war Rentner und Jäger und sagte, er würde am liebsten immer nur jagen. Es tat irgendwie gut, dass er unser erstes Gespräch dahin lenkte, wo Tiere getötet wurden. Noch im gleichen Atemzug verriet er mir, er sei in Danzig geboren und dass er eine Saša aus der Sowjetunion gekannt habe. Schön sei die gewesen, was die wohl heute mache.

Ich fragte, was sie damals gemacht habe, und Emils Großvater sagte: Aufseherin in einem Gefangenenlager. Das waren die ersten zweieinhalb Minuten unseres Kennenlernens. Ich fragte Emil, ob er auf die Jagd mitging, und Emil sagte, er hasse die Jagd.

Emil liebte Bücher. Er war sechzehn und in zwei Lesekreisen. Er redete mir zu, mitzumachen, aber ich hätte zehnmal länger für ein Buch gebraucht als er, und ich wollte nicht, dass man auf mich wartete.

Das erste Buch, das mir Emil lieh, war »Kleiner Mann, was nun?« von Hans Fallada. Ich brauchte drei Monate dafür und fand es super.

Einmal holte Emils Großvater mich vom Bus in Hirschhorn ab. Er führte mich durch den Ort und erklärte mir die alten Häuser. Er sprach vom »Gerippe aus Balken« und vom »milden Rot des Sandsteins«. Ein großes Gebäude hatte es ihm besonders angetan: die herrschaftliche Jägerei. Emils Großvater sagte Jahreszahlen und Maße auf. »Wenn man da drin stillsteht, hört man die Geister. Sie bleiben auf ewig hier, dabei ist ihr Zuhause ganz woanders.« Er sagte das, oder ich denke mir heute, er könnte das gesagt haben.

In der Bibliothek schlug ich nach, wo Danzig lag. Fragte meinen Geschichtslehrer, Herrn Gebhard, was man über Danzig wissen solle.

Er hob die Augenbrauen und sagte, da müsse er aber ausholen. Polen, Deutsche, Krieg, Minderheiten, Mehrheiten, Aussiedler. Ich verstand nicht viel, einiges kam mir sehr, sehr bekannt vor.

Beim nächsten Besuch fragte ich Emils Großvater direkt nach Danzig. Er antwortete nüchtern, sprach schnell. Er habe in Danzig in einem Fachwerkhaus mit Eltern und drei Schwestern gelebt, eine frecher als die andere. Sein Vater war Lehrer gewesen, seine Mutter Hausfrau.

Ob jemand Jäger war aus der Familie.

Niemand war Jäger gewesen.

Ich wartete, dass er weitererzählte, aber der Großvater ging die Gewehre putzen.

Emil, Rahim, Olli, Martek. Sie fragten gelegentlich, was ich später vorhätte. Ich wollte dasselbe von ihnen wissen. Das Grundlegendste, was man in dem Alter braucht, Ausländer oder egal was: dass jemand mit dir Zeit verbringen möchte.

Dedo stellte diese Frage nicht. Dedo hatte keine Fragen mehr. Dedo lernte kaum Deutsch. In sich gekehrt und auch im Unterricht abwesend. Bei anderen Dingen war er aber nicht so. Was Dedo anfasste, gelang. Sobald es sehr gut gelang, gab er es auf und machte etwas Neues. Dann trennten sich auch noch seine Eltern, und er begann Drogen zu nehmen, da ging es nicht um das Gelingen, sondern um das Erhöhen des Einsatzes.

Das Klettern übernahm. Er trainierte täglich, bestieg alles in der Gegend, was höher als ein Haus war, von jeder Seite. Allen, die mit ihm zu tun hatten, war klar, dass Dedo etwas aus der Vergangenheit mit sich schleppte, das größer und wichtiger war als die Gegenwart. Wir wussten von dem Traktor und dem Minenfeld. Vielleicht war es ja nur das: so überlebt zu haben.

Als wir von seiner drohender Abschiebung erfuhren, flehten wir Dedo an, zum Arzt zu gehen. Jeder Psychiater hätte das Trauma erkannt, und Dedo hätte nicht zurückkehren müssen. Dedo sagte, er brauche keine Therapie. Immer etwas zum Spielen in der Hand. Die ewige Jeansjacke mit den Aufnähern.

1999 wurde er nach Bosnien abgeschoben. Er ist nicht bei *facebook*, ich weiß nicht, wo Dedo heute ist.

Im Sommer 1995 verbrachte er ganze Tage in einem

Jugendtreff unweit der Schule mit Tischfußball. Er spielte tagein, tagaus. Er wurde bald so gut, dass es null Spaß machte mit ihm oder gegen ihn zu spielen.

HERKUNFT AN DER MÜNDUNG

Mein Geschichtslehrer, Herr Gebhard, war ein großer, sanfter Mann vom Bodensee mit einem Faible für Revolutionen. Die französische Revolution, die wackeren 1848er, die chinesische Revolution von 1911 – einen Umsturz konnte er so detailverliebt anschaulich erklären, und dazu mit einer Sehnsucht, dass es mir vorkam, als erzählte er Geschichten, deren Protagonist er gern (oder absolut ungern) selber gewesen wäre – mit Danton und Robespierre beim Würfelspiel. Ich dachte, ich gebe den Gefallen zurück, und schrieb Geschichten in meinen Geschichtsklausuren – bis er mich höflich darum bat, weniger Seiten und mehr Fakten zu produzieren.

2016, da war er schon in Rente, meldete er sich bei mir. Er habe eine interessante Entdeckung gemacht und würde mich gern treffen. Wir verabredeten uns in Heidelberg zu Maultaschen und Tannenzäpfle im Café Burkardt.

Herr Gebhard erzählte von seinem Vater. Der Vater meines ehemaligen Geschichtslehrers war 1916 in Oberschwaben geboren worden. Er wuchs in ärmlichen Verhältnissen auf, verlor mit neun die Mutter. Die Stiefmutter war eine kühle, aber patente Person, sie beschaffte ihm eine Lehrstelle als Kaufmannsgehilfe in Tettnang und umarmte ihn selten.

1938 kam er zum RAD, anschließend zum Militär. Er war vom ersten Schuss an bei der Wehrmacht. Erst verschlug es ihn nach Polen, dann nach Frankreich. In Russland wurde er verwundet (nicht, weil er an der vordersten Linie war, sondern weil die vorderste Linie zu ihm gelangte, in die Stabskompanie). Er kam ins Lazarett nach Deutschland, seine Kameraden, Teil der 6. Armee, bis Stalingrad.

1943 heiratete er Luise Schmelzer in Tettnang. Kaum, dass die Hochzeitsglocken verklungen waren, musste er zurück in den Dienst, in den Stab des 45. Pionierbataillons, das im Herbst 1943 nach Jugoslawien geschickt wurde. Er gelangte *immer weiter hinein in die Berge* und schrieb zarte Feldpostbriefe an seine Gattin. *(Stelle dir das Wälderbähnle vor und fahre mit diesem Schmalspurzügle mal einen ganzen Tag hinauf, nicht ganz so hoch und vorbei an halbzerschossenen Ortschaften. Und dann hört die Bahn plötzlich auf, weil die Brücken gesprengt sind. Und da nun mitten in den serbischen Bergen von Belgrad nach Sarajewo habe ich meine Kameraden gefunden.)*

Er hatte sie in Višegrad gefunden, ausgerechnet. *Die Stadt ist ein Ruinenfeld*, schrieb er seinem lieben Luisle, *allzuoft hat der Besitzer schon gewechselt, und jetzt ist es wieder der Ordnung schaffende deutsche Soldat.* Mehrere Monate blieb er dort stationiert. Hat Gebäude instand gesetzt, war in den Tälern von Drina und Rzav unterwegs und träumte seine Träume *in einem aus einfachen Brettern zusammengezimmerten Bett mit einer Matratze in einer ganz ordentlichen Stube in einem noch unversehrten Haus*, und im Januar 1944 war meine Großmutter Kristina ein Mädchen von zwölf Jahren und mein Großvater Pero hatte sich, zwanzigjährig, den *kommunistischen Banden* angeschlossen, unterwegs in den Bergen, nicht weit von Višegrad. Und wenn meine Urgroßmutter Rumša abends an einer ganz ordentlichen Stube in einem noch unversehrten Haus vorbeigegangen wäre, so hätte sie den Radio hören können, *der spielte, bis das Licht ausgeschaltet wird*. Und wenn der Vater meines Geschichtslehrers an dem, was von Rumšas Haus damals noch übrig war, vorbeigegangen wäre, so hätte er Gefallen finden können an ihrem Gesang und eine Idee wäre ihm gekommen, die Idee zu einem Revue-Abend in Višegrad.

Schnell wurde, *trotzdem dass in dem Städtchen nur noch sehr wenige Häuser unversehrt waren, ein Raum aufgefunden, der für den gedachten Zweck als geeignet erschien: ein einstiger von den Banditen genutzter Pferdestall mit gutem Bretterboden, der zum Vorschein kam, nachdem man den viele cm hohen Mist entfernt hatte. Wenn Pioniere etwas in die Hand nehmen, dann entsteht immer etwas Rechtes und Brauchbares, und so präsentierte sich bald den Besuchern ein sauber hergerichteter, mit Tannenreis und originellen Wandzeichnungen geschmückter Festsaal!*

Mein Geschichtslehrer und ich bestellten jeder noch eine Apfelsaftschorle und tranken sie mit dem Strohhalm der Möglichkeit, dass sich unsere Vorfahren damals begegnet sein könnten. Vielleicht bei der Revue im neuen Saal, nachdem *auf den roh gezimmerten Bänken die hohen Herren Platz nahmen und die Kapelle das Spiel mit schneidiger Schlagermusik eröffnete.*

Könnte da nicht auch eine hiesige Sängerin ein Liedchen feilgeboten haben? Etwa vor dem Hauptprogrammpunkt: *dem Auftritt von »Erich«, dem Clown und Tierbändiger, der die Zuschauer vortrefflich ergötzte?*

In den Briefen werden außerdem Ausflüge in die Gegend beschrieben. *Manchen Schweißtropfen* hätten die Märsche gekostet, was mich an die Erzählung meiner Großmutter von den schwitzenden Soldaten in ihrem Dorf erinnerte. An den Offizier, der gern Milch trank.

Mein liebes Fraule! Ein strahlender Sonntagmorgen lacht mir durch das Fenster entgegen. Weiss glitzern die hohen Berggipfel in der Morgensonne und munter fliesst das Wasser der Drina talabwärts. Bis jetzt führe ich ein geruhsames Leben hier.

Der Fluss hat uns alle gesehen, ja.

Wenn die beiden Eheleute dafür sorgen wollten, dass wenigstens nicht jeder alles lesen kann, was sie aneinander schrieben, nutzten sie die Kurzschrift.

Tausend liebe herzliche Grüsse begleiten meine heutigen Zeilen und einen süssen Kuss dem lieben Fraule.

Wie schön wäre jetzt ein Kuss von dir.

Auf den Fotos hält der junge Soldat sich in Višegrad an Orten auf, an denen auch ich irgendwann gewesen bin. Die Drina ist immer da, unerschüttert selbstverständlich. Ein provisorischer Holzsteg verbindet die weißen Bögen der teils zerstörten alten Brücke.

GROSSMUTTER UND DIE FERNBEDIENUNG

Großmutter will den Fernseher ausschalten und trifft den Lautstärkeknopf. Sandra Afrika donnert:

Nije tvoja briga moj život, moja igra,
dok za nekim ne poludim biću ničija.

Mein Leben ist mein Spiel, es geht dich gar nichts an,
bis mich einer verrückt macht, bleib ich ganz allein.

Vater nimmt ihr die Fernbedienung weg, stellt den Ton leiser. Ich finde das Ungefragte übergriffig. Und ich hätte ähnlich reagiert, wäre ich näher dran gewesen. Großmutter wirkt froh, Vater zu sehen, und bedankt sich. »Die Knöpfe sind so klein«, sagt sie.

Vater gibt ihr die Fernbedienung zurück.

»Wann seid ihr angekommen?« Ihr Blick wandert von ihm zu mir. Vater verschwindet im Bad, er will nicht erneut begrüßt werden. Großmutter wendet sich mir zu und lächelt. Ich setze mich zu ihr. Ihr Schlafgewand ist weiß und weich. Sie gähnt. Vor dem Sofa der ewige Kaffeetisch. Ein von Großmutter vor ewigen Zeiten gehäkeltes, ewiges Deckchen, darauf eine Glasplatte, darauf ein Glas Wasser.

Ich reiche ihr das Glas. Sie will es nicht. Ihr Haar ist rötlich, dünn. Darin ein Haarkamm, geschmückt mit kleinem Vogel.

»Wann kann ich nach Hause?«

»Du bist zu Hause, Oma.«

Großmutter fährt mit den Fingern über die Glaskante am Kaffeetisch. Steht auf. An den Wänden ihre Stickbilder und unsere Fotografien. Großmutter davor wie eine Besucherin in einer Galerie. Sie sieht mich in Paris, ich fasse mir ins Haar, ein altes und eitles Bild, ich habe es ausgesucht. Ich habe es ausgesucht, weil ich weiß, dass Großmutter Bärte nicht mag. Ich wollte ihr gefallen. Daneben Vater und Onkel als nachdenkliche Schüler. Großmutter steht vor der Anrichte, darauf Rechnungen und Schmuck und Medikamente und Rezepte für mehr Medikamente. Großmutter dreht am Temperaturregler am Ofen. Lehnt sich aus dem Fenster, Großmutter sagt: »Nein. Ich will nach Hause.«

»Wo ist dein Zuhause, Oma?«

»In Višegrad, mein Eselchen.«

»Wir sind in Višegrad, Oma.«

»Das ist nicht Višegrad.«

Ich würde ihr am liebsten recht geben, auch für mich ist dieses Višegrad nicht mein Višegrad. Sie meint es aber nicht im übertragenen Sinn. Sie meint: »Kannst du mich fahren? Ich will von dem, was mir gehört, umgeben sein.«

»Das ist alles deins, Oma.« Ich breite die Arme aus.

Großmutter sieht gar nicht hin. »Ich hab nichts.«

Ich stelle mich zu ihr, diesmal nimmt sie das angebotene Wasser, trinkt aber nicht. Mit dem Glas deutet sie aus dem Fenster. »So ein ähnliches Haus wie das da gibt es auch gegenüber meiner Wohnung.«

»Das ist das Haus, Oma.«

»Das ist nicht das Haus.«

»Was ist das für ein Berg? Der mit dem Haus drauf?«

»Megdan, du Esel.«

»Und wo steht das Haus, das du aus deiner Wohnung siehst?«

»Auf dem Megdan.« Großmutter trällert auf einmal ein kleines Lalala, eine kindliche Melodie.

»Das ist der Megdan, Oma. Und das hier, das ist dein Zuhause«, sage ich. In meinem Zuhause wohnen die Fiktionen, denke ich.

Großmutter schüttelt den Kopf. Im nächsten Augenblick kippt sie das Wasser aus dem Fenster. Das Platschen springt aus dem Hof zurück. Großmutter hält mir das Glas entgegen.

»Mein Sohn, holst du mir bitte Wasser.«

Ich bin Saša, will ich sagen, schweige. Hole meiner Großmutter ein Glas Wasser.

Ich glaube, dass es wenig Schlimmeres gibt, als zu wissen, wo man hingehört, aber dort nicht sein zu können.

Vater kommt aus dem Bad. Ich schlage vor, eine neue Fernbedienung zu besorgen, eine mit größeren Knöpfen. Vater ist einverstanden, will gleich los, raus hier. Großmutter steht am Fenster, mit dem Rücken zu uns, in Višegrad, nicht in Višegrad.

Meine Großmutter trinkt zu wenig Wasser.

DR. HEIMAT

Fragt mich jemand, was Heimat für mich bedeutet, erzähle ich von Dr. Heimat, dem Vater meiner ersten Amalgam-Füllung.

Kennengelernt habe ich Dr. Heimat an einem heißen Tag im Herbst 1992 in seinem Emmertsgrunder Garten. Ich war auf der Höhe des Gartens auf der anderen Straßenseite, da hörte ich jemanden rufen, hörte einen Gruß. Ein alter Mann war es, Schnurrbart und Speedo-Badehose, der den Rasen mit einem Schlauch wässerte und mir zuwinkte.

Muss man skeptisch werden, wenn einen Senioren in Speedo-Badehosen grüßen? Ich grüßte zurück. Er suchte über den Zaun das Gespräch, fand wenig – mein Deutsch war miserabel. Dass er freundlich grüßte, über die Straße hinweg, genügte erst mal auch.

Dr. Heimat trug seinen Schnurrbart als Schnurbart, also als einen Clark-Gable-Strich, diese heute leider fast ausgestorbene Gesichtshaarrasse. Mit fünfzehn fand ich den Schnurbart Furcht und zugleich Vertrauen einflößend, er passte zu meinem Bild von Deutschland.

Die Straße, in der sein Rasen sehr weich aussah, sein Haus groß und sein Saab auf eine gute Weise alt, war die schönste Straße des Emmertsgrunds, mit den meisten Alarmanlagen. Eine Familie hatte Dr. Heimat nicht, was ich schade fand bei so guten Manieren, Schnurrbart und Zähnen.

Auf meine Zähne sprach er mich im darauffolgenden Frühling an. Wir hatten bis dahin nie mehr als ein paar Sätze miteinander gewechselt, er muss die Apokalypse in meinem Mund irgendwie durch die Wangen entröngt haben. Er riet mir, in seiner Praxis vorbeizukommen. Das sei jederzeit möglich, er empfehle aber: sehr bald.

Eine Krankenversicherung hatte ich nicht, Dr. Heimat war das egal. Er hat unser aller Karies behandelt: bosnischen Karies, somalischen Karies, deutschen Karies. Einer ideellen Heimat geht es um den Karies und nicht darum, welche Sprache der Mund wie gut spricht.

Ich musste mehrmals antreten. Beim vierten oder fünften Mal erzählte ich auf dem Behandlungsstuhl ein bisschen von mir, ein bisschen von der Familie. Nicht weil Dr. Heimat neugierig war. Er war nur unglaublich nett. Ich radebrechte von Mutter, die sich in der Wäscherei abschuftete. Ich sagte, sie sei als Marxistin eigentlich so was wie eine Expertin für Ausbeutung, und jetzt werde sie ausgebeutet.

Dr. Heimat lächelte, schob ein fies aussehendes Gerät in meinen Mund und wurde den Spruch los: »Karl Marx hatte wahrscheinlich schlechte Zähne, aber gute Ideen.« Er begann an meinen zu schaben und sagte selbstvergessen: »Die Arbeiter haben kein Vaterland.«

Irgendwann erzählte ich ihm auch von meinem Großvater Muhamed. Dass ich glaubte, er sei von uns allen am wenigsten glücklich in Deutschland, allerdings viel zu freundlich und dankbar, um das zuzugeben. Dr. Heimat erkundigte sich, ob es etwas gab, was mein Großvater gern unternahm.

Fragt mich jemand, was mir Heimat bedeutet, erzähle ich vom freundlichen Grüßen eines Nachbarn über die Straße hinweg. Ich erzähle, wie Dr. Heimat meinen Großvater und mich zum Angeln an den Neckar eingeladen hat. Wie er Angelscheine für uns besorgt hat. Wie er Brote geschmiert und sowohl Saft als auch Bier dabeihatte, weil man ja nie weiß. Wie wir Stunden nebeneinander am Neckar standen, ein Zahnarzt aus Schlesien, ein alter Bremser aus Jugoslawien und ein fünfzehnjähriger Schüler ohne Karies, und wie wir alle drei ein paar Stunden lang vor nichts auf der Welt Angst hatten.

UNSINN BAUEN

Wir wollen Unsinn bauen. Wir fahren zum Rangierbahnhof, Piero, Martek, Dule und ich, und steigen in die Güterwaggons ein – ihr schönes Kupfer –, klettern dann über den Zaun auf das Gelände der Altpapierdeponie. Damit beginnt ja Unsinnbauen meistens, mit einem überwundenen Zaun. Wir legen uns in die riesigen Papiercontainer voller Zeitschriften, Zeitungen, übrig geblieben, nicht verkauft, wäre doch schade, wenn das nicht gelesen würde, ruft Piero auf Italienisch. Vielleicht ruft er das, wir verstehen Piero nicht, aber er hat recht. Alles gibt es, am wichtigsten sind die Musikmagazine, weil mit sechzehn alles Wichtige die Musik sagt. Sportzeitschriften, noch verschnürte Pakete der *Süddeutschen*, des *Spiegels*. Ich widme mich einem Fachblatt für Fotografie, ich spare auf meinen ersten Fotoapparat, und ich lese, Digitalkameras seien im Kommen, aber dass es sich bloß um eine Modeerscheinung handelt.

Heidelberg riecht nach Druckerschwärze und Marteks Haargel (Apfel). Unsere Fingerspitzen werden mit jeder Zeitschrift dunkler, und Piero ruft: »Holla, die Waldfee!« In den Wörtern und Bildern und Verbotenem liegen und in den hellen Himmel gucken, oder wie Piero eben in die hellen Brüste einer Matrosin auf dem Cover einer Illustrierten, das ist wie Ferien, aber Ferien der guten Art, ohne Eltern, unter Jungs, und Dule zündet sich eine an, obwohl ganz klar ist, dass das dämlich ist, dass es das Letzte ist, was du in einem Papiercontainer tun solltest. Der Rauch ist schnell keine

Einbildung, filmisch wie wir davonjagen, über den Zaun in Zeitlupe fliegen, damit endet ja Unsinnbauen meistens, mit einer Flucht über einen Zaun und diesmal Gelächter, denn das Feuer hat nicht ernst gemacht, und der Einzige, der trotz Panik daran gedacht hat, eine Zeitschrift mitzunehmen, war Piero, und darüber sind wir ziemlich froh.

EINANDER AUSREDEN LASSEN

Die Eltern von Rahim sind fränkische Atheisten und Geisteswissenschaftler. Sie haben vier Kinder und eine Wendeltreppe.

Was genau das Spezialgebiet von Rahims Mutter war, wurde mir nicht klar. Vielleicht war sie gar keine Geisteswissenschaftlerin. Wir haben uns darüber nie unterhalten. Sie vollendete ihre Sätze, als hätte sie vorher schon gewusst, wie die enden sollten.

Anders als sie sprach Rahims Vater oft über seinen Beruf. Er war Professor für Semitistik und viel unterwegs in Gegenden, wo denkwürdige Dialekte ihrem Aussterben entgegenflüsterten. Er brachte sie zurück als Proseminare.

Ich verbrachte viel Zeit bei Rahim und begegnete auch seinen Eltern oft. Ab und an blieb ich zum Essen. Allein, wie die Speisen angerichtet waren! Die Soße auf dem Teller ein filigranes Ornament. Alles schmeckte, als habe es ein Sternekoch *gezaubert*. Ich wäre nicht überrascht gewesen, wenn tatsächlich irgendwann einer aus der Küche herausgekommen wäre, sich bescheiden verneigt hätte, um uns einen guten Appetit auf Aramäisch zu wünschen und sich in einer Wolke aus Safran aufzulösen.

Ich genoss den Leichtsinn, das gelegentliche Abenteuer und die Kameradschaft der ARAL-Clique, und ich genoss die wohlige Ordnung des Bücherregals nach Themen und das Einanderausredenlassen im geräumigen Wohnzimmer von Rahims Familie.

Einmal waren außer mir zwei lebhafte Lesbierinnen namens Andrea beim Abendessen zugegen. Beide waren Veterinärmedizinerinnen in der Pfalz, die eine praktizierend, die andere forschend. Ich muss wohl auf die Frage nach dem Woher meines Akzents genuschelt haben, jedenfalls verstand Andrea, die Forscherin, »Boston« statt »Bosnien« und lachte außerordentlich erfreut, als hätte ich ihr gerade ein Geschenk gemacht. Sie begann von ihrem Lehrauftrag am MIT zu erzählen und was für eine gute Zeit sie in Boston gehabt hatte. Sie sprach Englisch mit sehr englischem Akzent, den ich vom britischen Wrestler, *The British Bulldog,* kannte. Sie tat es, obwohl sie mich Deutsch hatte sprechen hören. Vielleicht glaubte sie, ich würde mich in einer muttersprachlichen Unterhaltung wohler fühlen.

Ich ließ sie reden, nickte, wenn ich etwas verstand, antwortete recht ehrlich auf ihre Fragen – was ich in Deutschland machte, *school,* wo ich gewohnt hätte, *close to the river,* wann ich wieder zurückfahren würde, *soon, I hope* – mit meinem Bruce-Willis-Akzent, und sie nahm die Antworten bestens an, es war sagenhaft.

Der Semitist schmunzelte, Rahim tat sich Knödel auf. Ich fühlte mich durch jeden Satz der sympathischen Rinderexpertin irgendwie … anwesender. Ein Missverständnis hatte mich der Herkunftslast entledigt. Ein Austauschschüler aus Boston zu sein war so viel einfacher als ein Bosnier mit befristeter Aufenthaltserlaubnis – *Have you ever been to a Celtics game?*

Da wagte ich sogar eine Gegenfrage: *No, you?*

Yes, indeed!, rief sie, *it was fantastic!,* und dann kam mit Rahims Mutter und dem Salat leider eine Pause, in der unser Gastgeber Andrea die Hand auf den Arm legte und leise »Nicht Boston. Bosnien« sagte.

»Oh!«, sagte die Forscherin.

»Oh!«, sagte auch die praktizierende Tierärztin mit dem Schwerpunkt *Nutztiere in Massenhaltung.*

Die entzückenden Speisen wurden im Nest des Missverständnisses auf den Tellern verteilt, das Rollenspiel mit dem anderen Ich war zu Ende. Selbstverständlich lachten alle, natürlich entschuldigte sich Andrea, entschuldigte ich mich. Wir stießen an (Rahim und ich mit Eistee), und Rahims Vater rief – an die Veterinärmedizinerinnen gewandt und als stelle er keine Frage, sondern erzähle einen Witz: »Wie lebt es sich eigentlich in Kaiserslautern!«

Circa fünfzehn Jahre später, 2010, war ich selbst am MIT. Ich unterrichtete deutsche Literatur und kreatives Schreiben. Wohnte unweit vom Charles River. Befragt nach meiner Herkunft, sagte ich mal »Višegrad«, mal »Europe«, mal »Kurpfalz«. Kurpfalz kam am besten an. Wenn du im Ausland »Kurpfalz« sagst, weiß dein Gesprächspartner mit ziemlicher Sicherheit nicht, ob das eine Stadt ist oder ein Sprachfehler.

Ich sagte, meine Eltern seien Geisteswissenschaftler. Ich sagte, mein Großvater sei Jäger, Aussiedler aus Danzig. Ich sagte, meine Mütter seien Lesbierinnen. Ich sagte, Herkunft ist Zufall, immer mal wieder, auch ungefragt.

Im Halbfinale der NBA-Playoffs spielten die Celtics gegen Orlando. Ich war beim dritten Spiel in der Halle. Meine Celtics gewannen deutlich.

GÄSTE

Im ersten Jahr in Deutschland hatte ich selten Gäste. Ich fand immer eine Ausrede, warum es gerade nicht ging. In unserer Bleibe in Wiesloch schliefen wir zu sechst in einem Zimmer. Das Haus war voll mit Fremden. Sie tauchten auf und verschwanden wieder, es hatte nicht einmal Sinn, sich einander vorzustellen, geschweige denn einen Schulfreund in diese Hölle auf Gewerbegebietserden einzuladen.

Im Emmertsgrund gab es mehr Platz – Ruhe blieb dennoch Glückssache. Nachmittags waren alle zu Hause. Meine Cousins, klein und heiter, Ex-Jugos kamen unangemeldet vorbei, wie sie es in Jugoslawien auch getan hätten, Ausweis guter Nachbarschaftskultur, aber auch extrem nervig, wenn man tags drauf eine Matheklausur schreiben sollte. Ich lernte mal am Wohnzimmertisch, mal am Boden. Irgendwann kaufte Vater einen Tisch für das Zimmer, in dem ich schlief. Das wollte ich jedenfalls glauben: dass der Tisch gekauft war.

Noch heute rede ich mir ein, dass es nur gute Gründe gab, keinen Besuch zu empfangen. Dass Platz und Stille fehlten, war das eine, und das begriffen die Freunde auch. Wussten sie aber auch von meiner Scham? Ich schämte mich wegen der alten Möbel, schämte mich, keine Spiele zu besitzen, keinen PC und auch kaum Musik (ein paar überspielte Kassetten, Metallica, Nirvana, Smashing Pumpkins). Ich schämte mich, dass bei uns von unterschiedlich gemusterten Tellern gegessen wurde und selten gemeinsam. Mit Messern, deren Klingen sich bogen.

Ich hasste das Gefühl, konnte aber nicht anders. Draußen hatte ich mit den mir auferlegten und den selbstgewählten Rollen kaum mehr Schwierigkeiten. Zu Hause wären sie aufgeflogen. Man sah ja, *wie es uns wirklich ging*.

Mutter und Vater schufteten sich traurig. 1994 verbrachte Vater einen ganzen Monat in einer Rehaklinik, Rücken kaputt. Ging am ersten Tag nach der Entlassung wieder auf den Bau, um genau dort weiterzumachen, wo der Rücken nicht mehr hatte mitmachen wollen. Er spürt bis heute die Folgen.

Die Eltern schonten sich nicht, mich aber. Die größten Probleme und Sorgen hielten sie von mir fern, sprachen selten von dem, was ihnen schwerfiel. Von ihren Entbehrungen und Niederlagen weiß ich erst seit Kurzem. Davon, was es wirklich bedeutete, mit Mitte dreißig ein gefestigtes Leben zu verlassen und jetzt mit dem Vermieter darüber zu streiten, ob wir Tomaten im Garten anpflanzen dürfen.

Beide hatten sie Berufe aufgeben müssen, in denen sie sich auskannten und gerne arbeiteten. In Deutschland hätten sie so ziemlich jeden Job angenommen, um nicht unterzugehen. In unserem jugoslawischen Freundeskreis war es überall so. Von der Not wussten die Arbeitgeber zu profitieren. Die Löhne waren niedrig, Überstunden meist unfreiwillig und unbezahlt. War das diskriminierend? Meine Eltern könnten es nicht sagen. War es erbärmlich? Auf jeden Fall.

Das Einkommen reichte selten, um sich nebenbei aus- oder weiterzubilden. Für Sprachkurse, die Basis also, blieben wenig Zeit und Kraft. Es gab dennoch nicht wenige, die sich nach der Arbeit noch zwei Stunden Flexion deutscher Verben mit Blasen an den Füßen reinzogen. Ein Ausweg aus der Abhängigkeit gelang aber oft nicht, oder es war zu spät – die Abschiebung kam zu früh.

Ich sehe am eigenen glücklichen Beispiel, wie breitflächig die strukturelle Benachteiligung der Geflüchteten damals war und heute noch ist. Mit meinem Geflüchtetenstatus verschwanden die praktischen Hürden. Ich bekam die Chance, mich auszubilden und während des Studiums zu arbeiten. Je mehr Chancen ich nutzen durfte, desto schwieriger wurde es, mich ins Abseits zu stellen oder zum Opfer zu machen. Der existenzielle Druck, dem meine Eltern ausgesetzt waren, blieb mir erspart.

Ich kann nicht sagen, ob es gut gewesen ist, nicht zu wissen, was die beiden damals umtrieb und quälte. Oder, anders gesagt, ob es gut gewesen ist, davon auszugehen, dass es um sie besser stand, als es wirklich der Fall war. Um ihre Ängste und unsere Finanzen und grundsätzlich das Glück in diesem deutschen Leben. Einiges wusste ich, wollte es aber nicht wahrhaben. Ich war außer Haus, wann immer ich konnte. Und selten für sie da.

Ich wollte Freiräume, und meine Eltern ließen sie mir. Durch Zuspruch, Zuneigung und ein kleines Taschengeld erhöhten sie meine Chancen, ein einigermaßen normaler Teenager zu sein, allen Hürden des Migrantischen zum Trotz.

Mit Rike änderte sich einiges. Rike war meine erste Freundin und mein erster deutscher Gast. Sie ging bei uns ein und aus, offenherzig, gut erzogen, störte sich an absolut gar nichts, von dem ich in einer meine eigenen Vorurteile spiegelnden Weise annahm, dass es Deutsche stören müsste. Sie fragte, ob wir keine Bilder aufhängten, weil wir Kunst doof fanden, und ich muss sie angeschaut haben, als sei sie wahnsinnig. Sie lachte und entlarvte die Frage als Witz. Ich unterschätzte immerfort alle.

Rike und Mutter kamen gut miteinander aus. Nena half sie im Garten. Großvater nahm Rikes Hand hundert Mal und hielt sie lächelnd in seiner, als sei diese Hand das wertvollste Geschenk. Rike aß von den bunten Tellern und nahm Kassetten für mich auf.

Irgendwann besorgte Vater mir eine kleine Musikanlage mit CD-Spieler bei Media Markt (oder war auch die vom Sperrmüll?), und ich kaufte meine erste CD, eine Single von Bob Marley, da Rike Reggae mochte (ich leider gar nicht so). Rike mochte kein Fleisch (ich leider schon), also wurde ich irgendwann Vegetarier. Mutter hätte mich dafür wahrscheinlich am liebsten mit Frühlingslauch erwürgt.

Rike sitzt mit Mutter im Wohnzimmer auf dem Boden und guckt *Akte X*, ich lerne auf der Terrasse, Nena kommt ins Wohnzimmer und hält ein Büschel Haare in der Faust. Ob sie die wegwerfen dürfe? Sašas Bürste sei immer so voll mit den Haaren, sie sei sich nicht sicher, ob er die nicht vielleicht sammle.

Mutter räuspert sich. Rike will wissen, was los sei, Mutter übersetzt. Die beiden beraten sich auf Deutsch, Nena versteht kein Wort, dann sagt Mutter: »Ja, lass sie ihm, die braucht Saša für Voodoo.«

Von da an schloss Nena die Tür ab, wenn sie schlafen ging. Sie beäugte mich und machte rätselhafte Gesten. Warf Bohnen für sich. Ich hatte keine Ahnung, was los war.

Wochen später schoss es beim Frühstück aus ihr: »Wofür willst du Magie wirken? Was fehlt dir?«

Mutter brach in Gelächter aus und klärte alles auf. Nena schimpfte leise. Rike umarmte sie.

Es fehlte nicht viel. Etwas Sprache. Etwas Mut. Ich entschied, Mut zu sammeln, um jemanden *für meine Eltern* zu uns einzuladen. Rahims Eltern schienen die besten Kandidaten. Ich wollte ihre Antwort abwarten, bevor ich Mutter und Vater davon erzählte. Sie würden sich freuen und ja sagen, da war ich mir sicher.

Bei Rahim und mit seinen Eltern hatte ich mich nie unwohl gefühlt. In ihrem Leben, das aus hunderten Büchern nach Neugier roch und aus ausgedehnten Mahlzeiten nach gelungenem Zeitmanagement. Jedes Familienmitglied hatte ein Zimmer für sich. Rahims Vater im Keller noch das Arbeitszimmer und eine Sammlung syrischer Kochutensilien oder Waffen, wer weiß das schon.

Die Eheleute erzählten am Ende des Tages ausführlich von Anfang und Mitte des Tages und hörten einander zu. Einander zuhören am Ende des Tages empfand ich als immens wohltuend, sogar als komplett Außenstehender, der dabei war, als wäre er nicht dabei – bei einem Gespräch, das nur den beiden gehörte.

Mit mir gingen sie überhaupt mit einer ausnehmend tröstlichen Unverbindlichkeit um. Selten stellten sie eine Frage, die über die Welten, die ich mit ihrem Sohn teilte (Schule und Sport), hinausreichte. Das war ehrlich und richtig. Ich war ein Bekannter ihres Sohnes zu Gast.

Einmal sprachen wir über den Umgang mit Kleinkindern. Es ging darum, dass sie vier Kinder großgezogen hatten und ich meine beiden kleinen Cousins lästig fand. Ich erinnere mich nicht mehr an das Gesagte. Ich erinnere mich, dass die beiden mir gegenübersaßen, mit übergeschlagenen Beinen und Wein in ihren Gläsern, und dass sie ernst abzuwägen schienen, was sie erwidern sollten. Das reicht ja im Allgemeinen für eine gute Unterhaltung, dass jemand ernst abwägt, was er dir erwidern soll.

Nachdem sie erfahren hatten, dass ich vor dem Bosnien-Krieg geflohen war, erzählten die beiden weder von einem Kroatien-Urlaub in den Achtzigern auf der *Wie-hieß-die-Insel-noch-mal?*, noch eröffneten sie einen Mentalitätsdiskurs über »die Serben«.

Der Vater sagte: »Tut mir leid, dass du das erleben musstest, Saša. Ich lese mich gern ein, und wir sprechen über den Konflikt, wenn du wieder vorbeikommst. Falls du das möchtest?« Oder so ähnlich. Ich mochte lieber nicht. Viel später, als ich selber mehr Sprache besaß, unterhielten wir uns doch. Überkreuzte Beine, Gläser mit Wein und Eistee.

Ein guter Gastgeber ist auch ein guter Gast, besagt ein bosnisches Sprichwort. Die Eltern von Rahim waren gute Gastgeber, und ich machte mir eine Million Gedanken, ob es gutgehen könnte, sie als Gäste bei uns zu haben. Wie sich meine Eltern und Großeltern fühlen würden und wie ich. Ich wollte, dass uns als Familie etwas gelingt, wenn auch nur etwas so Einfaches wie ein Abendessen mit neuen Bekannten.

Ich wünschte es mir speziell für meine Mutter, die in Jugoslawien so gern Gastgeberin gewesen war, viel lieber als selbst Gast zu sein. Als Gast ging sie gleich nach der Ankunft in die Küche, um zu helfen, bot anderen Gästen etwas zu trinken an, es war rührend. Mit eigenen Gästen ging sie so überschwänglich um, dass man den Eindruck bekam, sie nimmt sie gleich in ihr Testament auf.

Wie würden Rahims Eltern auf ihre Freundlichkeit reagieren? Wie auf unser Leben, ohne Safran und Gardinen, deren Anschaffung sich kaum lohnte, da jederzeit die Abschiebung zu erwarten war?

Ich hoffte, sie würden so unvoreingenommen zu uns kommen wie zum Abendessen bei ihren lesbischen Freundinnen aus der Pfalz. Meine Eltern würden aufgeregt sein und sich freuen. Wir würden – bis das Essen angerichtet war – einander Fragen stellen, bedacht und freundlich, mit überkreuzten Beinen. »Was habt ihr da im Garten angepflanzt?« Das wäre doch eine wunderbare Frage an einen Geflüchteten in Deutschland!

Dann würden wir essen und uns über die Zutaten unterhalten. Unsere Gäste würden nicht sofort ihre Vorstellungen von der Balkan-Küche mitteilen. Sie (oder ihr Sterne-Koch) kochten breitflächig international, für sie wäre der Balkan weder außerordentlich noch fragwürdig. Ganz bestimmt.

Meine Eltern würden erzählen, dass Nierenbohnen das Einzige seien, was ich nicht aß. Dabei waren sie Grundnahrungsmittel unserer Küche. Zum Abschied würden die Eltern von Rahim sich für den schönen Abend bedanken, und das würde einfach das Allerbeste sein: dass jemand uns für etwas Schönes dankte.

Das nächste Mal, als ich wieder bei ihnen aß – es gab etwas, das aus nur drei Zutaten bestand, die ich alle nicht kannte, dabei war es ein fränkisches und kein arabisches Gericht –, sprach ich die Einladung aus: Kommen Sie auch einmal zu uns?

Beide legten das Besteck auf den Tellern ab, tupften sich die Lippen, und Rahims Mutter sagte, das wäre aber schön, und auch der Vater bedankte sich und sagte, wirklich schön, wir würden uns freuen. Sie sagten es freundlich und auch ein wenig überrascht, und eine Woche später saß ich wieder da, und an der Wand im Esszimmer war diese Kuckucksuhr. Der Vogel kam um sieben raus und grüßte alle herzlich.

Um eins nach sieben stand der Erbseneintopf auf dem Tisch. Das Fleisch war extrem weich und vom Rind aus der Pfalz. Ich lernte die Vokabel *freilaufend*. Es gab die Kuckucksuhr, und es gab ein Orchester. Das Orchester spielte vielleicht vom Band, vielleicht spielte es aber auch in der Wand – Haydn oder Mozart. Ich hätte damals viel dafür gegeben, den Unterschied zu kennen und etwas sagen zu können über die Musik.

Ich habe meinen Eltern nicht von der Einladung erzählt. Ich traute mich auch nicht, sie noch einmal gegenüber Rahims Eltern auszusprechen. Sie haben mich natürlich nicht daran erinnert.

»Freilaufend«, hatte der Professor für Semitistik an dem Abend mit dem Erbseneintopf gesagt, »bis zum Zaun.« Alle haben geschmunzelt.

Die Familie meines besten Freundes war nie bei uns zu Hause und meine Familie niemals zu Gast bei ihm. Unsere Eltern haben einander nicht kennengelernt. Die Kuckucksuhr kam aus diesem einen Ort im Schwarzwald, ich habe den Namen vergessen.

SIND NUR WORTE (GÄSTE, 1987)

Besuch ging bei uns ein und aus. Was wird heute Abend gespielt? Getränke und Würfel stehen bereit, Notizheft und Stifte. Kosta ist da und Berec. Der Erste ein flüchtiger Bekannter meines Vaters, der Zweite ein guter Freund. Kosta raucht eine nach der anderen, Berec raucht eine nach der anderen. Berec hat einen Schnurrbart mit gelben Spitzen und ein Glasauge. Das andere schließt er, wenn der Rauch ihn stört. Auch Vater und Mutter rauchen. Der Samstagabend im November 1987 raucht.

Ich sitze hinter Mutter auf dem Sofa. Ihr Nacken riecht noch durch den Zigarettenrauch gut. Die Würfel klacken hell, und mein Vater sagt: »›Genozid am serbischen Volk?‹«, und Berec sagt: »Sind nur Worte«, und Kosta sagt: »War höchste Zeit, dass jemand sie ausspricht«, und Vater sagt: »Du spinnst«, und Mutter sagt: »Alea iacta est« und landet eine kleine Straße. Wonach hat Mutters Nacken gerochen?

Ein Jahr später stürmt Kosta mit den »Weißen Adlern« in das Gebäude, in dessen Keller wir uns versteckt halten. Er wird an Ort und Stelle literarische Fiktion. Tarnfarben an den Wangen und wie ruhig er sagt, dass er Hunger hat, während die Kinder um ihn wimmern. »Ich hab Hunger, was gibt's?«

Berec ist Serbe wie Kosta. Er wird wegen des Glasauges nicht eingezogen, meldet sich aber auch nicht freiwillig bei denen, die auch Glasaugen nehmen. Er ist bei *Varda* angestellt, dann wird *Varda* größtenteils dichtgemacht und Berec erst arbeitslos, dann Fischereiaufseher.

Die langen Kontrollgänge am Fluss. An Nachmittagen im Schatten einer Platane, im Windschatten eines Felsens, auf Gras, auf Erde, auf Beton: Berec ruht sich bei der Arbeit aus. Berec guckt mit dem einen Auge und raucht. Und falls er dich mal erwischt, wie du zum Beispiel unterhalb des Staudamms auf Huchen angelst, und falls er sagt, »Hier ist doch Fangverbot, guter Dušan«, dann sagst du als Dušan: »Berec, wie läuft's, setz dich, rauch eine mit mir.« Mit etwas Glück und der halben Geldbuße oder einem Fisch ist es eine Friedenspfeife gewesen, und Berec drückt das Auge zu und zieht weiter.

Einige Tage bevor wir Višegrad verließen, war Kosta mir auf der Brücke mit dem Fahrrad entgegengekommen. Aus dem Weg gehen auf Brücken ist so eine Sache. Er stellte sich dann auch so hin, dass ich nicht ohne Umstand vorbeikonnte. Er lächelte freundlich, wollte mir durch das Haar wuscheln, ich duckte mich. Die Tarnfarbe in seinem Gesicht war abgeblättert, hing in grünen und schwarzen Fetzen von den Wangen. Er erkundigte sich, wie es mir ging. Wie meinen Eltern. Ich wusste nicht, was ich sagen sollte, also sagte ich, gut, gut, und Kosta sagte, gut, gut.

Nach dem Krieg habe ich ihn nur ein Mal gesehen, 1998, wieder auf dem Fahrrad. Er fuhr langsam die Drina entlang, als gehörte ihm nicht nur die Deutungshoheit über die Geschichte, sondern auch der Fluss. Vor ihm bog Berec zum Ufer ein. Kosta schloss auf. Sie unterhielten sich. Es sah aus, als würden sie beide nur nicken zu allem, was der andere sagte, oder abwinken. Es gab zwischen ihnen nichts, was aussah, als sei es Vielleicht. Sie rauchten jeder eine und gingen ihrer Wege.

Was heute mit Kosta ist, weiß ich nicht. Niemand, den ich frage, will Kosta gut gekannt haben.

Berec raucht noch immer in Višegrad, sein Schnurrbart

ist noch immer gelb. Er spricht leise und stellt keine Fragen. Jeden Abend geht er spazieren, bleibt hier und dort stehen, unterhält sich. Er kennt viele in der Stadt, viele kennen Berec.

Vater und ich begegneten ihm im April 2018. Ich lenkte das Gespräch auf die Spielabende von früher. Fragte die beiden, ob sie die vermissten.

»Ja, lass uns was organisieren«, rief Vater sofort, »solange wir hier sind.«

Berec nahm einen Zug und schnippte die Asche auf den Bürgersteig. »Ohne mich«, sagte er ernst und leise, »ich kann hier nicht mehr gewinnen.«

Vater und ich räusperten uns.

Berec lächelte und sah an uns vorbei und sagte: »Es sind nur Worte.«

GROSSMUTTER UND RAUS HIER

Sie wacht auf. Wo ist sie? Das Betttuch fühlt sich nass an. Tapeten. Ein Schlafzimmer wohl. Ihre Füße sind heiß. Pantoffeln an den Füßen. Sie streift die Pantoffeln ab. Teppich. Hässlich, hässlicher Teppich, sie hat zuhause denselben, nur viel schöner. Bücherschrank. Braun und weiß, goldene Bordüren. Bücher. Titos Biografie. Dann Meša Selimović, Abdulah Sidran, Saša Stanišić und *Heilung durch Tee*. Ach, Bücher.

Verwirrendes geträumt, verwirrend, verwirrend. Ein Soldat war da. Ein Mädchen. Ein Mann, der sie liebt. Ein Totengräber. Durcheinander. Träume sind etwas Lebendiges – und als solche vergänglich wie das Gedächtnis. Wo kommt das denn her?

Häkeldeckchen überall. Auf dem Radioempfänger, auf dem Nachtkasten, auf dem Sofatisch. Schön, schön. Lang ist es her, da hat sie auch gehäkelt. Irgendwann haben die Augen nicht mehr mitgemacht.

Was, wenn der zurückkommt, dem die Wohnung gehört? Sie knöpft den obersten Knopf der Bluse zu. Was hat sie da überhaupt an? Sieht ihrem eigenen Nachthemd ähnlich.

Wird doch nicht auf der Straße enden.

Sie öffnet vorsichtig die Tür. Jetzt hört sie so etwas wie Gesang. Eine Küche mit drei Türen. Hinter der ersten das Treppenhaus. Hinter der zweiten das Bad. Sie muss mal. Hinter der dritten Tür der Gesang. Sie macht die Tür auf. Ein Wohnzimmer. Als sei sie schon mal hier gewesen. Der Fernseher singt. Ein Sofa unter einer rosafarbenen Decke, als wäre ihm kalt.

Die Frau singt nicht gut im Fernsehen. Immer müssen die singen und hohe Absätze tragen. Schlimm für die Hüfte. Wie schaltet man das Ding ab? Ach. Stromkabel und aus.

Am besten wäre, einfach nach Hause zu gehen. Vorher nur umziehen. Die Kleidung aus dem Schrank passt. Ein paar Wechselstücke packen. Sie weiß von einem Koffer, hier ist er.

Am besten nach Hause, ja. Geld könnte ein Problem sein. Sie macht ein paar Schubladen auf, findet nichts. Aber ein Schächtelchen mit schönem Schmuck. Sie steckt es ein.

Raus hier. Halt. Kämmen fast vergessen.

Nach Hause, ja. Der Schlüssel steckt innen. Draußen der Name an der Klingel: *Kristina Stanišić*.

Das bin ja ich, denkt sie und steigt die Treppe hinunter. Der Koffer wiegt einiges. Es ist alles schwer, wenn du nicht orientiert bist. Sie will Licht im Treppenhaus machen, aber es gibt kein Licht. Welcher Tag ist heute? Egal. Hauptsache, es ist nicht schon wieder gestern.

Kurz rasten im Hof. Die frische Luft tut gut. Wohin? Alles richtig und falsch, alles möglich. Sie schließt die Augen und dreht sich um die eigene Achse. Ein Mal, zwei Mal. Sie lacht, du Kind! Macht die Augen auf. Da ist ein Gebäude. Sie kennt das Graugelb der Fassade. In dem Gebäude wohnt sie! Sie will Licht im Treppenhaus machen, aber es gibt kein Licht.

Im dritten Stock ihr Name an der Tür. Die Tür ist offen. Geht hinein. Legt den Koffer ab. Auspacken, gleich. Erst aber einen Kaffee.

LÄMMER

Wir haben am 1. Mai 1990 ein Lamm gegrillt auf einer Waldlichtung am Višegrader Kurbad. Das Tiermaul war aufgerissen zu einem verhallten Schrei. Im Kiefer steckten schiefe Zähne. Die Haut glänzte und schlug Bläschen. Ich gruselte mich, also lachte ich. Vater schlug vor, ich solle das Fett von der Haut mit Brot aufnehmen. Ich tat es. Aß das Brot. Das Brot blieb mir im Hals stecken. Hier, spül's runter. Vater reichte mir die Bierflasche. Meinte er das ernst?

Ich kickte den Ball ins Feuer. Ein bisschen absichtlich. Vater holte ihn raus und sagte, ganz schön große Kartoffel. Niemand war sauer auf den Ball oder auf mich.

Lamm, Brot, Salate.

Großmutter Kristina saß zwischen ihren Söhnen. Sie hatte sich das Haar machen lassen, die allmächtigen Wicklerlocken, ein strahlendes Rot im Waldesgrün. Jemand rief: Wie unbegabt ist diese Familie denn! Niemand spielt ein Instrument! Wir summten die Internationale. Ich nahm mir vor, Gitarre zu lernen.

Wir spielten Verstecken, auch die Erwachsenen. Ich lief in den Wald, bis ich nichts mehr hörte, außer den Wald und mich selbst. Ich setzte mich auf einen Baumstumpf. Niemand auf der ganzen Welt wusste, wo genau ich gerade war. Ich knibbelte am Moos herum. Und da mich auch niemand fand, wurde es bald ein wenig öde.

Auf dem Weg zurück entdeckte ich Mutter und die Frau meines Onkels hinter einem Felsen. Sie kicherten eine Weinflasche an. Ich belauschte sie ungesehen. Ich weiß nicht mehr, worüber sie sprachen. Ich wünsche mir, dass ich es belanglos fand und schön. Im Višegrader Kurbad werden zwei Jahre später dutzende muslimische Frauen verschleppt, vergewaltigt, getötet.

Unbeschwert ist an Višegrad für mich kaum ein Ort mehr. Kaum eine Erinnerung nur persönlich. Kaum eine kommt ohne Nachtrag, ohne eine Fußnote von Tätern und Opfern und Gräueltaten, die sich dort abgespielt haben. Was ich einmal empfunden habe, ist vermengt mit dem, was ich über den Ort weiß. Ich kenne Gerichtsurteile zu den Ereignissen der Kriegsjahre in der Gegend. Ich habe von den Schmerzen gelesen, die mit Fingernägeln in Wände geritzt wurden, den Nägeln jener Frauen, die hier im Kurhotel festgehalten wurden.

Meine Kindheit lässt sich nicht anders als dissonant erzählen. Ein Ball im Feuer ist nicht bloß ein Ball im Feuer. Im Wald hat man sich nicht bloß im Spiel versteckt. Ich habe mir diese Motive gesucht.

Meine Mutter erlebt und verarbeitet die Dissonanz noch eine Spur intensiver. In Višegrad ist sie eine andere Person. Schreckhafter und launischer, und albern nie. Mutter schläft schlecht, Mutter kichert nicht mehr in Višegrad.

Ich brauche niemandem zu erklären, warum ich dort, wo ich herkomme, nicht mehr bin. Es kommt mir vor, als würde ich genau das aber immerfort tun. Fast entschuldigend auch. Auch mir selbst gegenüber. Es kommt mir vor, als stünde ich wegen der Geschichte dieser Stadt, Višegrad, und wegen des Glücks meiner Kindheit in einer Schuld, die ich mit Geschichten begleichen muss. Es kommt mir vor, als meinten meine Geschichten diese Stadt sogar dann, wenn ich nicht über sie schreiben will.

Am 1. Mai 1994 parkte Vater den VW-Bus seiner Firma vor unserem Emmertsgrunder Bungalow. Darin ein Lamm am Spieß. Das Maul, die schiefen Zähne. Der Plan war, zur Grillhütte zu gehen, ich sagte: »Ich komme nicht mit, ich muss weg.«

An der ARAL traf ich Martek. Martek saß auf dem Bürgersteig und spielte Gameboy.

Ich sagte: »Meine Familie will ein Lamm grillen.«

Martek sah von dem Gerät auf und fasste sich ins Haar. Er trug das Haar zu einem strammen Viereck hochgegelt, sein Schädel sah aus wie ein römisches Kastell und Martek zupfte ständig korrigierend an den Palisaden. Martek sagte: »Das ist ja geil.«

»An der Grillhütte«, sagte ich.

»Geil«, sagte Martek. »Ich hab Hunger.« Er verstaute den Gameboy und stand auf.

Es war sonderbar. Ich hatte ihm etwas verraten, dessen ich mich schämte. Essvorlieben, Beengtheit, Härten, Sperrmüllsofas – darüber sprach ich nicht. Ich wollte kein aufgespießtes Tier grillen! Vor allem wollte ich nicht, dass andere wussten, dass meine Familie so was tat. Gerade die Deutschen erwarteten doch genau das von uns, dass wir Lämmer grillten und im Basketball fies faulten und mit Schlagring unter dem Kissen schliefen.

»Ich geh da auf keinen Fall hin«, sagte ich.

»Ich geh da auch ohne dich hin«, sagte Martek.

Das Tier briet schon, als wir an der Grillhütte ankamen. Martek sah den Spieß, sah den Picknicktisch mit den üppigen Salaten, Reis und Kartoffeln, sah meinen Onkel auf einem winzigen Hocker, er drehte den Spieß, Kassettenrekorder zwischen den Beinen, Herbert Grönemeyer rief was, und Martek fasste sich ins Haar.

Nena Mejrema nahm den Blick von ihrem Strickzeug und winkte. Martek sah Großvater Muhamed, der jetzt »Hallo«

und später »danke« sagen würde. Martek fasste sich ins Haar. Martek sah das Schwert und den Kranz aus alter Tinte am Unterarm meines Vaters, als der ihm die Hand reichte. Sah Trainingsanzüge und Motiv-T-Shirts von C&A. Nena trug eines mit einem Surfbrett drauf und der Aufschrift *California Dreaming Waves Diamond*, dazu einen langen, bunten Rock.

Vater stellte sich vor. Mutter bot Getränke an von einem Tablett. Großvater nahm Fanta, Onkel Campari-O, Vater ein Bier. Martek und ich sahen uns an. Ich griff nach der Fanta. Martek hatte meinen Blick falsch gedeutet und nahm das Bier.

Vater sagte: »Du nicht auch?« Er meinte mich. Meine Eltern wussten nicht, dass ich Alkohol trank, glaubte ich. So viele Dinge, über die wir nicht sprachen. Selten lag es nicht an mir.

Ich trank das erste Bier mit meinem Vater, mit meinem guten Freund Martek, mit dem Lamm und Herbert Grönemeyer.

Alle redeten wegen Martek Deutsch. Hallo und Danke. Großvater lächelte. Vater und Martek unterhielten sich über Autos. Das war einfach und interessierte beide. Vater sah sich am Wochenende die Anzeigen für Gebrauchtwagen an und kaufte keinen und Martek machte gerade seinen Führerschein. Vater nannte eine Marke (»Opel Astra«), Martek wurde einen kritischen Kommentar dazu los (»Ist scheiße«), und Vater gab abschließend seinen Senf dazu (»Aber billig, Opel Astra«). »Mercedes!«, sagte Vater mit glänzenden Augen, und Martek blieb gar keine Wahl, als ebenfalls einfach nur »Mercedes!« auszurufen. Sie stießen an.

Ich war stolz auf Vater, keine Ahnung, warum.

Martek fasste sich ins Haar und aß seine zweite Schüssel Lukmira (Frühlingszwiebel-Joghurt). Später schlug ich vor: »Tupf mal das Fett mit dem Brot von dem Fleisch da ab. Aber so richtig. Das Brot darf nicht trocken bleiben.« Martek tat es. Und dann noch einmal.

ARAL-LITERATUR

Ich kannte Jugos, die Balkan-Klischees bedienten (leicht aggro, leicht assi, leicht zu provozieren). Sie verwechselten Streitlust mit Selbstbewusstsein, Beleidigung mit Redefreiheit. Trugen aufgenähte Symbölchen alter Zeiten. Kroaten waren sie, und sie wollten, dass man das auch wusste. Bei unserer ersten Begegnung klärten sie auch, was ich war: nicht Serbe. Weitere Details interessierten nicht, sie ließen mich in Ruhe, und ich ging ihnen aus dem Weg. An die ARAL kamen solche nur zum Tanken. Von den Jugos in der ARAL-Crew überhöhte keiner den Wert der Herkunft. Ein Witz hier, ein Witz dort. Hätte Zoki unter uns eine Liste anfertigen wollen, Adil hätte ihn gezwungen, sie aufzuessen mitsamt Stift.

Adil mit der Narbe quer über der Wange, wie ein zweiter Mund. Dule, der Tüftler, und seine schnelle Schwester, Ines. Gelegentlich kam auch Dedo rum, um eine Zeitlang wenig zu sagen und dann wieder aufzubrechen. Die ARAL-Jugos galten als findig, fingerfertig und ein bisschen faul. Recht früh hatte sich ein Auto-Topos etabliert. Eine der Legenden lautete, Dule könne absolut jedes Auto in Nullkommanichts reparieren. Eine andere, Adil könne jedes Auto in Nullkommanichts aufbrechen. Eine dritte, Ines sei über dem Bierhelderhof mit jedem Auto schneller als du mit deinem.

Alles nicht wahr, aber es ist ja nicht das Schlechteste, Held einer Legende zu sein, also stellte keiner was richtig. Mich nahm man aus, es war allen ziemlich klar, dass ich nicht mal so recht verstand, wieso ein Auto fahren kann.

Wir wären in jedem Leben befreundet gewesen. Unsere Eltern kannten sich, wir feierten Geburtstage zusammen und haben heute die aktuellen Mail-Adressen voneinander (die von Adil geht nicht, habe es gerade versucht).

Zu Jugos aus für mich unbequemen Milieus wollte ich keinen Kontakt. Nicht im Emmertsgrund und auch nicht im schulischen Kontext. Ich mied Begegnungen, bot, ungefragt, keine Hilfe an, traf mich zum Rumhängen lieber mit der ARAL, zum Lernen lieber mit den Deutschen. Ich nahm die sozialen Unterschiede wahr, die Flucht nicht ausradieren konnte und hielt mich für etwas Besseres. Es ist schäbig, wie opportunistisch ich mein Vertrauen verteilte, um im selben Atemzug die Ungleichbehandlung zu verurteilen, der wir als Geflüchtete unterschiedslos in Deutschland ausgesetzt waren.

Ob vom Balkan, aus Schlesien, ob Türke aus Leimen oder Michel aus Holland – die Legende all derer, die vom ARAL-Parkplatz die Sonne über Frankreich untergehen sahen, lautete, wir erzählen gern. Jugend ohne Smartphone, versammelt unter der blauen Neonflamme in Erwartung der nächsten Geschichte. Sie musste lediglich hervorragend sein. Wer erzählte, gehörte dazu. Und es wurde unfassbar viel gespuckt dabei.

ARAL-Literatur ist winzige Übertreibung. Sonst realistisch, unbedingt. Die Motivation der Helden: sich beweisen oder jemandem etwas. Was drehen, um was extra zu verdienen. Knapp entkommen. Unverdient gewinnen. Schule, Ausbildung, Feierei. Wetten, Ordnungswidrigkeiten, Verkehrsgeschehen. Tragische Helden gab es nicht, man war ja noch da, um zu erzählen. Niederlagen, auch tragische, gab es zuhauf.

Ich-Perspektive mit wenig Einblick in die Innenwelt der Erzähler. Elliptisch, schnörkellos, pointiert. Deutsch besprenkelt mit der Muttersprache, wirklich schön. Ich würde gern selbst so erzählen können, kriegte es aber niemals so hin wie Ines damals oder Bundeswehr-Wojtek.

Oder Bitte-ned-mit-dem-Fuß-Krzysztof, der Fatih die Alu-Felgen geklaut hatte. Bald wussten alle, dass er es war, alle. Auch Fatih wusste, dass ihm Krzysztof, sein Nachbar!, die Felgen geklaut hat. Es haben aber alle die Fresse gehalten, auch Fatih, und das hat Krzysztof null ausgehalten, null – dass alle wissen, was er getan hat, und dass auch alle wissen, dass er selber weiß, dass alle davon wissen, aber alle die Fresse halten.

Irgendwann hat Krzysztof das verschwiegene Allseitswissen so fertiggemacht, dass er Fatih die Felgen zurückgegeben hat. Und zwar nicht heimlich oder was, sondern er hat einfach geklingelt und hatte die Dinger dabei. Fatih, der Kickboxer, hat sich superfreundlich bedankt und hat Krzysztof gefragt, ob er kurz Zeit hat. Dann ist er mit Krzysztof ein paar Meter gegangen, hat sich nach der Familie erkundigt undsoweiter, und irgendwann ist er stehen geblieben und hat gesagt: »Jetzt muss ich dir aber ein bisschen Schmerzen bereiten, *lan*, so nen Scheiß macht man nicht unter Nachbarn.«

Krzysztof war natürlich einverstanden. Hat sich breitbeinig hingestellt und nur noch leise gesagt: »Aber Fatih. Bitte ned mit dem Fuß.«

Und Ines haut vor den Fahrkartenkontrolleuren aus dem Bus ab, sprintet in den Bahnhof, die hinterher, sie springt in einen IC, die Türen schließen, sie fällt dem Schaffner direkt in die Arme, sorry, Alter, keine Zeit, Ticket zu kaufen.

»Wo wollen Sie denn hin?«

»Ja, wohin fahren wir denn?«

Sie lacht, er auch, es wird fast romantisch auf der Strecke nach Bensheim, sie muss trotzdem zahlen.

Steigt in Bensheim aus, wartet fast eine Stunde auf den Zug zurück, verpasst ihren Termin.

»Wo wolltest du hin, Ines?«

»Vorsprechen beim VRN. Die suchen Fahrkartenkontrolleure.«

SCHON GEHÖRT, WIE WOJTEK AUF DEN EMMERTSGRUND GEROBBT IST?

Von Rohrbach Süd bis zur Endhaltestelle des 31ers? Um Mitternacht ging es unten los, mit einem Stock von der ungefähren Länge eines Gewehrs zwischen den Händen, ab durch die Weinberge – und alles, um uns zu beweisen, dass er das ein Jahr nach dem Bund noch draufhatte. Und es war, meine Fresse, das war es wirklich: ehrlich beeindruckend!

Wir sind mitgelaufen, Schneckentempo: Krzysztof und Fatih (vertrugen sich wieder), Dule und Ines, Piero, zwei Tüten *Elephant*-Bier und der Neumond. In den Ohren noch, wie Fatih, bevor es losging, sagt: »Ja, aber schaffst du's auch in Unterhose?«

Der Aufstieg hat zwei Stunden gedauert. Was für ein irrsinnig schöner Lustwandel durch den Weinberg! Bei lauer Nacht! Unter dem schweigenden Himmel! Dass man sich in unserem Alter schon Zeit ließ für einen Spaziergang!

Piero, der Gesprächigste. Hatte unter der Woche für einen ehrgeizigen Deutschlehrer in der Berufsschule Hesse lesen müssen und festgestellt: Er mochte das. Den Steppenwolf. »Von Anfang bis Ende«, rief Piero. »In drei Tagen!«

Ich fragte, warum ihm das ausgerechnet jetzt einfiel.

Ja, weil das Buch so gewesen sei wie Wojteks Gerobbe: Anstrengend, aber geil!

Es war das erste Erwachsenenbuch, das Piero als Siebzehnjähriger gelesen hat. Er war erregt. Hingerissen war er. Froh, am Leben zu sein.

Er fragte: »Kennst du noch andere, die so sind?«

»Piero, Alter, wie, so? Was meinst du?«

Ja, er wisse nicht. »So … gescheit? In dem Buch standen Sachen über mich, die wusste ich selber noch gar nicht. Zum Beispiel bin auch ich zu Hause ganz anders als mit euch. Du kannst halt nicht immer nur ein öder Typ sein, sondern halt auch mal … Wolf.«

Was habe ich ihm geantwortet? Wahrscheinlich ein paar Sachen genannt, die ich gern gelesen hatte. Viele waren es auf Deutsch noch nicht gewesen. Kafka und Brecht und Fallada. Erst mal fand ich es einfach nur gut, dass mich irgendeiner aus der Crew für einen Experten für irgendwas hielt, auch wenn es bloß Bücher waren.

Piero rief, an niemanden gerichtet: »Jeder hat sein Los, und leicht ist keines, gell?«

Wojtek hat es jedenfalls gepackt. Wojtek kam fix und fertig oben an, zeigte das natürlich erst mal nicht, sondern jodelte, warum auch immer, in den Sternenhimmel. Auch das war gut, hat gut geklungen, muss man anerkennend sagen, wenn man bedenkt, dass er das vermutlich nie geübt hatte.

»Lasst uns noch ein bisschen gucken«, sagte er und ließ sich ins Gras sinken. »Und sollte ich einschlafen«, seufzte er, »vergesst mich bitte nicht.«

»Genau so!«, rief Piero. »Genau so ist er!«

»Wer, Piero?«

»Hesse, Mann! Liegt rum zu Hause und will irgendwie nicht, dass ich ihn vergesse. Kann ich auch gar nicht. Hier drin, hier drin!« Piero schlug sich gegen die Stirn. Es klatschte, danach war die Welt still. Ein Schriftsteller hätte unsere Herzen hören können.

Ich köpfe jetzt, fünfundzwanzig Jahre später, mit Piero und Wojtek und all den anderen ein letztes Bier in der Nacht. Ich lasse uns trinken auf den großen Schlesier mit den verschrammten Knien und auf den kleinen Italiener, der Hesse durchgestanden hat.

»Freunde!«, lasse ich Saša rufen. »Auf Wojtek! Auf die Wonne! Auf Erlebnis, Ekstase, Erhebung!« Und wir trinken.

Und niemand wird vergessen in dieser Nacht.

DIPLOMATIE, 1994

Grillhütte im Emmertsgrund, zufällige Doppelfeier. Die anderen Gäste: acht junge Männer aus Bammental, Junggesellenabschied auf dem Acker mit Fußballtoren ohne Netz. Schweinenacken auf dem Rost, Grillschürze mit Tittenaufdruck. Imperative Ansagen der Kumpels, immer lauter mit der Zeit, auf deren T-Shirts dein Name: Sven.

Sven's Jungs
Tschüss Freiheit!

Auf der anderen Seite: wir. Ines war mit ihrem Golf auf die Wiese gefahren, Kofferraum auf, argentinischer Tango oder Dr. Alban voll aufgedreht. Riesenlagerfeuer. Frauen dabei und die besseren Fußballspieler. Die Hütte an sich hat uns gar nicht interessiert, und ohne Alkohol wäre sicher auch nichts vorgefallen, niemand hätte gerufen, dass wir abhauen sollen, auch die Anmerkung, »Das ist deutscher Wald, ihr Pisser«, würde ich heute als Versuch werten, Eichendorff in die Gegenwart zu holen, und wir hätten vielleicht einfach mehr durchmischen sollen beim Fußball, als alles noch friedlich war.

Als der Spruch kam, sagte Wojtek sofort: »Na, also« – und zog die Hose hoch. Er marschierte zu den Junggesellen rüber. Die anderen hinterher: unsere schlesischen Bundeswehrjungs, dazu Fatih, der Nervosität roch und liebte, und Rahim, der Diskussionen roch und liebte. Ich blieb zurück, ich blieb bei solchen Nummern immer zurück.

Drüben angekommen war gleich Diplomatie. War Zuhören und Ausredenlassen. Hand auf die Schulter legen. In die Augen gucken. Es wurde nicht gelacht, und das war ein gutes Zeichen. Lachen ist schwierig, während etwas auf der Kippe steht, da mögen Psychiater anderer Meinung sein, sie liegen aber falsch, lachen ist schwierig, wenn gerade entschieden wird, ob es auf die Fresse gibt oder nicht.

Nach zehn Minuten oder so kehrte unsere Delegation zurück. Wojtek drehte die Musik leiser. »Leute, hört mal zu«, sagte er, und wir hörten zu, es kam aber gar nichts mehr. Musste auch nicht. Wir tranken aus, löschten das Feuer, packten zusammen und fuhren zur ARAL.

Ich hoffe, die Ehe hält noch und hat euch beide glücklich gemacht, Sven.

PIERO AUS LUCERA IN APULIEN

Und dann haut es Piero mit dem Motorrad um. Kurz nach seinem Achtzehnten. Ein LKW. Der Fahrer übersieht ihn, schert aus – oder Piero überschätzt sich, rutscht weg, egal. Piero wollte zur ARAL, das zählt. Wir wussten, dass er kommen wollte, machten uns keine Gedanken, als er nicht kam, warteten nicht.

Am nächsten Tag verkündeten es alle Anrufbeantworter: Piero wurde umgenietet. Versammlung an der ARAL. Jeder brachte etwas mit, Feuerzeug und Kippen, einen Discman und CDs, ein Pornoheft. Was man halt im Krankenhaus so braucht. Ich ein Buch, Gedichte von Gottfried Benn.

Die ARAL brach geschlossen auf zu Piero ins Mehrbettzimmer. Eingegipst lag der da. »Mumie, *kurwa*.« Wo Haut zu sehen war: blau. Ein Mal blinzeln für »ja«, zwei Mal für »nein«, drei Mal für »fickt euch«.

Piero war guter Bastler, schlechter Schüler. Metaller, der Feinmechaniker lernte. Keiner von den ARAL-Jungs trug das Haar lang, außer Piero und mir, und dass er es vor mir lang getragen hatte, machte es irgendwie leichter für mich.

Eine Zeitlang spielten wir nach der Schule fast täglich *U.F.O. Enemy Unknown* auf seinem PC. Außerirdische landen auf der Erde und wollen nicht reden. Dazu aßen wir Käse ohne Brot. Pieros Eltern: überarbeitet und unsichtbar. Wenn sie mal sprachen, dann selbstverständlich Italienisch. Auch mit mir. Ich fand es super. Lernte ein paar Wörter und vergaß sie mit den Jahren wieder.

Wir blieben eine Stunde im Krankenhaus. Ich nahm das Buch wieder mit. Piero war derart zugerichtet, wie sollte er da lesen? Über Wochen musste er durch den Schlauch pissen. Dann ging es aber und Piero konnte wieder normal pissen.

Im Sommer sah ich ihn selten. Im Sommer fuhr Piero mit der Familie nach Italien. Nach Hause, sagte sein Vater. Nach Apulien, sagte Piero. Ein Dreivierteljahr nach seinem Unfall machte er die gesamte Strecke auf dem Motorrad. An einer Raststätte in Südtirol wollte er einen Schokoriegel kaufen und heiratete im Jahr darauf die Tochter der Tankwartin. Ist ja auch irgendwie naheliegend, wenn du von der ARAL kommst.

Die Heirat fand in Schwetzingen statt. Die Tochter der Tankwartin aus Südtirol heißt Anna. Einmal kam Anna mit Piero zur ARAL. Nett, hübsch, ja, und natürlich von unserer Seite zwei, drei Witze über Tankstellen.

Eine zweite, große Hochzeitsfeier gab es in Lucera, der Geburtsstadt von Pieros gesamter Familie über die vergangenen dreihundert Jahre. Eine dritte in der Nähe von Meran, wo Anna herkommt.

Pieros Großmutter lebte in der Via Mazzini. Sie brauchte zu Fuß sechzehn Minuten von der Wohnung zum Castello die Lucera, sie war aber nie am Castello di Lucera, was soll man an einer Burgruine auch?

Friedrich II. wurde 1220 zum Kaiser des römisch-deutschen Reiches gekrönt. Während seiner Amtszeit kümmerte er sich auch um die aufständischen sizilianischen Muslime auf Sizilien, die Sarazenen, die er irgendwann in das Gebiet von Lucera in Apulien umsiedelte. Er legte neben der alten die neue Stadt Lucera an, eine Festung aus den Trümmern einer Burg der einst dort siedelnden Normannen. Kasernen und Waffenplätze wurden errichtet, Moscheen und zahlreiche Stätten für das Handwerk. Der Kaiser gewährte den Sarazenen in Lucera weitgehende Autonomie und freie Religionsausübung.

Das Gewerbe blühte in der Folge, auf den Weiden vor der Stadt grasten Araber und Kamele, man richtete Falken und Leoparden zur Jagd ab. Die Sarazenen dankten dem Kaiser seine Großzügigkeit mit Arbeitskraft und Militärtechnik. Ihre Krieger waren bestens ausgebildet, die berittenen Bogenschützen weithin berüchtigt. Die Leibwache Friedrich II. bestand irgendwann vor allem aus fähigen und treuen Sarazenen, die leichte Kavallerie ließ Giftpfeile auf seine Feinde regnen. Kurze Zeit lebten Christen und Muslime in Lucera friedlich nebeneinander. Dass das alles aber nicht im Einklang mit den Sehnsüchten des Papstes stehen konnte, lag auf der Hand. Er entzog dem Staufer das Vertrauen, diesem *gottlosen Heiden, der Bestie der Apokalypse.*

1246 schrieb Friedrich II. seinem Schwiegersohn Vatazes: *O glückliches Asien! O ihr glücklichen Beherrscher der Morgenländer, welche die Waffen ihrer Unterthanen nicht fürchten, und von den Erfindungen der Geistlichen und Bischöfe Nichts zu besorgen haben.* – Da war er, *der Sohn und Schüler Satans, Herold des Teufels* bereits abgesetzt.

Lucera wurde 1300 auf päpstliches Drängen hin von König Karl II. von Anjou zerstört. Ein Großteil der dort heimischen Sarazenen kam nicht mit dem Leben davon.

DIE KRITISCHEN SPIELSITUATIONEN

1994 saß Vater das erste Mal bei einem meiner Basketballspiele im Publikum. Ich traf nur drei der sieben Freiwürfe. Drei Rebounds, davon keinen offensiven. Am Ende hatte ich mickrige acht Punkte auf dem Konto. Wir gewannen knapp.

Vater wartete nach dem Spiel vor der Halle. Als ich rauskam, unterhielten sich dort noch drei andere Männer. Vater rauchte abseits. Ich bemerkte das, natürlich bemerkte ich es.

Auf dem Nachhauseweg ging Vater die kritischen Spielsituationen mit mir durch. Ein Fehlpass kurz vor dem Ende der ersten Halbzeit beschäftigte ihn, zu riskant in der Vorwärtsbewegung. Über den Dreier, den ich merkwürdig aus der Hüfte getroffen hatte, lachte er. Aber: Ich solle mir das nicht zur Gewohnheit machen.

Warum hatte ich ihn nicht früher eingeladen? Er wäre gern gekommen. Ich gab zu, dass es mir nicht recht gewesen wäre. Ich sagte, mit ihm auf den Rängen wäre ich aufgeregter. In Wirklichkeit wollte ich nicht, dass er mir aufmunternde Worte zurief auf Serbokroatisch, so wie heute, nachdem ich einen einfachen Korbleger verpatzt hatte. Und ich wollte auch nicht, dass er sieht, wie ich einen einfachen Korbleger verpatze. Während der Partie hat mir beides dann nichts ausgemacht. Über meine Fehler ärgerte ich mich selbst. Meine Muttersprache beschämte mich nicht mehr.

Vater fragte, gegen wen wir als Nächstes spielen.

Ladenburg auswärts, sagte ich, am Samstag.

Vater kam nicht. Wir verloren haushoch.

Mein Deutschlehrer in der zehnten Klasse erwischte mich einmal beim Unaufmerksamsein. Ich schrieb Gedichte, während er über Gedichte sprach. Er ermahnte mich: Mach ruhig, aber nicht im Unterricht. Und: Mach doch auf Deutsch! Er werde auch helfen.

Wir verabredeten uns für die Mittagspause, saßen neben einem Skelett im Biologie-Fachbereich und sprachen über Metaphern. Er war mein erster Lektor, aber auch die erste Person in Deutschland, die etwas, was ich tat, gut fand. Sich Zeit nahm für mich.

Zuerst übersetzte ich aus dem Serbokroatischen, dann schrieb ich, von ihm ermutigt, die ersten Verse direkt auf Deutsch. Er schlug vor, eines der Gedichte der Klasse zum Interpretieren vorzulegen. Ich sollte mir ein Pseudonym aussuchen und dachte tagelang darüber nach. Wir behandelten die Lyrik von Hilde Domin und Rose Ausländer. Flucht und Heimatverlust, mein Gedicht passte also gut, und ich meldete mich eifrig bei allen Fragen, um meine mündliche Note aufzubessern. Mein Pseudonym war: *Stan Bosni.*

Hier endet die Anekdote. Ich habe sie hundert Mal so erzählt, die Zuhörer haben immer geschmunzelt. Ich hatte mich nicht gemeldet. Ich habe aufgepasst, besser als bei anderen Themen. Ich habe meine Klasse, meine Freunde, über ein Gedicht sprechen gehört, und das Gedicht war meins.

An dem Tag kam mir auf dem Nachhauseweg in der Ortenauer Straße die Idee zu einer Geschichte. Ich musste sie sofort aufschreiben, setzte mich auf den Bürgersteig, das Papier auf dem Rucksack zwischen den Knien. Ich zeigte die Geschichte meinem Deutschlehrer ein paar Wochen später. Wir sprachen über Dialoge und Allegorien, uns gegenüber ein Regal, in dem Niere, Herz, Lunge und Hirn nach einer mir unklaren Ordnung – vielleicht gab es auch keine – einsortiert waren.

In der Geschichte sitzt mein Vater zum ersten Mal bei einem Basketballspiel meiner Mannschaft im Publikum.

Mutter und Vater bei meinem Abi-Ball. Ich spielte Gitarre in einer kleinen Band, die sich aus unserem Jahrgang für den Ball formiert hatte. Wir spielten Country. Mutter weinte ein bisschen. Sie war sehr krank gewesen an dem Tag und war – natürlich – trotzdem gekommen.

Vielleicht weinte Mutter, weil sie mich zum ersten Mal in einem öffentlichen Kontext beobachten konnte. Nicht zu Hause. Nicht unter Jugos. Vielleicht weinte sie, weil ich mir etwas zutraute und etwas konnte und dafür Applaus bekam. Weil ich das erste Mal einen Anzug trug. Vielleicht aber auch einfach, weil sie traurig war, dass all das überhaupt eine Bedeutung und Tragweite hatte in unserem Leben, in dem so wenig selbstverständlich war.

Wir saßen zu viert an einem runden Tisch. Die Eltern, Rike und ich. Es gab drei Gänge. Olli gesellte sich nach dem Dessert dazu, ich stellte ihn den Eltern vor.

Ich tanzte mit Rike. Sah zu den Eltern, hoffte, auch für sie würde Tanzmusik spielen. Sie blieben sitzen.

Ich sprach mit Dedo, wie man so mit Dedo sprach: Ich redete, er räusperte sich und schwieg. Es war unser letztes Gespräch, das wussten wir aber beide noch nicht.

Ich sprach mit Emil. Emil wollte Zivildienst in einem Altenheim machen.

Ich sagte: Machst du Witze?

Er sagte: Ja.

Ich fragte, wie es seinem Großvater gehe.

Er sagte: Ja.

Ich sprach mit Rahim. Er wollte Slavistik studieren. Russisch lernen und nach Russland reisen. Polnisch und nach Polen reisen. Wir träumten kurz ein Buch an, das wir gemeinsam schreiben würden, ein Buch über all die Reisen, die wir gern machen würden.

Irgendwann waren meine Eltern gegangen, ich hatte es nicht gemerkt. Sie hätten mich nicht stören wollen, sagten sie am nächsten Morgen. Sechs Monate später war für sie das Kapitel Deutschland erledigt.

GESCHICHTENKITT

1998 mussten meine Eltern das Land verlassen. Heidelberg ist bis heute eine ihrer Lieblingsstädte in der Vorstellung dessen, was sie für sie hätte sein können, wenn ihnen ein normales Leben möglich gewesen wäre. Die Welt ist voller Jugoslawen-Fragmente wie sie oder ich es sind. Die Kinder der Geflüchteten haben längst eigene Kinder, die Schweden sind oder Neuseeländer oder Türken. Ich bin ein egoistisches Fragment. Ich habe mich mehr um mich selbst gekümmert als um Familie und ihren Zusammenhalt.

Literatur ist ein schwacher Kitt. Das merke ich auch bei diesem Text. Ich beschwöre das Heile und überbrücke das Kaputte, beschreibe das Leben vor und nach der Erschütterung, und in Wirklichkeit vergesse ich Geburtstage und nehme Einladungen zu Hochzeiten nicht wahr. Ich muss nachdenken, um mich zu erinnern, wie die Kinder meiner Cousinen heißen. An den Gräbern meiner Großeltern mütterlicherseits habe ich noch kein einziges Mal eine Kerze angezündet.

Ich schiebe nicht dem Krieg und der Entfernung die Schuld zu für meine Entfremdung von meiner Familie. Ich schiebe Geschichten als Übersprungshandlungen zwischen uns.

Dass ich diese Geschichten überhaupt schreiben kann und schreiben will, verdanke ich nicht Grenzen, sondern ihrer Durchlässigkeit, verdanke ich Menschen, die sich nicht abgeschottet, sondern zugehört haben.

Ich wurde 1998 nicht abgeschoben, weil der Sachbearbeiter in der Ausländerbehörde mehr als nur Dienst nach Vorschrift tat. Er hörte mir zu und merkte auf, als ich sagte, ich würde gern in Heidelberg studieren. Er prüfte meine Optionen. »Bring mir deine Immatrikulationsbescheinigung«, sagte er, »dann sehen wir weiter.«

Ich durfte in Deutschland weitersehen. Erst mal nur so lange ich studierte. Danach brauchte ich einen Job, der mit dem Studium zu tun hatte. Ich wollte Schriftsteller werden, musste also nachweisen, dass Literaturwissenschaft mit Schriftstellern zu tun hat. Als Nächstes, dass Schriftsteller überhaupt ein Beruf ist. Und schließlich, dass dieser Beruf einen erwachsenen Menschen ernähren kann.

Eine Sachbearbeiterin der Ausländerbehörde Leipzig klärte mich direkt darüber auf, dass es für freiberufliche Künstler, allen voran Schriftsteller und Clowns, nahezu unmöglich sei, kontinuierlich und nachhaltig für ihren Lebensunterhalt zu sorgen. Ich brachte ihr zum Dank für die Info beim nächsten Treffen eine Kurzgeschichte mit, für deren Abdruck mir eine Literaturzeitschrift fünfundvierzig Euro gezahlt hatte.

Sie sagte, sie dürfe keine Geschenke annehmen.

Ich fragte: »Wollen Sie die dann vielleicht kaufen?«

Sie sagte: »Ich lese nicht so viel.«

Ich sagte: »Das macht gar nichts, ich auch nicht.«

Sie sah mich mitleidig an. Vielleicht auch, weil ich die Geschichte auf Papier gedruckt hatte, das auf der Rückseite schon bedruckt gewesen war. Sie nahm sie dann doch, bezahlte aber nichts. »Verträge.« Sagte sie. »Besorgen Sie mir Verträge. Das Gesetz braucht Belege dafür, dass Ihnen jemand Geld geben möchte für das, was Sie tun. Je mehr Geld, desto besser.«

Ein paar Monate später hatte ich den Vertrag für meinen ersten Roman geschlossen. Ich rief die Sachbearbeiterin an, las ihr die vereinbarte Summe vor. Sie lachte.

Ich sagte: »Das ist jetzt aber nicht nett.«

Sie sagte: »Oder ist das für ein Monat?«

»Falls alle das Buch kaufen, bin ich reich!«, sagte ich.

»Das Einwanderungsgesetz«, sagte sie, »kennt kein *falls*.« Und nach einer Pause: »Ach, bringen Sie das mal vorbei.«

Das »Ach« war es! Ein paar Wochen später durfte ich mein Visum abholen.

AUFENTHALTSERLAUBNIS
Erlischt mit Beendigung der selbständigen Tätigkeit als Schriftsteller und der damit verbundenen Aktivitäten

Ich durfte nichts sonst arbeiten. Das passte gut. Ich wollte auch nichts anderes arbeiten.

Olja, Olja aus der Krajina, Olja, der Witzeerzähler aus Schwarzheide, hatte an einem einzigen Tag zwei Brüder verloren in einem Wald bei Knin. Er allein überlebte.

Mit den Jugos in Heidelberg unterhielt ich mich selten über Brüche unserer Biografie. Wie oft hatte ich Dedo getroffen! Ein Mal nur erwähnte er den Traktor auf dem Minenacker und lachte das Überleben weg. Manche erwähnten gar nichts. Beides musste genügen.

Deutschland war Thema. Die Gegenwart. Was gelang. Kränkungen auch. Demütigungen. Das Erzählen machte das, was scheiße war, absurder und irgendwie erträglicher, vielleicht, ich weiß es nicht, ich war selten betroffen. Wir sammelten diskriminierende Erfahrungen wie Wanderer die Wanderstempel. Nur stand am Ende unserer Wege keine überdachte Sitzgruppe mit Marienbild und angenehmer Aussicht auf einen lieben deutschen Felsen, sondern ein Rassistenrandom mit Thorshammer, Wut im Bauch und die unangenehme Aussicht auf Stress.

Die meisten hatten mehr mitgemacht als ich. Auf dem

Balkan und in der Kurpfalz. Die Gewaltbilder meines Krieges waren zu ertragen und auf die Fresse habe ich in Deutschland nicht bekommen. Die Ortenauer Straße sah wie immer aus, und an der Endhaltestelle des 31ers holte ich Rike ab und führte sie einmal auch zum Hochsitz im Wald, den ich sonst nur mit Büchern teilte. Ich las. Lernte. Spielte Bach auf der Gitarre und übte Headbangen, und manchmal schloss ich einfach lange die Augen, um mich zu erfinden.

Ines aus Bijeljina und Wojtek aus Bielawa kamen irgendwann zusammen und heirateten. Sie wollten Kinder, hatten vor, ihnen internationale Namen zu geben, es klappte aber erst mal nicht. Der Arzt sagte: Wojtek, du kiffst zu viel und du säufst zu viel, deine Spermien sind zu wenige und zu dienstunfähig, so wird das nichts.

Wojtek machte also eine Kur. Im Odenwald. Der einzige Patient unter, sagen wir, sechzig. Ich besuchte ihn. Fuhr Zug, dann Bus, ein Kilo Mandarinen im Rucksack. An dem Tag, als ich in sein Kur-Zimmer trat, hatte Wojtek seit drei Wochen keinen Tropfen Alkohol getrunken und seit zwei Wochen und sechs Tagen keine Drogen genommen.

Er war überrascht, mich zu sehen. So eng waren wir ja nicht, aber gut, er freute sich. Auch über die Mandarinen: »Mandarinen, du Schwuchtel, wie geil!«

Wir gingen spazieren. Aßen zu zweit ein Kilo Mandarinen. Redeten so. Thema: Südfrüchte. Thema: Pflegerinnen im Kittel. Thema: ARAL: »Vermissen mich die Jungs?«

»Nein«, sagte ich, »alle froh, dass du weg bist.«

Wojtek lachte und sagte: »Weißt du, *kurwa*, du wärst ein guter Schlesier. Ein bisschen weich, kriegen wir aber hin.«

»Wojtek, ich will doch gar kein Schlesier sein.«

»*Kurwa*, ich hab dich gar nicht gefragt, ob du willst oder nicht.«

Wojtek, Piero, Rahim, Rike, Olli, Emil. Im Emmertsgrund und in Heidelberg bin ich mit und wegen ihnen nicht verloren gegangen. Wir haben aus der Zeit und dem Ort etwas gemacht, auch wenn es oft bloß Unsinn war.

Das ist ein Fazit, für das ich kurz überlege, welcher Pilz mit M beginnt, damit das Folgende besser klingt: Bei meinen deutschen Freunden gab es Mülltrennung, Mohnkuchen und Maronenröhrlinge sammeln im Odenwald, Sorgerechtsstreit, Schulden und sonntags *Tatort*. Bei den Ex-Jugoslawen gab es das alles mehr oder weniger auch, mit weniger Mohn und mehr Pflaumen, allerdings finde mal einen Jugo, der *Tatort* gesehen und gemocht hätte, aber gut.

Das ist ein Fazit, in dem ich die Disparatheit meiner Erfahrungen zusammenfassen will, wenn ich schreibe: Mit der ARAL-Crew stieg ich mal in ein Freibad mit einem Kanu, um ein bisschen Kanu in einem Freibad zu fahren in der Nacht. Am Morgen darauf nahmen mich Olli und sein Vater auf einen Mittelaltermarkt mit, wo wir einer Hufbeschlagung beiwohnten.

Das ist ein Fazit, in dem der Satz steht: Meine Rebellion war die Anpassung. Nicht an eine Erwartung, wie man in Deutschland als Migrant zu sein hatte, aber auch nicht bewusst dagegen. Mein Widerstreben richtete sich gegen die Fetischisierung von Herkunft und gegen das Phantasma nationaler Identität. Ich war für das Dazugehören. Überall, wo man mich haben und wo ich sein wollte. Kleinsten gemeinsamen Nenner finden: genügte.

Meine Urgroßeltern aus Oskoruša waren keine Migranten gewesen. Anders als Wojteks Eltern, die aus Schlesien gekommen waren, Pieros Eltern aus Apulien, Rike und ihre Eltern aus der DDR, Kadriye und Fatih aus der Türkei, Emils Großvater aus Danzig, Dedo aus dem Albtraum einer Minenfalle.

Das ist ein Fazit, in dem ich irgendwie die Kurve wieder nach Oskoruša kriegen muss.

Ich erinnere mich an den Abschied dort vor neun Jahren. Großmutter und ich standen angezogen in Gavrilos Wohnstube, da fiel dem alten Mann noch eine letzte Sache ein. Er rannte hinaus und kam mit einem Ferkel zurück. Er hielt das Tierchen stolz hoch, und das Ferkel war stolz, dass Gavrilo es hochhielt. Gavrilo wollte es mir schenken. Ich lehnte das Ferkel ab, also fragte er, ob mir ein Huhn lieber wäre. »Nimm's mit zu den Schwaben!«, sagte er. Ich glaubte, er würde scherzen, dennoch gab ich ernst und traurig zurück: »Ich bringe weder das Ferkel noch das Huhn durch den Zoll.«

Und dann war es gar kein Scherz und Gavrilo rief: »Doch, doch. Müssen nur gut überlegen, wie wir es anstellen.«

VATER UND DIE SCHLANGE

Ich schreibe in unsere *whatsapp*-Gruppe:

Ich möchte noch mal nach Oskoruša.
Wollt ihr mit?

Vater schreibt:

Ja

Mama auch?

Ja
Wann warst du denn schon mal da

2009
Am Friedhof hat ein poskok die ganze Zeit über uns gehockt im Baum

Ich glaube der ist nicht mehr da

☺☺☺

Ich hass die Viecher

Du hast mal einen erschlagen bei den Hühnern

Bestimmt nicht

Im Hühnerstall? Den poskok?

Das wüsst ich. Ich wär weggelaufen.

Ich weiß es

Kann ich dich anrufen?

Hab grad keine Zeit.

Vater ruft trotzdem an. »Bei Oskoruša gibt es einen recht hohen Berg«, sagt er statt einer Begrüßung. »Kennst du?«

»Vijarac. Oma erwähnt den immer mal wieder.«

»Unter dem Gipfel liegen die Feuerfelsen. Mit dreizehn oder vierzehn bin ich das erste Mal allein hinauf. Ein steiler Abhang, darauf rote Steine zahlreich liegen, die hob und warf ich, damit sie abwärts rollten, und die erfassten wieder andere Steine. Ich war ein Lawinengott, Saša!«

»Wie redest du denn?«

»Hör doch mal zu! Ein großer Brocken fiel mir auf, dunkelrot. Er kippelte, war lose. Den da runter, das wärs! Fand einen dicken Ast. Stemmte mich rein, drückte. Der Stein rührte sich, ging, der Stein ging ab, und ich verlor das Gleichgewicht und in dem Loch: Schlangen! Ein Hornotternnest! All diese Köpfe! All diese Augen! Ängstlich und wütend, die Körper wüst ineinander verknotet. Ich stürzte ihnen entgegen, Zungen leckten nach mir, aber ich hob ab im Fallen noch – ich flog. Als hätte mich etwas am Nacken gepackt und über das Loch getragen! Landete, fiel. Kullerte den Hang hinab wie irgendwas. Rannte, irgendwie, den ganzen Weg durch den Wald zum Haus hinunter. Großmutter schnitt Zwiebeln, sie erschrak, so verdreckt war ich.

›Poskok!‹, rief ich. ›Ein ganzes Nest!‹

›Hat eine dich erwischt?‹

›Irgendwie nicht.‹

›Springt dir an den Hals, spritzt dir Gift ins Auge‹, flüsterte Großmutter und biss in die Zwiebel.«

Vater hat erhöhten Blutdruck. Wie Großvater. Wie ich haben werde. Ich lausche seinem schweren Atem im Hörer.

»Wenn du das nicht warst, mit der Schlange, wo hab ich das dann her?«

Vater weiß es nicht. Ich fürchte, er könnte sagen: Vielleicht hast du es dir bloß ausgedacht. Ich sehe aber doch die Bilder: Erst tanzen zwei, dann tanzt einer mit der Schlange.

»Die Angst ist bis heute da«, sagt Vater. »Wann fahren wir hoch?«

GROSSMUTTER ISST EINEN PFIRSICH UND GIBT DEM TOTENGRÄBER NICHTS AB

Großmutter ist das Warten auf Großvater leid. Sie zieht erst das Kleid an, dann doch bloß die Hose, es geht ja nicht zum Tanz. Sie packt Proviant, einen Pfirsich für sich und Polenta für alle Fälle, weil Polenta jeder mag.

In der Morgendämmerung beginnt sie den Aufstieg zum Vijarac, um ihren Mann zu suchen. Nach ein paar Stunden findet man sie vor der Kirche, einen Pfirsich essend.

Entdeckt hat sie der Totengräber. Wie alle Totengräber hat auch dieser ein Gebrechen. Er hört auf dem rechten Ohr nichts. Das kommt daher, dass er kein rechtes Ohr hat. Abgefallen, als er noch klein war. Warum, das weiß niemand mehr.

Er setzt sich zu Großmutter. Er kennt sie, wer in der Stadt kennt Kristina Stanišić nicht? Und sie kennt ihn. Weil du weißt, wenn du alt bist, wer die Toten unter die Erde bringt. Sie fragt, was zum Teufel ein Totengräber auf dem Vijarac zu suchen hat.

Da hat der Totengräber erst mal nachfragen müssen, was sie wohl meine. Eine Hälfte hatte er akustisch nicht verstanden, die andere inhaltlich.

Großmutter bietet ihm von der Polenta an. Niemand sagt nein zur Polenta.

»Ein Berg«, sagt sie, »dort bei Oskoruša.«

Wiewohl der Totengräber nicht weiß, wo das liegt, so weiß er mit Sicherheit: Das hier ist sein Berg, sein Megdan, Friedhof, seine Kirche.

»Wobei, was heißt schon *mein*«, ergänzt er und räuspert sich, und in seinen Augen sieht Großmutter so etwas wie Eifer und Stolz. Und das, diese beiden Regungen in den großen Augen des Totengräbers, lässt Großmutter zweifelsfrei erkennen, sie ist noch nicht dort, wo sie sein will. Wer im Eifer spricht über etwas, worauf er stolz ist, den Eifer dann unterdrücken will, ohne den Stolz unterdrücken zu können, der lügt nicht.

Großmutter hat bestimmt schon geahnt, dass sie auf dem falschen Weg ist. Es ist nämlich so: In der Morgendämmerung sieht die Drina vom Megdan aus, dass du glaubst, sie wäre nicht Fluss, sondern eine sehr, sehr gute Idee. Kein Fluss der Welt sieht so aus.

Ob er sie nach Hause bringen solle, fragt der Totengräber.

»Ja, das wäre gut.«

»Wohin?«

Und Großmutter denkt wohl darüber nach oder hat es nicht eilig, denn sie bleibt sitzen und isst erst mal den Pfirsich auf.

ES IST, ALS HÖRTEST DU ÜBER DIR EINEN FRISCHEN FLÜGELSCHLAG

Was ist das für ein Buch? Wer erzählt? Es schreibt: ein Neununddreißigjähriger in Višegrad, Zürich, Split. Es schreibt ein Vierzigjähriger auf einem Balkon in Hamburg. Es ist Frühling, Sommer, Herbst, Winter. Heute ist der.

Es gibt kein Wort für alle Wörter. Wenn es eines gäbe, ein Wort für alle Wörter, könnte es nur etwa drei Sekunden lang existieren. Im Schnitt alle drei Sekunden wird ein neues Wort erfunden, das die Gesamtheit aller Wörter beeinflusst und das eine Wort für alle Wörter ungültig macht. Das Wort für alle Wörter ist nach drei Sekunden veraltet und der Bedeutung beraubt vom ständigen Drang zur Neuverwortung. Neuverwortung! Und schon ist es weg, schon weg, das Wort für alle Wörter.

Eine Schlange am Friedhof von Oskoruša? Die Hornotter im Obstbaum? Das Naturhistorische Museum in Wien sagt, Hornottern seien immens schlechte Kletterer. Sie muss sich also wandeln. Sich häuten, als zöge sie eine Maske ab. Auch nicht mehr *poskok* sein. Dafür braucht sie einen Namen: Josip Karlo Benedikt von Ajhendorf. Nicht zu verwechseln mit dem romantischen Dichter.

Ajhendorf nun also. Er – die Schlange – ist nicht mehr bloß ein Collier für den Obstbaum und die Erzählung. Und kann auch nicht mehr ein Motivkettenglied um Vater sein und dessen Begegnung mit der Otter, die ja nur in diesen Zeilen stattgefunden hat. (Vater holt aus mit dem Stein: Stärke, Entschlossenheit und Ernst, dann aber kam der Krieg und war stärker und so weiter.) Ich habe das Betrügerische der Erinnerung satt und das Betrügerische der Fiktion allmählich auch.

Die Wunde im Oberschenkel, warum?

Wie dünn Vater in Deutschland am Ende doch war.

Sich nicht ablenken lassen von Wunden. Sich stattdessen die Schlange vorstellen. Sich die Schlange nicht als Dichter vorstellen: Herrenrock. Stehkragen, breites Revers. Schnurrbart. Da ist er schon. Ruht, seufzend und verschroben, in der Krone, sich selbst Versuchung.

Die lustigen Kameraden,
Lerchen, Quellen und Wald,
Sie rauschen schon wieder und laden:
Geselle, kommst du nicht bald?

Der Lyriker im Baum gefällt mir besser als das Reptil im Baum. Eichendorff und Flora kamen gut miteinander aus. Der Dichter im poetischen Zwiegespräch mit Obst, warum nicht? Ein ernst dreinblickender Oberschlesier mittleren Alters ruft Verse herab:

Auf einmal rührt sich's dort und hier –
Was das bedeuten mag?
Es ist, als hört'st du über dir
Einen frischen Flügelschlag.

Welches Bild entsteht? Das eines Vogels? Jagt Ajhendorf? Jagen Hornottern in Bäumen? Naturhistorisches Museum in Wien sagt: Nee. Wohl könnte in einer Baumhöhle ein Vogel nisten. Und die Hornotter, die sich eigentlich bloß sonnen wollte, kriegt das zufällig mit. Ja, und wenn sie schon mal da ist ...

Auch der Vogel braucht einen Namen, bestenfalls einen sprechenden. Wie wäre es mit Wendehals? Toller Vogel, Vogel des Jahres 2007. Familie der Spechte. Zugvogel, und damit potenziell tragisch, wie alle Migranten entweder heldisch oder tragisch sind. Josip von Ajhendorf forscht also nach der Brut des Wendehalses. Moment. Nisten Wendehälse überhaupt in Südosteuropa? Nisten sie zu dieser Zeit, im späten Frühling? Kann man machen, sagt ein Ornithologe aus Bukarest.

Der Wendehals wird nicht kommen. Ajhendorf, die Schlange, soll vergeblich warten. Eichendorff, der Dichter, wird darüber etwas traurig sein. Das ist nicht weiter schlimm, romantische Dichter dürfen etwas traurig sein, dann können sie besser schreiben.

Ich will mehr Eichendorff. Ich nehme mir vor, eine Woche lang nichts als Eichendorff und *Focus Online* zu lesen. Am ersten Morgen lese ich drei Wanderlieder im Bett. Ich mache Frühstück, quetsche Körner fürs Müsli mit der Kornquetsche und singe, während ich mahle:

In einem kühlen Grunde
Da geht ein Mühlenrad,
Mein' Liebste ist verschwunden,
die dort gewohnet hat.

Nach dem Frühstück mache ich das Kind fertig zum Zerstören von Dingen. Ich räume den Tisch ab, gebe Wäsche in die Waschmaschine, brühe mir einen Pott Kaffee und lese auf dem Balkon zwei Stunden lang Eichendorff-Gedichte, halblaut und mit nacktem Oberkörper oder – sofern mir eines gut gefällt – sehr laut, sodass es die Rentnernachbarn hören und von ihrem Balkon einen vom Balkan sehen, der ihnen Eichendorff vorliest mit nacktem Oberkörper:

Lindes Rauschen in den Wipfeln,
Vöglein, die ihr fernab fliegt,
Bronnen von den stillen Gipfeln,
Sagt, wo meine Heimat liegt?

schreie ich, dann hänge ich die Wäsche auf.

Ich mache mir noch einen Pott Kaffee und übersetze das ganze Gedicht ins Serbokroatische, es heißt *Erinnerung*. Ich rufe Großmutter an und lese es ihr vor. Sie nennt mich einen Esel und legt auf.

Focus Online besuche ich in der Zeit ein Mal und gebe augenblicklich das Vorhaben auf, es zusammen mit Eichendorff zu lesen, weil man ja auch nicht zu Vanilleeis eine kalte Hühnersuppe mit Asche würzt und durch die Nase zieht.

Am Dienstag lese ich *Aus dem Leben eines Taugenichts*. Manchmal notiere ich etwas. In der Kita sind zwei Fälle von Würmern aufgetreten. Im Kot des Kindes nachgeschaut – keine Würmer da. Mit meinen Eltern telefoniert. Sie müssen bald für drei Monate aus Kroatien ausreisen. Erneut Behördengänge. Erneut Ungewissheit. Das Nicht-Haben einer Krankenversicherung. Der Satz: »Wir sind nicht mehr jung.«

Am Mittwoch lese ich an der Elbe über den Tag verteilt dreißig bis vierzig Gedichte und gebe eine Getränkebestellung auf. Zwei Kisten Mineralwasser mit, eine ohne. Eichendorff liegt im Sand und sonnt sich.

Das Kind bleibt heute bei mir, ich wollte es nicht in die Kita bringen, die Würmer. Ich lese Eichendorffs Biografie. Das Kind baut Straßen im Sand. Die Straßen, die das Kind baut, führen zu einem Krankenhaus, einer Polizeistation, einem Kindergarten und mehreren Werkstätten und Baustellen.

Das Kind sagt: »Tata, wir haben eine neue Paprikantin in der Kita.«

Ich buddle mit der Spielzeugschaufel ein Loch und vergrabe die Gedichte von Eichendorff im Sand. Ich esse den ganzen Tag nichts. Ich trinke zwei Liter Kaffee.

Kann nicht schlafen. Alles kommt zusammen. Die Zunge der Schlange, die Sprache des Dichters. Dass Großmutter nicht mehr nur Daten und Daten verlorengehen, sondern auch Worte und Wille. Großmutter besteht aus Leerstellen – unvollendeten Sätzen und verlorengegangenen Erinnerungen, während ich hier künstlich Leerstellen setze.

Ich ziehe mich an und wandere durch das Viertel. Ich wandre durch die stille Nacht, da schleicht der Mond so heimlich sacht. Und so weiter. Es ist drei Uhr, Lust auf Lerchen. Stelle mich mitten auf einer Kreuzung hin, niemand weit und breit.

O wunderbarer Nachtgesang:
Von fern im Land der Ströme Gang,
Leis Schauern in den dunklen Bäumen –
Wirrst die Gedanken mir,
Mein irres Singen hier
Ist wie ein Rufen nur aus Träumen.

Mein irres Singen hier. Geh schlafen, Esel.

Auf seinem besten Porträt blickt Eichendorff sich um, heller Kragen, dunkler Mantel, das Haar viel, sehr viel Haar, Schnurrbart und Goldkettchen. Er sieht aus wie ein Drogendealer oder ein Hipster. Mein irres Singen hier.

Ich gehe nach Hause und beginne noch in der Nacht, das zu formulieren, was mir an Eichendorff gefällt. Ich nenne das Projekt RIESENABLENKUNGSMANÖVER, BEVOR GROSSMUTTER VERSCHWINDET. Dass ihn so vieles verzückt, finde ich gut. Die Nacht, der Wald, der Adler, die Jagd, eine Frau namens Luise, eine andere Frau namens Venus, außerdem: die Lerche, die Saale, noch mal die Lerche, überhaupt die Lerche, Herbst und Frühling, ach, alle Jahreszeiten und Dämmerungen, morgens oder abends, egal. Und dass er nicht schlicht *Guten Morgen* sagt, sondern dass das gleich so rauskommt:

Der Morgen, das ist meine Freude!
Da steig ich in stiller Stund
Auf den höchsten Berg in die Weite,
Grüß dich, Deutschland, aus Herzensgrund!

Ich finde Gefallen daran, wie Eichendorff die Welt hofiert. Wie freundlich er ihr gegenübertritt. Ihr, auch dem Mystischen in ihr, zugewandt. Wie er sich der Natur mit allen Sinnen hingibt, wie klar und verrückt er darüber schreibt.

Mir gefällt seine Kauzigkeit. Seine Biografie rührt mich. Es rührt mich, dass er Beamter war, in Amtsstuben Insekten jagte, die über seinen Tisch krabbelten, aber dieses Fernweh in sich trug.

Zwischen Akten, dunkeln Wänden
Bannt mich, Freiheitbegehrenden,
Nun des Lebens strenge Pflicht,
Und aus Schränken, Aktenschichten
Lachen mir die beleidigten
Musen in das Amtsgesicht.

Mir ist so viel erspart geblieben.

Am Freitag lese ich noch mehr Gedichte.

»Was machst du?«, fragt mein Sohn.

»Ich arbeite.«

»So arbeitet man doch nicht.«

»Wie arbeitet man?«

»Zum Beispiel auf einem Kran.«

Der Wendehals ist ein Höhlenbrüter. Nur der Wendehals singt so, wie der Wendehals singt. Der Wendehals ist am ruffreudigsten, wenn er sich fortpflanzt. Sein Singen besteht aus acht bis fünfzehn rau klingenden *wied* oder *wöd* Lauten. Warnungen stößt er aus mit *teck* oder *töpp* Silben.

Meine Großmutter, die mich *Esel* und *Sonne* nennt.

Meine Großmutter, die mit Pantoffeln an den Füßen schläft.

Herkunft, Hervorbringung, keine Heldengeschichten.

Hier in Hamburg hocken, alliterierend und Eichendorff zitierend am Samstagmorgen vor einem Familienausflug ins Wendland: O du stilles, heitres Glück!

Selbstbewusstsein gegen Fremdbestimmung (auch in der Sprache). Familie, Spechtvögel, Eichendorff, mein Sohn, Twitter, die Višegrader, die Gebrüder Grimm, Computerspiele, das Grimm'sche Wörterbuch. Die Möglichkeiten, eine Geschichte zu erzählen, sind quasi unendlich. Da triff mal die beste. Und: Hast du nicht noch etwas vergessen? Immer hast du etwas vergessen.

GROSSMUTTER UND DER GEBURTSTAG

Großmutter hatte gestern Geburtstag, ich habe es vergessen. Ich rufe an, um wenigstens nachträglich zu gratulieren. Sie begrüßt mich mit dem Namen meines Vaters. Ich soll ihr helfen, ihre Brille zu finden.

Ich sage: »Sie steckt auf deinem Kopf.« Ein Scherz, Großmutter aber lacht verlegen, denn die Brille ist tatsächlich auf ihrem Kopf. Sie bedankt sich und bittet mich dranzubleiben. Sie ruft nach ihrer Schwester: »Zagorka!« Ich höre sie in der Wohnung wuseln, dann eine Tür auf- und zugehen. Nach einer Weile, da sie nicht mehr zurückkommt, lege ich auf.

Später fällt mir ein, warum ich überhaupt angerufen hatte. Ich wähle die Nummer wieder. Großmutter geht den ganzen Tag nicht mehr ans Telefon.

Großmutter hat ihre Schwester im Innenhof gesehen. Zagorka springt umher und lacht, als jage sie gute Träume. Großmutter ruft aus dem Fenster, sie solle doch raufkommen. »Zagorka!«, ruft sie. »Schwesterchen!«

Zagorka hört sie nicht oder hat keine Lust. Sie dreht und dreht sich im Kreis. Großmutter macht sich auf den Weg. Einer spricht sie später im Supermarkt an, als sie den Ausgang nicht findet.

Großmutter sucht den Ausgang.

Großmutter sucht ihren Haarkamm.

Großmutter sucht die Stromabrechnung.

Großmutter sucht ihr Schwesterchen und ihren Mann.

Großmutter bekommt den Wohnungsschlüssel von der

Nachbarin – zum Blumengießen, während die im Urlaub ist. Eine mutige Wahl, aber alle Blumen überleben. Großmutter hat allerdings auch alles Essbare vertilgt, das sie in der anderen Wohnung finden konnte. Die Nachbarin sagt, das gehe schon in Ordnung. Meine Großmutter ist achtundsiebzig Jahre und einen Tag alt.

DIE STAFETTE DER JUGEND

Eventmanagement war unbedingt eine Stärke des real existierenden Sozialismus: All die festlichen Feiertage, Paraden, und Empfänge, all die Inszenierungen der Liebe zum Volk, zur Partei, zum Präsidenten – das war schon gut, kann man wirklich nicht meckern, bunt und groß und riesige Militärmützen und Orden. Klar dauerte alles immer viel zu lang, aber bei wem willst du dich da beschweren?

Einer der wichtigsten jugoslawischen Feiertage war der Tag der Jugend am 25. Mai. Er war garniert mit der fantastischen Tradition des Stafettenlaufs. Ausgesuchte junge Frauen und Männer trugen das Stück Holz durch alle Landesteile und drückten es auf den letzten Metern Tito in die Hand. Darauf war meist noch etwas Symbolisches, Flamme oder Stern oder irgendein Agrarprodukt. Der Stafettenlauf fand jedes Jahr seit der Befreiung 1945 statt. Anfangs noch Tito zu Ehren, bis Tito generös sagte: Nee, ehrt lieber mal die Jugend. Nach seinem Tod übergab man die Stafette an einen anderen Präsidenten, an dessen Namen sich heute niemand mehr erinnert.

Jeder, der am Stafettenlauf beteiligt war, wusste, was er zu tun hatte. Ankunfts- und Abreisezeiten, die Route, die Schlafplätze der Stafette – alles war reglementiert. Die wichtigste Regel lautete: Das Ding AUF KEINEN FALL fallen lassen! Was dann geschehen würde, wusste niemand, denn es war nie vorgekommen. Neunundneunzig Jahre Dürre? Die Dinosaurier kehren nach Jugoslawien zurück? Gar der Kapitalismus? Etwas in der Größenordnung schien durchaus denkbar.

Bevor die Stafettenträger irgendwo ankamen, gab es Musik und Reden. Während die Stafette vor Ort auf die Weiterreise wartete, gab es Musik und Reden. Nachdem sie weitergetragen worden war: Musik, Reden.

Nachts schlief die Stafette an einem sicheren Ort in der Stadt, in der sie am Abend angelangt war. Einmal auch in Višegrad. Vater war im Planungskomitee für den Schlaf der Stafette. Sie übernachtete im *Haus der Kultur*. Vor dem *Haus der Kultur* hielten junge Genossen Wache. Es gab keine Zwischenfälle.

Einmal war ich selber Stafettenträger. 1986 oder 1987 war das. Damals glaubte ich, weil ich gut in der Schule war und Gedichte über heroisch sterbende Partisanen schrieb. Heute weiß ich, Vater hatte mich reinorganisiert.

Die Bedeutung des Aktes war mir bewusst. Sie war so groß wie meine Angst, etwas falsch zu machen. In der Nacht vor der Ankunft der Stafette träumte ich von einem seifigen Holzstab, der mir durch die Finger rutscht und sich vor meinen Füßen in einen Fisch mit Schnurrbart verwandelt.

Beim Frühstück erinnerte Vater mich an meine Rolle: die Stafette vom Genossen Vorläufer oder der Genossin Vorläuferin entgegennehmen, über den Kopf heben wie einen Pokal, sich freuen, die Stafette weiterreichen. Er fragte, ob alles klar sei. Ich salutierte.

Das Wichtigste hatte er nicht erwähnt, weil er es nicht erwähnen musste: *Die Stafette auf keinen Fall fallen lassen!*

Um dreizehn Uhr sollte sie im Sportzentrum ankommen. Ich war drei Stunden früher da. Das Rahmenprogramm begann um elf mit dem offiziellen Einmarsch der Pioniere. Ich führte eine Kolonne durch etwas Applaus hindurch. Man lotste uns vor ein Fußballtor, wo wir zwei Stunden stehen und warten sollten.

In welchem Jahr war das denn genau? Ich google ein bisschen herum und finde heraus, dass die Stafette 1987 das letzte

Mal unterwegs war. Das würde mir gut in den symbolischen Kram passen, unter den Trägern der finalen Stafette gewesen zu sein. Ich finde allerdings auch heraus, dass die Stafette 1987 aus Glas und Kunststoff gemacht war, anders als in meiner hölzernen Erinnerung. Sie bestand aus einem Gehäuse, in dem acht weiße Stangen steckten mit acht roten Punkten auf den Spitzen, die das Blut der acht Völker Jugoslawiens symbolisieren sollten. Nicht schwer, mit dem Besserwissen heute, darin das bald folgende Blutvergießen zwischen den Völkern aufscheinen zu sehen.

In meiner Erinnerung ist die Stafette ein Holzknüppel mit fünfzackigem Stern. Vielleicht also doch nicht 1987? Die 1986 war ebenfalls nicht aus Holz. Wie auch immer, ob 1986 oder 1987: Ich trug die Pioniermütze, ich wartete auf das Symbol der Einheit und Brüderlichkeit, und ich musste irgendwann fürchterlich pinkeln. Ich musste so unfassbar fürchterlich dringend pinkeln – was ist das bloß mit Kindern und Erinnerungen, in denen immer einer pinkeln muss? Ich musste so haltlos dringend pinkeln, zwischen den frisch geduschten Pionieren und parfümierten Funktionären und Lehrern, die froh waren über den beinahe freien Tag. Ich war Titos Pionier! Selbstaufopferung und Hingabe. Ich war Widerstandskämpfer! Ich gab den mir zugewiesenen Platz nicht auf.

Es brachen aus: Jubel und Marschmusik, großes Miteinander und Durcheinander – die Stafette war endlich da, und ich dachte nur: Bitte jetzt bloß keine Reden. Bitte die Reden später, Genossen, ich kann nicht mehr! Und tatsächlich redete keiner, und da sah ich sie, sah ich ihn – einen athletischen jungen Mann im Sportunterhemd, er lief durch ein Spalier aus Blumenkindern auf mich zu, er strahlte und schwitzte und sah gesund aus und froh, fantastisch sah der aus, es hätte mich nicht gewundert, wenn er aus Ljubljana direkt durchgelaufen wäre, schnurstracks mit der Stafette zu mir.

Er blickte mir in die Augen. Eine halbe Generation trennte uns – dieses Ding in seiner Hand verband uns wieder. Als Gegenstand, als Sinnstiftung, als Dienstaufgabe. Wir waren mit der Stafette aufgewachsen, wir kannten ihre Geschichte, jetzt wurden wir ihre Protagonisten. Es war uns eine Ehre, wir empfanden Stolz und wir hatten Angst. Auf diesen drei Gefühlen gründete die Biografie des Landes. Sie belohnten, beflügelten und lähmten, immer alles zugleich.

Bei der Übergabe der Stafette überwog der Stolz. Ich las ihn auch in den Augen meines Gegenübers. Ach was, ich sag das jetzt nur so, ich las gar nichts, ich war total auf die Stafette fixiert, um sie ja unfallfrei entgegenzunehmen.

Ihr Holz war glatt und warm. Ich hob die Stafette der Jugend über den Kopf wie ein Sieger den Pokal. Ich ließ die Stafette nicht fallen, ich lief nicht mit ihr davon, ich reichte sie einfach schnell an das Mädchen hinter mir weiter und schoss aus dem Bataillon, um zu pinkeln an der stillen, unaufgeregten Drina.

WIR SIND NIE ZUHAUS

Ich schreibe in unsere *whatsapp*-Gruppe:

Hey
Gibts ein Foto von mir mit der Stafette?

Mutter schreibt:

Ja gibts
Ich weiß nicht ob wir es noch haben
In Split vielleicht
Wir sind nie zuhaus

War die aus Holz?

Ich weiß nicht, vielleicht

Die Stafette 1987 war aus Glas oder so
Ich erinnere mich aber an eine aus Holz

Du warst ungefähr in der dritten Klasse
Ich frage Papa
Er war im Orga-Komitee. Er wird es wissen

Ok

Er sagt das war 1986 mit der Stafette
Und die war aus Holz
Das weiß er ganz sicher weil die von Varda kam

Die haben die in seiner Firma gemacht?

Ja deswegen weiß er das
Es gab immer auch lokale Stafetten
Von den örtlichen Firmen und Vereinen und so
Die kamen entlang der Route zur Hauptstafette hinzu

Warte mal

Varda hatte eine
auch Albos

Die Stafette der Jugend, die nach Belgrad ist, die echte, die hab ich nie gehalten?

Nie

Mutter schickt mir das Foto mit mir und der falschen Stafette. Ich bin ein Schlaks, der einen Stab mit einem roten Stern hochhält. Auf meiner Mütze ebenfalls das rote Polygon. Meine Miene: gequält.

Ich zeige meinem Sohn das Foto: »Wer ist das?«, frage ich.

Mein Sohn möchte lieber Werkstatt spielen.

Ich richte mich in der Vergangenheit ein, nicht einmal Tatsache muss sie sein. Ich habe die Stafette der Jugend nicht fallen gelassen, jene aus Holz gedrechselte, zu Glasgestalt geblasene Ideologie. Die echte. Ich bin glücklich gewesen an meinem Tag der Jugend, mit meiner Stafette.

MUHAMED UND MEJREMA

Nena Mejrema hat uns in Deutschland nur ein Mal aus Nierenbohnen die Zukunft gelesen. Im Winter 1998 war das, an einem schneereichen Tag, wenige Wochen bevor meine Eltern das Land verlassen mussten. Die Stimmung zuhause war ausschließlich angespannt. Den Eltern stand ein Neubeginn in den USA bevor, die Großeltern erwarteten jeden nervösen Moment, dass ihnen die eigene Abschiebung angekündigt würde, und mein älterer Cousin hatte Probleme in der Schule. Ich war gerade ausgezogen und kam (zu selten) zu Besuch.

Wir versammelten uns im Wohnzimmer. Nena hatte ein Tuch auf dem Teppich ausgebreitet und saß rauchend davor. Eine dürre Frau im Schneidersitz. Wiegte den Oberkörper hin und her. Ich reichte ihr den Aschenbecher.

Mein Cousin war zuerst dran. Nena sah gar nicht auf die Bohnen, sondern sagte geradewegs: Wenn du nicht lernst, wird das auch nichts.

Sie warf die Bohnen für ihren Mann und umarmte ihn stumm. Sie verriet nicht, was die Bohnen gesagt hatten.

Meiner Mutter sagte sie ebenfalls nichts. Die Bohnen seien kaputt, rief sie und warf sie aus dem Fenster. Dann schickte sie mich, um sie aus dem Schnee aufzusammeln. Als ich ins Wohnzimmer zurückkehrte, war Mutter blass und Vater redete leise auf sie ein.

Nena warf die Bohnen für mich und sagte: »Erinnerst du dich, wie ich dir mal von der älteren Frau erzählt habe, die sich in dich verliebt?«

Ich erinnerte mich.

Nena sagte: »Vergiss es wieder.«

Ich sagte: »Rike ist älter als ich.«

Nena sagte: »Sag ich doch.«

Beim Abschied riet Nena mir, nicht mit dem Bus zu fahren. Ich gehorchte nicht, und der Bus blieb im Schnee stecken.

Nena Mejrema und Großvater Muhamed sollten dann auch abgeschoben werden. Ihr Heimatland brauche Kräfte für den Wiederaufbau, hieß es. Nach Višegrad konnten sie nicht zurück. Sie schlossen sich der Familie ihrer Tochter an, meiner Tante Lula, und bezogen in deren Nähe eine winzige Wohnung in Zavidovići. Sie kannten sonst niemanden, das änderte sich aber schnell, zumindest für Großvater. Er strich Wände, kaufte ein, hütete Kinder. Rasierte sich bestens. Er war unverändert, unverändert gut. Im Bosna-Fluss gab es Forellen. Er angelte und ging früh schlafen.

Nena saß am Fenster und wurde immer ernster. Etwas schnürte ihr die Kehle zu. Sie wartete, bis ihr Mann nach Hause kam, bat ihn irgendwann, nicht so oft wegzugehen. Er versprach es und hielt das Versprechen.

Ich besuchte die beiden ein Mal, verbrachte eine Woche in der Stadt. Nena war krank, ihr Mann und ihre Tochter pflegten sie. Ich wäre mit Großvater gern angeln gegangen, wollte aber in der Situation nicht fragen. Allein fing ich nichts. Mit Nena sah ich einen Film, wir schliefen vor dem Fernseher ein.

Nena bekam wenig Luft. Etwas mit den Atemwegen. Etwas mit der Lunge. Ein Arzt versuchte dies und jenes. Nena bekam weniger Luft. Nena starb. Etwas mit dem Atmen.

Großvater baute nach ihrem Tod ab. Aß kaum, verließ selten das Bett. Er bat, man möge ihn in Ruhe lassen. Seine Kinder wollten davon nichts wissen. Tante Lula zerrte ihn regelrecht an die Luft, schob ihn durch die Stadt. Tag um Tag um Tag. Mutter reiste an, sprach mit ihm, rasierte ihn. Sie ließen ihn nicht allein, auch nicht allein mit der Trauer.

Onkel hatte die Idee mit dem Fluss. Er brachte ihn nach Salzburg und an die Salzach. Er angelte, sein Vater sah erst zu, wollte dann selber ran. Kriegte den Fisch mit eigener Kraft nicht raus. Am nächsten Morgen rasierte er sich seit Wochen zum ersten Mal selbst und wollte wieder zum Fluss. Als er nach ein paar Wochen wieder zurück zu Hause war, hatte er sich erholt.

Meinen Großvater Muhamed gab es weitere fünf Jahre. Bis zum Schluss ging er angeln und den Leuten zur Hand. Auch Todesnähe war kein Grund, damit aufzuhören. Wenn ihn die Beine an einem Tag nicht trugen, wartete er den nächsten ab.

An einem frostklirrenden Morgen im Dezember 2011 rasierte er sich, warf seinen Eisenbahnermantel um und ging in den Hof. Mit leiser Stimme bot er einer Nachbarin an, Holz für sie zu hacken. Er versuchte es und war dann aber zu schwach. Sie bedankte sich, brachte später Blumen vorbei, da lag er fiebrig im Bett. Tante Lula war bei ihm. Mein Großvater starb hilfsbereit und gut rasiert an einem glühend kalten Tag im Dezember 2011.

GROSSMUTTER UND DIE ZAHNBÜRSTE

Großmutter putzt sich die Zähne nicht mehr so oft. In den seltenen Momenten herzlichen Lachens zeigen sich gelbe Stellen, Essensreste. Sie hat es wohl vergessen. Weiß nicht mehr, dass Zähneputzen dran ist und guttäte. Erinnert sie jemand dran, erledigt sie es auch.

Großmutters Zahnbürste war mal blau, heute ist sie hellblau. Die Borsten nach außen gebogen. Als wir eine neue Zahnbürste mitbrachten und die alte in den Müll warfen, holte sie die wieder heraus und warf die neue in den Müll. Man könne, sagte sie, nicht einfach so über ihr Leben bestimmen.

Wir gaben ihr recht. Man könne aber auch, sagten wir, nicht etwas, das wir für sie gekauft hatten, einfach so in den Müll werfen.

Sie gab uns recht und warf die neue Zahnbürste aus dem Fenster.

Ein anderes Mal versuchten wir es mit Argumenten. Sie hörte gespannt zu und sagte: »Meine Zahnbürste oder keine Zahnbürste.«

Wir gaben nicht auf. Jemand hatte die Idee, die alte Zahnbürste durch eine fast identische neue zu ersetzen. Hellblau für hellblau. Der Farbunterschied war minimal, der Griff einen Tick länger. Wir betupften die Bürste mit etwas Zahnpasta, damit sie weniger neu aussah. Nur die geraden Borsten fielen gegenüber dem Original auf, da setzten wir auf Großmutters schlechte Augen. Die alte Zahnbürste versteckten wir. Entsorgen wollten wir sie erst, falls Großmutter der Tausch nicht auffiel.

Der Tausch fiel Großmutter sofort auf. Vor Wut verbog sie die neue Zahnbürste, das Plastik krümmte sich, blieb aber ganz. Sie wollte ihre Zahnbürste zurück. Gut. Wir sagten, sie solle die dann aber auch benutzen. Hinterließen Post-its mit *Zähne putzen!* im Bad und über dem Herd.

Was sollte das alles? Wir wollten die Kontrolle haben. Wir räumten Großmutters Schränke und Schubladen auf und warfen Kram weg, was sie ebenfalls empörte, weil es für sie ja eben kein Kram war. Wo wir schon meistens nicht da waren, wollten wir uns, wenn wir da waren, nützlich fühlen. Stets waren wir nach ein paar Tagen wieder weg und Großmutter wieder allein. Wir wollten uns selbst zeigen, dass sie sich auf uns verlassen konnte.

Rada, die Nachbarin aus dem zweiten Stock und langjährige Freundin, half aus, so viel sie konnte. Kochte und wusch die Wäsche, verabreichte Großmutter Insulin und leistete ihr Gesellschaft. Das Saubermachen erledigte Großmutter noch selbst: Niemand soll das Bad hinter ihr putzen.

Rada guckte auch mal einfach so vorbei, man konnte ja nicht wissen, ob. Ließ die eigene Wohnungstür offen, um zu hören, falls Großmutter sich wieder zu einem ihrer Ausflüge in die Vergangenheit aufmachte.

Im Frühling 2018, während Großmutter sich von ihrer Lungenentzündung erholte, verschwand die Zahnbürste und war nicht wieder aufzufinden. Meine Eltern kauften eine neue. Es war Großmutter egal. Ihre Zähne, wenn sie mal herzlich lachte, zeigten gelbe Stellen. Sie putzte die Wohnung nicht mehr, sie war zu schwach geworden oder vergaß es, oder das Putzen interessierte sie nicht. Sie konnte sich nicht mehr selbst waschen. Wenn Großmutter länger nicht sprach, senkte sie den Kopf, bis das Kinn fast auf der Brust ruhte.

Sie brauchte professionelle Pflege, am besten ganztägig. In Višegrad ließ sich niemand finden. Ohnehin war Großmutter gegenüber Fremden schwierig geworden, einer Ärztin, die ihr den Blutdruck messen wollte, hätte sie beinah in die Nase gebissen.

Die Lungenentzündung war derart gravierend gewesen, dass in der Zeit, die Großmutter im Krankenhaus verbrachte, niemand aussprach, was alle dachten. Mutter und Vater reisten aus Kroatien an und pflegten sie zwei ganze Monate. Mutter übernahm den Großteil, übernahm sich.

Großmutter fand nicht mehr ihre Uhr.

Großmutter fand nicht mehr die Haustür.

Großmutter fand ihren Mann nicht.

Meine Großmutter brauchte Windeln.

Mutter spritzte ihr Insulin, kaufte ein, putzte, kochte, vergaß selbst zu essen. Manchmal wusste Großmutter, wer die Frau war, die sie wusch und ihr die Hand hielt. Sie tätschelte ihre Wange. An manchen Tagen wurde sie von einer fremden Frau belästigt. Sich das Haar bürsten wollte Großmutter selbst. Und fand die Bürste nicht.

Vater wachte an ihrer Seite in den Nächten, wenn sie nicht träumen wollte. Mutter nahm sie am Tag auf Spaziergänge mit. Mutter mit Argwohn gegenüber der Stadt in der Stadt unterwegs. Auf der Hut. Weil sie nicht mehr viele Leute kannte. Aber auch, weil sie manche kannte.

Großmutter erholte sich. Sie wollte den Teppich waschen. Wiederholte den Wunsch, bis Vater und Mutter den Teppich wuschen. Am nächsten Tag wollte sie zu ihrem Mann ins Gebirge. Am übernächsten wütete sie, weil eine Frau und ein Mann in ihrer Küche standen, die sie nicht kannte. Sie aß eine Tafel Schokolade, während Mutter und Vater einkaufen waren. Als sie zurückkehrten, wollte sie den Teppich waschen.

VIELLEICHT KOMMT EIN ZUG

Heute ist der 29. März 2018. Der Morgen riecht nach Urin und Kirschblüte. Mutter wechselt ihrer Schwiegermutter die Windel, bereitet das Frühstück und sieht zu, wie sie isst. Sie fragt: »Brauchst du noch was?«

Großmutter schreit: »Ich nehm's mir selbst, wenn ich was brauche!«

Mutter räumt den Tisch ab, macht den Abwasch, zieht sich um. Sie will raus, da erspäht sie ihre Schwiegermutter kniend vor einem Koffer.

»Wohin?«

»Zu meinem Schwesterchen.«

»Wo ist Dragan?«

»Wer ist Dragan?«

»Dein Sohn.«

»Ich hab keinen Sohn.« Großmutter denkt nach. »Wo ist mein Schwesterchen? Wo ist Zagorka?«

Mutter zögert. »Ich helfe dir.«

Mutter und Großmutter packen. Sie packen Kleider, Blusen, Unterwäsche. Mutter legt einen Wintermantel dazu. »Wer weiß, wie lange man noch unterwegs sein wird in diesem Leben«, sagt sie und beide lachen zum ersten Mal seit Tagen. Sie packen Schuhe, Stiefel und Sandalen. Sie packen noch mehr Blusen. Duschgel und die Zahnbürste. Großmutter will den Besen mitnehmen und einen Liter Milch, und auch das geht in Ordnung. Sie packen drei braune Koffer.

Die Koffer sind viel zu schwer, zwei lassen sie gleich im

Hof zurück. Großmutter scheint so froh über die Aussicht, wegzukommen oder anzukommen, dass es ihr egal ist. Sie hakt sich bei der Schwiegertochter unter.

Das Haus, in dem Mutter geboren wurde, liegt bei der Brücke. Die gelbe Fassade ist mit Altersflecken übersät, den nackten Ziegeln, wo der Putz abgegangen ist.

»Warum bleiben wir stehen?«, fragt Großmutter.

»Ich weiß es nicht«, sagt Mutter.

Großmutter will über die Brücke, Mutter nicht.

Mutter will zum Gymnasium. Sie späht durch die Fenster. Vor der Tafel dort hat sie aussichtslose Theorien für ihre Schüler kommentiert. *Die herrschenden Ideen einer Zeit sind stets nur die Ideen der herrschenden Klasse.* Die Turnhalle sieht neu aus. Merkwürdig: etwas Neues. Ganzes.

Großmutter hat schon die Straße überquert, scheint zur Drina zu wollen. Mutter holt sie ein, lotst sie zum Markt. Als sie dort ankommen, sagt Großmutter: »Wir sind aber zu spät, um noch guten Kajmak zu kriegen.« Der Markt ist eine armselige Chimäre aus Chinaschrott und Räucherfleisch. Der Schuhmacher am Platz ist immer noch derselbe, drei Jahrhunderte gebückten Rückens auf diesem Schemel.

»Fahren wir Zug?«, fragt Großmutter, und Mutter hält das für eine gute Idee. Die Brücke über den Rzav ist wegen Einsturzgefahr seit Monaten gesperrt, also müssen sie den langen Weg zum Bahnhof nehmen. Der Koffer schabt über den Asphalt, eines der Rädchen klemmt. Die Leute gucken, aber hier gucken die Leute immer.

Der Bahnhof ist eine Ruine. Züge halten seit 1978 keine mehr, der Busbetrieb ist seit ein paar Jahren eingestellt. Ein Mädchen duckt sich im Wartebereich in eine Ecke. Es ist die kleine Bettlerin, die Romni, mit den blauen Augen. Sie kackt und winkt den beiden Frauen fröhlich zu.

Mutter wischt mit einem Taschentuch über die Bank.

Großmutter setzt sich. Tauben landen, tanzen umeinander, fliegen fort.

»Herrje, wie sieht es hier denn aus?« Aus den Fensteröffnungen wachsen Brennnesseln. Eine Katze putzt sich die verklebten Augen.

»So«, sagt Mutter. »So sieht es aus.« Mutter will nicht sitzen. Sie zählt Ameisen auf der Mauer. Sie zählt hundertsieben Ameisen, dann hört sie auf, Ameisen zu zählen.

Zu Mutter gehört, sich an die Gleise hinzustellen in den Lärm des ankommenden Zuges, fünf Jahrzehnte später, und auf ihren Vater zu warten. Da ist er auch schon, der schwere Mantel, das rußige Gesicht.

Schräg gegenüber ist sie Kind gewesen. Das Gebäude ist sandfarben, schmucklos und eckig wie eine Kaserne. Ein Hunderudel schläft in der Morgensonne. Kein Niedergang ohne Hunderudel. Eine Wäscheleine wäschelos. Im Treppenhaus will sie leise sein, warum? Die Beleuchtung funktioniert nicht mehr. Die Tür zur elterlichen Wohnung ist dieselbe, bloß schäbig.

Klopfen?

Das ist nicht mehr unser.

DIESES GANZE KAPUTTE ZEUG

DIESE UNTERGEHENDE TRAURIGE SCHEISSE

Raus. Großmutter sitzt immer noch auf der Bank. Mutter will sie wieder mitnehmen. Großmutter protestiert schwach, möchte weiter auf den Zug warten, Mutter ist entschiedener, es kommt kein Zug mehr.

Fast alle Fenster des ehemaligen Terpentinwerks sind kaputt. Da ist ein ganzes, im Obergeschoss, das dritte von links. Mutter hebt einen Stein auf. Großmutter auch. Vogelnester, eine Ratte. Immerhin den Tieren ein Zuhause.

»Jetzt einen Kaffee«, sagt Großmutter zufrieden.

Im Buchladen in der ehemaligen Tito-Straße brennt zu

wenig Licht. Immer war das so, immer. Mutter will das endlich einmal loswerden, sie will die Dunkelheit beanstanden, will sagen, wie wenig einladend der Laden ist. Bücher brauchen Licht! Sie geht hinein und kauft ihrem Enkelsohn ein Ausmalheft mit Dinosauriern.

Mutter hat Višegrad losgelassen am Tag, als ihr Leben dort in Gefahr geriet. Sie findet in der Stadt Unterkunft, aber keine Rast. Sie kommt nur noch her, weil ihre Schwiegermutter sie braucht. Sie sieht: das Lustlose, das Kaputte, das Halberledigte, den Nepotismus, den Verfall, das ewig Dämmrige, das ewig Gestrige. Sie hasst. Dass der letzte Inhaber von *Albos* eines Morgens mit Plastiktüten voller Bargeld sein Büro verließ, zwei Mal zurückkehrte, um weitere Tüten wegzuschaffen, vorbei an den schweigenden Arbeitern an ihren schweigenden Nähmaschinen. Nichts, sagten sie später, hätte was geändert. Diese Stadt wird niemals mehr das sein, was sie einmal war.

Großmutter hakt sich wieder bei Mutter unter. Sie gehen am Sportzentrum vorbei. Das Sportzentrum gibt es nicht mehr. Der Filmemacher Emir Kusturica ließ es dem Erdboden gleichmachen. Auf der Landzunge zwischen den Flüssen ließ er die fantasielose Kitschfantasie eines Kunststädtchens mit Namen *Andrićgrad* errichten. 17 Millionen Euro hat der Mist gekostet.

Großmutter sagt: »Das ist aber schön.«

Mutter sagt: »Das ist sehr dumm.«

Im Café *Intermezzo* bestellt Mutter einen Espresso für ihre Schwiegermutter und Tee für sich. Zum Tee bekommt sie eine Zitronenscheibe in einer kleinen Presse. Der Kellner spricht Mutter an. Sie war doch seine Politikdozentin vor ewigen Zeiten? Er ist ehrlich erfreut, sie zu sehen. Sie reden. Wie es so geht. Mutter lächelt. Als er wieder an ihren Tisch tritt, lobt Mutter die Zitronenpresse. Wie praktisch. Beim nächsten

Mal bringt der Kellner ihr die Zitronenpresse, eingewickelt in Küchenpapier. Er will sie Mutter heimlich schenken. Mutter kann nicht annehmen. Aber doch, bitte, Sie müssen, bitte, Genossin Professorin. Mutter bezahlt, umarmt ihren Schüler. Mutter steckt die kleine Zitronenpresse ein.

Großmutter ist schon wieder auf den Beinen. Mutter lässt sie vorgehen. Großmutter geht nach Hause. Im Hof stehen die Koffer noch. Sie schließt die Wohnungstür selbst auf. Es dauert recht lang, aber es gelingt. Das ist es, was zählt.

Mutter lässt eine Badewanne ein. Großmutter mag das Wasser heiß. Vielleicht weil sie dann ihren Körper spürt und weil das eine willkommene Abwechslung ist – der Körper als Tatsache – zu ihren ausweichenden Erinnerungen.

Mutter schrubbt ihr den Rücken mit einem Schwamm und singt. *Kleine Ameise* heißt das Lied. Eine Ameise verschwindet im Ausschnitt einer jungen Frau, ein Mann beobachtet das, oh, er wäre gern an ihrer Stelle. Furchtbares Lied. Großmutter und Mutter schließen die Augen.

IRGENDWIE GEHT ES IMMER WEITER

Die Telefongespräche mit meiner Großmutter sind zuletzt noch kürzer und hanebüchener gewesen. Irgendwann ging sie nicht mehr ans Telefon, danach war die Leitung tot. Wir riefen Rada an. Die Nachbarin berichtete, Großmutter sperre sich in der Wohnung ein und schreie fürchterlich. An anderen Tagen müsse man sie einsperren, weil sie weg will zu ihrem Pero. Sie sei sonst kaum aufzuhalten. Mit dünner Stimme gab Rada zu, sie könne nicht mehr. Weder sie: meine Großmutter pflegen. Noch Großmutter: so weitermachen.

Das nächste Altenheim liegt fünfzig Kilometer entfernt, in Rogatica. Mein Onkel und mein Vater fuhren hin und waren von den Rosenhecken und den hellen Zimmern angetan und davon, dass die Pfleger regelmäßig ihren Lohn bekamen. Als sie das Altenheim Großmutter gegenüber erwähnten, sagte sie, sie sollten aufhören, so dummes Zeug zu reden.

»Wir wollen in ein Hotel mit dir«, sagten sie tags drauf, »Urlaub machen.«

»Wollt ihr mich für blöd verkaufen?«

Wir machten uns alle etwas vor. Die Söhne wollten glauben, dass ihr Zustand nicht schlimmer würde. Ich, dass Großmutter mir noch meine Fragen würde beantworten können. Großmutter, dass sie ohne Insulinzufuhr durch den Tag kam: Sie fiel in ein diabetisches Koma, die Nachbarin fand sie fast bewusstlos, alarmierte den Notarzt.

Heute ist der 24. April 2018. Ich steige in Hamburg in die S-Bahn zum Flughafen, aber die S-Bahn ist gar nicht die, die zum Flughafen fährt. Den Fehler bemerke ich zu spät, renne raus, halte ein Taxi an. Der Fahrer sagt: »Keine Sorge, ich weiß Shortcut.« Anatol sagt *Shortcut* mit russisch kompromisslosem R und fährt kompromisslos. Ich erzähle – um ihn noch mehr zu motivieren –, dass ich zu meiner Großmutter will, die an Diabetes und an der Erinnerung erkrankt sei. Ich sage (und da wird es mir selbst als Möglichkeit überhaupt bewusst), dass es meine letzte Reise zu ihr sein könnte.

Anatol lässt mich ausreden, dann greift er in das Handschuhfach und reicht mir eine Tafel Schokolade. »Für Notfall«, murmelt er. Ich breche einen Riegel ab und gebe ihm den Rest. Den Flug erreiche ich nicht. Und während die Airline meine Optionen prüft, denke ich: Was wenn Großmutter genau jetzt losmarschiert und für immer verlorengeht auf dem Weg nach Hause in ihrem Kopf?

»Ich hab mein Großmütterchen dreißig Jahre nicht gesehen«, hat Anatol erzählt. »Sie hat nichts. Mit nichts lassen die Deutschen dich nicht rein. Und mich lassen die Ukrainer nicht rein. Großmütterchen ist eine strenge Frau und gottgläubig. Sie hat also viel Liebe und viel Zorn«, hat Anatol gesagt. »Und trotzdem ich habe Angst um sie.«

Ich werde auf eine Maschine am Nachmittag umgebucht und komme fünf Stunden später als geplant in Sarajevo an. Eigentlich sind es aber Monate, Jahre vielleicht, um die ich mich verspäte. Was ich mit Großmutter noch besprechen wollte, ist ihr längst verloren.

Meine Eltern holen mich am Flughafen ab. Wir unterhalten uns über die baufälligen Tunnels auf der Strecke nach Višegrad. Über den Höhenflug der Apple-Aktie. Vater bleibt konsequent unter der erlaubten Geschwindigkeit, fährt extrem langsam, wenn keine Geschwindigkeitsbegrenzung ersichtlich ist. Die hiesigen Verkehrspolizisten nehmen ihren Beruf ernst. Das kroatische Wappen am Kennzeichen seines Wagens garantiert, dass wir auf serbischem Territorium angehalten werden, falls sie da lauern, und auch, dass sie am Wagen etwas beanstanden werden.

Auf dem Romanija holt uns die Dunkelheit ein. Auf dem Romanija werden wir angehalten. Ob Vater wisse, warum.

Vater hat das Fenster runtergekurbelt, kühle Luft strömt hinein, und Vater sagt: »Wegen des Kennzeichens?«

»Wegen zwanzig Stundenkilometern über den erlaubten sechzig. Führerschein und Fahrzeugpapiere, bitte.«

Das ist um mindestens zwanzig Stundenkilometer gelogen. Und »bitte« ist auch gelogen.

Vater reicht ihm die Dokumente. »Mein Tacho ist dann wohl kaputt. Sie sind sich auch ganz sicher?«

Der Polizist sagt: »Was ist heutzutage schon sicher?«

Vater sagt: »Haben Sie das irgendwie aufgezeichnet?«

Der Polizist sagt: »Mir ist kalt.«

Vater sagt: »Wann haben Sie denn Feierabend?«

Der Polizist sieht auf die Uhr: »Bald ist Abendbrot.«

Mutter ruft von hinten: »Wir haben ein Käsesandwich.«

Der Polizist steckt den Kopf tiefer ins Fenster, als wolle er sehen, ob das auch stimmt mit dem Sandwich. Er ist gut rasiert und etwas feist und seine Alkoholfahne nicht unangenehm. Mutter hält ihm das Sandwich hin. Der Polizist zögert, überlegt vielleicht, ob er Appetit auf Käse hat. Oder er überlegt etwas anderes. Was seine Familie gerade macht (ein Ehering sitzt eng um seinen Finger). Vielleicht hat ihn auch, so wie mich, die Vokabel *Sandwich* im finsteren Karstgebirge überrascht, und er ordnet sie noch ein. Ist sie unpassend? Oder – als ein Angebot, Nahrung zu teilen – schlicht schön?

»Wo kommt ihr her? Ich kann doch hören, ihr seid gar keine Kroaten«, sagt er zu dem Sandwich.

Jetzt kann jede Antwort die falsche sein.

»Aus Višegrad.« Vater wagt sich vor.

»Aus Višegrad? Wollt ihr mich verarschen? Warum sagt ihr das nicht gleich?« Die Augenbrauen des Polizisten geraten in lustige Aufruhr. »Ich doch auch! Mitrović!«, ruft der Polizist, als sei damit alles klar. »Ich hätt euch fast aufgeschrieben, Mensch.« Er schnappt sich das Sandwich, lehnt jetzt locker in der Tür, will plaudern: »Von welcher Rebe seid ihr Traube?«, ruft er in die Nacht auf dem legendären Romanija.

Und in der Nähe räuspert sich eine seit einem Jahrzehnt unfertige Fabrik; es ist ihr unangenehm, dass für ihren Scheinbau EU-Gelder veruntreut wurden.

Und unweit von hier setzte mein Onkel während des olympischen Winters 1984 sein Auto in den Graben.

Und irgendwo hier oben wurde Großvater Pero 1944 verwundet.

Und in den Hügeln im Osten befreiten im Februar 1942 Partisanen das Dorf Kula von der Ustascha.

Und in diesen Wäldern gab es früher Bären.

Und überall auf dem Romanija findet man *Stećci*, Grabsteine aus dem Mittelalter, und auf einem von ihnen, weit im Westen, kann man lesen:

Bratije, ja sam bio kakav vi
a vi ćete biti kako i ja

Brüder, ich war wie ihr
und ihr werdet sein wie ich

Schändet man einen *Stećak*, trifft dich der Blitz.

Und der Polizist wickelt das Sandwich aus der Alufolie und riecht daran. »Was ist das für ein Käse?«

»Trappistenkäse«, sagt Mutter.

»Ist das ein Käse aus Kroatien?«, fragt der Polizist.

»Nein«, sagt Mutter freundlich. »Das ist ein Käse aus der Milch von der Kuh.«

Und alle lachen. Der Polizist beißt in das Sandwich und kaut und schluckt. »Mitrović«, sagt er einmal zwischen den Happen. »Unsereinen kennt ihr bestimmt.«

ALWAYS BE NOBODY

Die Wohnungstür ist nicht abgeschlossen trotz der späten Stunde. Großmutter liegt auf dem Sofa im Wohnzimmer, dem mit der rosafarbenen Decke. Sie ist blass. Bewegt sich der Brustkorb?

Die Eltern werden bei ihr übernachten, ich habe ein kleines Apartment an der Drina gemietet. Im Hotel nebenan findet eine Hochzeitsfeier statt. Turbofolk, Schreie, alles wie gehabt. An Schlaf ist nicht zu denken. Eine Stunde später ziehe ich wieder durch die Straßen. Halbstarke gucken und spucken. Ich habe das nie gelernt, dieses saubere Ausspucken, kompakt und präzise.

Die Drina, stumm und schwarz. Dort irgendwo hat das Haus meiner Urgroßeltern gestanden, drüben die Trauerweide, unter der mein Großvater gern geangelt hat. Ein Mann pisst in den Fluss, er schimpft jemanden eine Hure, wirft sein Hemd ins Wasser.

Auf dem Rückweg steige ich bei der alten Brücke ans Ufer. Unter dem ersten Bogen sitzen Leute um ein Lagerfeuer. Ich nähere mich, zwei stehen auf. Ich verstehe. Ich hebe die Hände und rufe: »A friend, just a friend.« Sage meinen Namen. Die beiden setzen sich wieder, behalten mich im Blick.

Woher sie kämen.

Afghanistan. Ich?

Von hier.

Kannst du uns helfen?

Sie wollen nach Norden. Zeigen mir Fotos ihrer Familien vor Schutt und Asche. Ich überlege, ob Stevo sie vielleicht fahren könnte. Biete ihnen dumm etwas Geld an, sie nehmen es nicht an. Die Brücke über ihren Köpfen ist vierhundertvierzig Jahre alt.

Was das Schlimmste gewesen sei unterwegs. Einer lacht. Ein anderer sagt: »Always be nobody.«

Großmutter erkennt uns am Morgen alle. Sie freut sich, dass wir gekommen sind. Am Mittag erkennt Großmutter nur ihre Schwiegertochter. Am Nachmittag fragt sie meine Eltern verlegen: »Wer ist der nette junge Mann bei euch?«

Vor dem Abendessen gehe ich wieder zur Brücke. Die Afghanen sind nicht mehr da.

Mutter hat gefüllte Paprika gekocht, ich kann die Soße bereits im Treppenhaus riechen. Das Treppenhaus hortet auch vergangene Gerüche. Den kleinen Plastikball, den wir als Kinder von einer Seite des Flures auf die andere kickten. Auf Strümpfen und wegen der Glaseinlassungen in den Türen nie zu fest.

Manchmal ist auch der Geruch der Soldaten hier, eine Mischung aus Benzin, Metall und Geschrei. Im Herbst sind es gekochte Maiskolben. Trügerisch: Wenn das Treppenhaus nach Mais riecht, dann weiß ich nicht – anders als bei dem Ball oder den Soldaten –, ist das meine Erinnerung, oder kocht jemand die wirklich, und wenn ja, wer? Ich will einen!

Mutter in der Küche, die Paprika sind gleich fertig. Großmutter sieht im Wohnzimmer fern ohne Bild und Ton. Der Fernseher ist kaputt, sie hat die Kabel durchtrennt, sagt aber, das sei jemand anderes gewesen, nicht sie. Ich setze mich zu ihr. Sie nimmt meine Hand und sieht mich an.

»Wir wollen nach Oskoruša«, sage ich. »Kommst du mit?«

»Oskoruša?«

»Ja.«

»Pero wollte zum Vijarac hinauf, da ist aber so ein schlechtes Wetter. Er ist –« Großmutter bricht ab. Die Teller klappern nervös. Vater deckt den Tisch. Er fragt die ganze Zeit, wo Dinge sind, wo ist das Salz, wo sind die Servietten.

»Hätte mein Pero gewusst, dass ihr kommt! Er hätte auf euch gewartet und wäre nicht alleine hinauf.« Sie klingt auf einmal wütend. »Das kommt davon, wenn ihr euch mit uns nicht absprecht. Pero ist vor Tagen los.«

»Wo wollte er denn hin?«

»Ins Gebirge! Auf den Vijarac!«

»Um was zu tun?«

»Ich hab gesagt, warte wenigstens auf besseres Wetter.« Ihre Stimme klang mit jedem Wort dünner.

»Wer bin ich, Oma?«

»Du bist ein Esel, das bist du, wenn du so fragst.«

»Wollen wir zusammen auf Opa warten?«

»Ein Esel und ein Witzbold.« Großmutter lehnte sich zurück. Es ist, als habe die plötzliche Sorge um den Verschollenen dort im Gebirge ihre ganze Kraft geraubt.

»Hast du heute genug getrunken, Oma?« Ich schenke ihr Wasser ein, aber sie rührt das Glas nicht an. Mutter hat den Topf auf den Tisch gestellt, tut uns allen auf. Ich helfe Großmutter an den Tisch. Großmutter schmeckt es. Sie schlürft die Soße. Mutter fragt, ob es ihr schmeckt, Großmutter sagt: »Nein.«

Großmutter darf nicht alles essen, sie isst heimlich alles.

»Hast du Durst, Oma?« Ich schiebe ihr das Wasserglas hin, als wäre sie ein Kind, dessen Aufmerksamkeit gelenkt werden muss von dort nach da. »Oma, hast du genug getrunken?«

Großmutter legt den Löffel aus der Hand. Wischt sich

mit der Serviette im Gesicht herum. Helle Härchen über ihrer Lippe. Sie führt den Teller an den Mund, kippt ihn und trinkt die Soße in großen Schlucken aus.

»Ich erinnere mich«, sagt Großmutter, »in Oskoruša an dies und jenes.«

Heute ist der 25. April 2018. Ein serbischer Motorradclub besucht die Stadt. Ich sitze mit Großmutter in einem Café. Lederwesten stolzieren durch die Straßen. Četnik-Aufnäher.

Im Glauben an Gott.

Totenkopf.

Freiheit oder Tod.

Das serbische Kreuz.

Machen Selfies vor der Brücke. *(Manche wurden auf der Brücke getötet, manche in den Fluss geworfen und von der Brücke aus erschossen.)*

Großmutter sagt: »Weißt du, hier hatte immer der am meisten, der am wenigsten Skrupel hatte.«

Ich erinnere mich an die klaren Gedanken meiner Großmutter. An ihre Entschiedenheit gegenüber dem, was sie ungerecht fand. An ihre Nachgiebigkeit, mir gegenüber. Ich glaube, sie war viel allein, nachdem wir – erst Großvater, dann meine Eltern und ich, dann die Nachbarinnen, eine nach der anderen – gegangen waren, jeder fort auf eine eigene Weise.

Ich nehme ihre Hand. Sie ist kühl und trocken.

»Du kommst zu spät«, sagt sie und senkt den Kopf.

»Zu spät wofür? Oma? Oma?«

1996, bei meinem ersten Besuch in Višegrad nach Kriegsende, war die Stadt voll und verzweifelt, aggressiv und arbeitslos. Ich kam nicht zurück, ich kam an einem neuen Ort zum ersten Mal an.

Ich war mit Rahim unterwegs. Wir sollten das Auto meines Onkels nach Bosnien überführen. Ziemlich illegal, glaube ich, und ich glaube, dass uns nur immenses, naives Glück ans

Ziel gebracht hat sowie das, was der Onkel uns als Lohn gezahlt hatte – wir gaben es für Bestechungen aus.

In Višegrad hatte ich permanent ein schlechtes Gewissen. Wenn ich ehemalige Schulkameraden traf, die hier ausgeharrt hatten, während ich in Heidelberg in einem Freibad Kanu fuhr in der Nacht. Wenn ich meine deutschen Mark wechselte. Wenn Rahim etwas über die Stadt wissen wollte und ich ihm keine Antwort geben konnte. Wenn fast jeder davon sprach, wie schlecht es ging, und ich dachte: Mir geht es gut.

Die einzige wirklich vertraute Größe war Großmutter. Gesund und unerschütterlich. Wie bestimmt sie mit Rahim sprach, als müsse er die Sprache verstehen. Wie er tatsächlich verstand, dass sie ihn zu erwürgen gedenke, falls er ihre Pita nicht aufesse.

Großmutter trug den Teppich allein die Treppe runter, schrubbte ihn sauber und ließ Rahim und mich ihn wieder nach oben tragen. Sie half den Nachbarn mit den Gemüsebeeten, sorgte dafür, dass es wieder Elektrizität im Haus gab. Sie begleitete mich zum Rathaus, wo ich meine Geburtsurkunde abholen sollte, drängelte sich an den Anstehenden vorbei zum Schalter vor, sprach leise mit dem Beamten, worauf wir durchgewunken wurden und das Rathaus zehn Minuten später erledigter Dinge verlassen konnten.

Heute bringe ich meine Großmutter zu ihrer Friseurin. Die Friseurin fragt: »Wie immer, Frau Kristina?« Und meine Großmutter muss lachen, muss sehr laut lachen.

»Wenn es gut ausgesehen hat«, sagt sie, »dann bitte, ja, wie immer.«

OSKORUŠA, 2018

Der Himmel am Morgen des 27. April 2018 ist klar. Wir laden Proviant ein, Rada wird nach Großmutter sehen. Um acht sind wir unterwegs. Die Strecke führt durch den Osten Bosniens, der als Hochburg serbischer Nationalisten gilt. Das kroatische Kennzeichen ist wieder Thema: »Hier sollten wir eigentlich nicht unbewaffnet durch«, witzelt Vater.

Mutter ist nach Scherzen nicht zumute.

Etwa auf halber Strecke passieren wir ein Waldstück, als einige Wandersleute ins Freie treten. Sie sind gut sechzig, siebzig Meter von der Straße entfernt, tragen Rucksäcke, aber auch Einkaufstüten. Eine der Frauen mit Kind auf der Hüfte. Ich bitte Vater, anzuhalten. Als wir die Türen öffnen, laufen sie wie auf Kommando los, ducken sich in den Schutz der Bäume. Die Letzte hat sich umgesehen, eine ernste junge Frau mit blassen Sorgen.

Mutter steckt sich eine an, entfernt sich vom Wagen.

Eine Frau und ihr Junge gingen eine Landstraße entlang am späten Abend. Ein Rucksack drückte auf ihre Schultern, einen braunen Rollkoffer zog sie hinter sich her. Der Junge war fast so groß wie sie. Von seinen Schultern trotzte ein rotweißer Schal der schwül-heißen Luft.

Die Landschaft: Staub und Landwirtschaft.

Die Frau blickte sich um, wenn sie einen Wagen kommen hörte. Winkte, rief, streckte den Daumen raus – alle fuhren vorbei, mancher hupte, es klang wie Fluchen.

Stunden vergingen. Wasser trinken, Brot essen.

Eine Stadt. Bürgersteige, Ampeln, Familien zu Tisch beim Abendbrot. Ein alter Mann hinter dem Fenster. Der Junge blieb stehen und starrte. Der Alte führte den Löffel zum Mund. Kaute. Und wieder. Hatte eine Kerze angezündet, sich wohliges Licht geschaffen. Was gäbe es alles zu sagen. Der Junge zögerte. Der Junge holte die Frau wieder ein.

Zum Busbahnhof. Fünf Parkbuchten. Keine Polizei. Der Warteraum: Asche auf ranzigen Fliesen. Wieder raus. Am Kiosk: »Nehmt ihr D-Mark?« Kekse, Chips, Wasser, Taschentücher. Das Gepäck immer nah. Die Bank: das Bett. So kalt ist es nicht.

Ein Bus fuhr ein. Der Fahrer stieg als Einziger aus. Ein dicker Mann. Seine Silhouette rauchend im Gegenlicht der Laterne. Die Frau rief mit dünner Stimme: »Wir möchten über die Grenze.«

Das Gesicht des Fahrers eine Schattenfläche. Bitte sei freundlich, musst sonst nichts tun.

»Wir kommen aus Bosnien«, sagte die Frau. »Können was zahlen. Vielleicht kennen Sie eine Stelle, wo man unauffällig rüberkann?«

Der Busfahrer trat die Kippe aus und kam näher. »Warum versucht ihr es nicht zu Fuß?«

»Wurden zurückgeschickt.«

»Ich hab Feierabend.«

Die Frau schwieg.

»Guck dir das Ding doch an.« Er deutete zum Bus. »Wie soll man damit bitte unauffällig rüber?«

»Der Junge ist müde.«

»Ich bin nicht müde«, sagte der Junge.

Die Frau sah den Jungen streng an, hielt die Strenge aber keine Sekunde durch. Heraus kam: »Wir wissen nicht, was –«

Der Fahrer rieb sich die Augen. »Woher kommt ihr?«

»Aus Višegrad.«

»Ivo Andrić?«

»Ivo, Ivo Andrić.« Die Frau senkte den Blick.

Der Junge rief: »Die haben dem mit einem Riesenhammer den Kopf von seiner Statue weggefickt.«

Eine Pause. Der Fahrer prustete los oder hustete oder beides. Mutter packte den Jungen am Handgelenk. Er befreite sich sofort. Der Junge war nicht mehr nur Junge.

»Ich kann fahren. Das ist alles. Mehr kann ich euch nicht versprechen. Die meisten werden zurückgeschickt und landen wieder hier. Ich kann fahren. Das kann ich machen.«

Jetzt stand er vor der Bank und hielt der Frau die Schachtel hin. Sie erhob sich und steckte sich eine an. Die Frau und der Fahrer rauchten, der Himmel war sternenklar.

Es ist der 17. August 1992. Mutter stieg in den Bus, ich folgte.

Es ist der 27. April 2018. Mutter löscht die Zigarette und steigt wieder ein. Wir fahren weiter.

Never trust *google maps* in ländlichen Gegenden. Wir halten an einer Bushaltestelle, wo sich eine junge Frau, von Einkaufstüten umgeben, die Fingernägel bemalt. Über die Alternativroute von *google* hat sie das zu sagen: »Wenn ihr die nehmt, verschlucken euch die Berge.« Und dass wir nach Uvac müssen, dort erst gehe es nach Oskoruša hoch. Sie wolle auch in die Richtung, und der Bus werde heute vielleicht fahren, vielleicht nicht. »Nehmt ihr mich mit?«

Da kann man natürlich schwer nein sagen. Sie fragt, ob sie sich nur schnell noch die Nägel zu Ende lackieren dürfe. Dazu könnte man natürlich schon sagen, dass man in Eile sei. Aber wir sagen nichts. Kaum unterwegs, will sie wissen, was es mit dem Kennzeichen auf sich habe: »ST – das ist doch Split?«

Diesmal bin ich schneller als Vater. »Wir sind von hier«,

sage ich. Und nach einer Pause: »ST steht für Stanišić.« Für mich klingt es, als gebe es keinen Zweifel: Stanišić.

Ich denke an die Flüchtenden in den Wäldern, unter der Brücke in Višegrad. Ihre Routen über den Balkan führen sie durch Orte, aus denen wir geflohen sind. Ich öffne das Fenster. Ich bin freiwillig hier.

»Ich kenne einige Stanišićs«, sagt die Frau. Sie nennt jeweils den vollen Namen, oft noch den Namen des Vaters, und das Dorf. Es ist wie ein Refrain zu einem Lied ohne Melodie. Nur einer ist kein Bauer, sondern Reifenhändler in Uvac.

Auch Mutter hat ihr Fenster geöffnet. Vor ihren Augen zieht das serbische Hinterland vorbei und kyrillische Graffiti:

Für König und Vaterland.
Das Heilige gebt nicht den Hunden.
Unser Blut, unser Land.

Steht da in einer Sprache, die sie versteht. Wer *unsere* sagt, sagt: *eure nicht*. Mutter ist nicht gemeint und gleichzeitig doch.

In Uvac steigt unser Gast aus. Hier verläuft die Grenze zwischen Serbien und Bosnien. Ein merkwürdiger Ort. Winzige Läden, dicht gedrängt: Wellblechbuden, ein kleiner Supermarkt, Paprika und Plastik. Ein Stand mit Tomaten, einer mit Trainingsanzügen und Adiletten, einer mit Toastern und Föns. Jungs mit stringentem Haarschnitt, *Franck Ribéry* und *Messi* auf den Trikots, jagen einander barfuß. Sie sind bewaffnet mit Plastikgewehren und frischem Obst.

Eine absurde Menge Reifenhändler hat sich hier niedergelassen, überall warme Reifenpyramiden, auf denen Katzen sich sonnen.

Vater will direkt, gegen den Protest meiner Mutter, Preise erfragen. Er parkt vor einem der Geschäfte.

Mutter sagt (es ist ihr sehr ernst): »Du spinnst doch.«

Der Händler – stämmig, kurz geschoren, Unterhemd, Jeans – fragt, ob die Reifen für den Renault da draußen seien. Vater bejaht.

Der Händler – gut rasiert, stark behaarte Handrücken – fragt: »Wieso habt ihr ein kroatisches Kennzeichen?«

Vater wählt mit einer Gegenfrage einen neuen Ansatz: »Wir wollen nach Oskoruša. Hier irgendwo kann man doch hoch, oder?«

»Zu wem wollt ihr denn?« Der Händler – Tattoo am linken Unterarm, Schwert und Schild – beugt sich über den Tresen. Mein Vater hat ein ähnliches: Schwert und Kranz.

»Zu Gavrilo Stanišić«, sage ich.

»Stanišić?« Auf dem rechten Unterarm ein dreiköpfiger Drache.

DIE SONNENSEITE SCHMECKT SÜSS, DIE DER SONNE ABGEWANDTE BITTER

»Gavrilo ist Familie. Ich bin ein Stanišić«, hat der Reifenhändler gesagt und den Preis für einen Vierer-Reifensatz genannt. »Spottbillig.« Lächeln, goldener Eckzahn. Vater konnte nicht nein sagen und hat die Reifen gekauft, und der Händler hat darauf bestanden, sie sofort auszutauschen. Er sagte, er werde das selbst in die Hand nehmen, und rief irgendwo an, dass jemand käme und die Reifen austauschte.

Eine junge Frau mit Overall und Kopfhörern erledigte das, nach zehn Minuten waren wir startklar. Der Händler verlangte aber noch, dass wir ihm zur Kreuzung nach Oskoruša folgten, er wollte sicherstellen, dass wir auf dem richtigen Weg waren. Er fuhr einen schwarzen BMW, er wartete im Wagen und sah uns hinterher, bis wir ins Gebirge abgebogen waren.

Oskoruša nähert man sich kurvenreich bergauf durch den Wald. Unbefestigte Zubringer führen zu Häusern und Höfen, mit Familiennamen statt Straßennamen. An lichten Stellen hat man freie Sicht in das Tal des Lim. Grün des Flusses, Braun der Felder, Rot der unverputzten Ziegelmauern. Einigermaßen fruchtbar, einigermaßen leer. Weiter oben erscheint jede Kurve enger und steiler als die vorige, dann ist der Asphalt zu Ende. Wir fahren rechts ran auf brandneuen, spottbilligen Reifen.

Wohin jetzt? Ich erkenne nichts wieder. Vaters letzter Besuch liegt fünfzig Jahre zurück. Gehölz, Farn, Gedöns. Der

Himmel verrät nichts, der Wald nichts. In den Senken riecht es kadaversüß.

Wir entscheiden: weiter bergauf. Es raschelt und summt. Laub, Spechtvögel, Insektenzwicken. Ein umgestürzter Zaun, als habe ihn etwas auf ganzer Länge aus der Erde gerupft. Irgendwo hier hat Gavrilo auf Großmutter und mich gewartet.

Ich will mir Großvater vorstellen als jungen Mann auf diesen Wegen. Im Sakko. Auf dem Esel. Es gelingt mir nicht, da ist nichts, da bin nur ich, der Fotos verwertet.

Die erste Kreuzung: Ein schmaler Waldweg führt bergab, helle Erde zwischen Büschen. Nein, weiter bergauf. »Bergauf kommt man oben an«, sagt Vater, die philosophische Erdkundekanone. Wir folgen ihm. Wenn keiner weiterweiß, hört man auf den, der als Erster etwas will.

Am höchsten Punkt kauert ein Häuschen. Aus der Tür tritt ein alter Mann, sieht uns, schlendert uns entgegen, bleibt auf halbem Weg zwischen Haus und Ankömmlingen stehen. Kappe, Wollpullunder, tief sitzende Hosen und in der Hand ein gigantisches Schinkenbrot.

Er ruft: »Wer irrt denn da durch meinen Wald?«

Mutter sagt leise: »Nennt mich Marija.« Ein serbischer Name ist ihrer Skepsis lieber als der eigene.

Wir stellen uns vor, Mutter lächelt, als sie »Marija« sagt, man sieht ihre Zähne.

Der Herr des Waldes setzt sich wieder in Bewegung. Seine Augen: dunkles Braun. Wie meine, denke ich sofort, weil ich das nicht denken will.

»Welche Stanišić-Rebe denn?« Ein Nicken für Bogosav, ein »Gut, gut« für Kristina. »Ihr wolltet also zum Friedhof.«

»Ja«, sage ich.

»Und was macht ihr dann hier?«

»Zu Gavrilo wollten wir auch.«

»Woher kennst du den?«

»Ich war schon mal hier.«

»Dafür kennst du dich ja gut aus. Gavrilo ist im Tal. Wir haben ein Häuschen da. Folgt nur dem dicksten Schnarchen, und ihr findet ihn. Lässt mich seine Schafe hüten.« Der Alte schüttelt den Kopf und grinst. »Ich bin Sretoje«, sagt er und nimmt das Schinkenbrot in die linke Hand, um uns per Handschlag zu begrüßen. »Gavrilo ist mein Bruder. Wobei manchmal – ich weiß nicht so recht …« Er schmunzelt, also schmunzeln auch wir, und während geschmunzelt wird, vermisst Sretoje Stanišić die Verwandtschaftslandschaft und orientiert sich:

»Kristina ist deine Mutter«, ruft er meinem Vater zu, und dass er jetzt erst recht neugierig auf uns sei – »auf seinen Besuch.« Er habe eigentlich zu den Schafen gewollt, lädt uns aber jetzt zu sich nach Hause ein. »Damit wir uns richtig kennenlernen. Zum Friedhof könnt ihr auch später, die bleiben noch ein bisschen da.«

Er sei neugierig, sagt er noch mal und fängt an zu erzählen. Als Erstes entschuldigt er sich für das Brot, er habe noch nicht gefrühstückt, und in dem Haus hier, da sei die Schule und ein Kühlschrank. Seiner funktioniere seit ein paar Wochen nicht mehr.

»Als ich zur Schule bin«, sagt Sretoje und beißt nicht von seinem Brot ab, »waren wir hier siebzig Kinder. Jetzt sind es drei. Ich hatte eine Lehrerin, die wurde nicht von allen gemocht, das kann man so sagen. Danica. Jung und klug. Nicht von allen Eltern gemocht, das meine ich. Was war das Problem? Sie war nicht von hier. War nicht von hier und hatte von da, wo sie hergekommen war, so eigene Ideen und all das mitgebracht.

Am lautesten beschwerte sich Ratko. Drei Söhne, einer toller als der nächste. Die Söhne hatte Danica im Griff, Ratko war dennoch unzufrieden. Woche um Woche kreuzte er bei ihr auf. Das gefällt ihm nicht, und das auch nicht. Hauswirtschaft! Wozu sollen die das lernen? Schlechte Note? Zu Hause konnte er das noch! Undsoweiter. Ja, und dann stürzt Ratko ziemlich übel vom Pferd, Brüche und alles. Am schlimmsten aber war, dass er sich derart in die Zunge gebissen hat, ob er noch mal essen würde können, ohne Strohhalm, das war schon die Frage gewesen.

Und Danica, die Lehrerin, die besuchte ihn nach der Familie als Erste im Krankenhaus. Mit Bananen! Das war schon ein Ding, das hat man sich lange erzählt, dass sie Bananen mitgebracht hatte. Und auch wie sie zu einem Doktor über Ratko gesagt hatte: ›Machen Sie ihn gesund, lassen Sie ihm bloß bitte die Zunge kaputt wie sie ist.‹

Ja, da hat er lachen müssen, Ratko. Konnte später sieben Buchstaben nicht mehr aussprechen, es waren aber nicht die ganz wichtigen, und er hat Danica das hoch angerechnet, dass sie gekommen war. Hast von ihm nie wieder ein schlechtes Wort über sie gehört. Danica ist leider später zurück in die Stadt, ja, was denkst du, und wir haben wieder einen Lehrer mit Stock und Disziplin gekriegt.«

Wir stehen noch immer unterhalb der Schule, und Sretoje sagt: »Was stehen wir hier rum. Gehen wir zu mir, lasst uns hinsetzen wie Menschen.« Er führt uns geradewegs durch den Wald. »Eure Leute haben mich ja auch immer gut empfangen.« Er sieht Mutter an. »Woher sind die Deinen, Marija?«

»Višegrad, immer Višegrad«, sagt Mutter und spricht weiter, muss ablenken, damit sie nicht noch nach dem Stammbaum befragt wird – am Waldrand ist ein Haus zu sehen, danach erkundigt sich Mutter, wer da lebt.

»Eine Katze. Der es gebaut hat, war ein Freiwilliger. Ist aus zwei Kriegen zurückgekommen, aus dem zweiten tödlich verwundet, aber er wollte unbedingt hier sterben. Seine Kinder sind hier gestorben. Seine Enkelkinder werden woanders sterben.«

Vor dem Haus bleibt Sretoje stehen, und ich denke: Jetzt, jetzt beißt er in das Brot, aber er beißt nicht in das Brot, sondern erhebt die Stimme, als wäre es wichtig, dass nicht nur wir hören, was er zu sagen hat: »Baut doch was auf, dort, wo euer Haus stand! Baut ein neues! Ist ja euers! Ist alles euers.« Und dann, zu mir: »Guck nicht so. Natürlich kam der nicht zum Sterben zurück! Er hat noch fünf Jahre oder wie lang alle genervt mit seinen Kriegsgeschichten.«

Im Hof vor Sretojes Haus blüht ein Speierling, wühlt eine Sau in einem Misthaufen, verwittert ein Tisch. Im Sommer übernachte er auch mal auf dem Tisch, erzählt er. Wegen des Rückens, wegen der Sterne.

Er führt uns seine Räucherbaracke vor, seinen schwarzen Hund und sein schwarzes Pferd. »Das halt ich zum Reiten, aber inzwischen auch zum Reden«, sagt Sretoje, und dass er seine Frau vermisse. »Auch die ist fast nur noch im Tal.« Dann lacht er und sagt: »Manchmal – ich vermisse meine Frau manchmal.«

Er bittet uns hinein. Nachdem wir die Schuhe ausgezogen haben, sagt er: »Marija, sei so gut und mach uns einen Kaffee.«

Mutter erstarrt.

Sretoje gibt ihr den Kaffeebehälter und setzt sich, bittet Vater und mich dazu, legt das Schinkenbrot auf den Tisch. Mutter sieht sich um. Will etwas fragen. Fragt nicht, sagt nichts, öffnet Schränke. Auch Vater und ich schweigen.

Draußen die grasbewachsenen Hügel und die Welt in alle Richtungen gekrümmt: hinab ins Tal, über Wiesen, Äcker, Weiler und nach oben, zum herrischen Gipfel des Vijarac. Oskoruša.

»Verdenkt es mir nicht, dass ich hier so … dass im Haus

so eine Unordnung ist. Ich bin allein und wusste nicht, dass ihr mich besuchen kommt«, sagt Sretoje, und Mutter hat das Kaffeekännchen gefunden und räuspert sich.

»Versteht mich nicht falsch. Ich will nicht angeben. Wir waren die Ersten im Dorf mit einem Gefrierfach«, sagt Sretoje, und Mutter macht sich am Herd zu schaffen.

»Dreizehn Kinder, sechs Erwachsene waren wir. Vor der Tür war alles voll mit Schuhen. Du bist gestolpert, wenn du reingekommen bist. Ohne gute Sohle kannst du hier nicht gut leben, das ist klar. Mutter hat geflickt und geflickt. Hast du trotzdem neue Schuhe gebraucht, hast du einen Brief geschickt, und ein paar Tage später brachte die Kommune dir neue Schuhe. Oder Mehl. Oder Medikamente. Das war noch unter Tito. Die Kommune hat sich gekümmert. Wehe dir aber, wenn die Kommune entschieden hat zu nehmen, statt zu geben. Dann ist nicht einer wie Väterchen Frost mit einem Sack voll Schuhe vor der Tür gestanden, sondern gleich drei, vier mit gezückten Ausweisen, die nicht Brot mit dir brechen wollten«, sagt Sretoje, und Mutter drückt an Knöpfen und prüft mit der Handfläche, ob die Platte bald mal wärmer wird.

»Wo ich sitze, da war der Platz von meinem Vater. Beim Frühstück und beim Abendbrot. Tagsüber gab es auf dem Feld was. Er hat nur hier gesessen, immer nur hier«, sagt Sretoje, und Mutter gießt Wasser in das Kännchen und stellt das Kännchen auf den Herd. Sie ist uns mit dem Rücken zugekehrt und legt das Gesicht kurz in die Hände.

»So. Und jetzt Schnaps«, sagt Sretoje. »Marija, schau bitte dort, dort im Regal ist die Flasche. Bring auch für dich ein Gläschen, die sind in der Vitrine.« Und während Mutter Schnaps eingießt, beißt Sretoje endlich in sein Brot. Er kaut, und hinter seinem Rücken kippt Mutter ihren Schnaps.

»Jedes von uns Kindern hatte einen Gott, einen Vater und

einen Teppich«, sagt Sretoje. »Den hier hat meine Mutter gewebt und gefärbt. Auf ihre Seele!« Er hebt sein Glas.

Mutter zögert, ihres ist leer, sie hält es mit den Fingern verdeckt und setzt es noch mal an die Lippen. Wir trinken – Sretoje trinkt nicht. Er lässt einen Tropfen in seine Hand fallen, verreibt ihn und riecht an der Stelle.

»Damit ihr es richtig versteht«, sagt er und holt aus der Westentasche eine Blisterpackung: »Das, das ist der Rücken. Seit sechs Monaten darf ich nichts Schweres heben. Kann es auch nicht. Ich! Ich kann mit euch nicht trinken, und das tut mir ehrlich leid. Verdenkt es mir nicht«, sagt Sretoje, und Mutter stellt sich wieder an den Herd. Das Wasser dampft noch nicht einmal.

»Ich war auf dreihundertvierundsiebzig Hochzeiten«, sagt Sretoje, und Mutter wartet, dass der Kaffee kocht.

»Es gab hier gute und schlechte Zeiten. Richtig schlechte Zeiten gab es aber nie, und das ist das Wichtigste, oder? Ich war höchstens im Winter mal ein paar Wochen im Tal, sonst immer hier. Früher haben wir unsere Äcker zehn Tage lang gepflügt. Zehn Tage! Heute ist mir ein Kartoffelacker und das bisschen Klee geblieben«, sagt Sretoje, und Mutter wartet, dass das Wasser kocht.

»In all der Zeit aber, in all den Jahren und Jahrzehnten hab ich mir nie vorstellen können, dass ich hier irgendwann so viel allein sein werde«, sagt Sretoje, und Mutter wartet.

»Ich könnte weg. Könnte alles zurücklassen. Aber irgendwie. Das Leben hat uns das hier doch vermacht. Ich hab's von meinem Vater, er von seinem. Das ist keine Zauberei. Was du erbst von deinen Vätern – erwirb es, um es zu besitzen! Sagt man so. Ich sag das nicht. Ich sag zu meinen Kindern«, sagt Sretoje, und Mutter wartet, dass das Wasser kocht: »Nutzt es oder nutzt es nicht. Geht es euch woanders besser und ihr braucht das hier nicht – gut. Macht aber einen Zaun drum. Das

Vieh vom Nachbarn soll nicht auf dein Land. Alles, was recht ist!«, sagt Sretoje, und das Wasser kocht noch immer nicht.

»Damit wir uns nicht falsch verstehen«, sagt Sretoje. »Ich bin nicht hier, weil ich irgendwas muss. Ich bin hier, weil ohne mich alles, was uns gehört, zugrunde gehen würde. Da geh ich lieber mit, ehrlich.« Er benetzt wieder die Handflächen mit dem Schnaps und riecht daran.

Das Wasser kocht nicht. Mutter ballt die Fäuste. Mutter ist wütend, dass sie auf dieses Wasser in dieser Welt warten muss. Seit zehn Minuten steht sie an dem uralten Herd. Sie ist wütend, sorgt sich aber auch bestimmt, dass der Kaffee nicht gelingt. Und sie ist sauer auf uns, die wir ihr diese Wut und Sorge zumuten. Zu recht.

Sretoje beißt in sein Brot. Hinter ihm hängt ein uraltes, riesiges Telefon an der Wand.

»Geht das?«, frage ich.

Sretoje hebt den Hörer ab, lauscht, legt wieder auf und sagt: »Nein.«

Mutter öffnet Klappen am Ofen und macht sie wieder zu. Gießt etwas Wasser ab. Über dem Herd baumelt ein Weihrauchfass. Die Abdeckplatte vom Kühlschrank hat sich gelöst, hängt schräg, eine Packung Salz, knapp vorm Abrutschen, steht darauf. Auf der Tür ein Magnet mit dem Kopf von Irinej I., dem Erzbischof von Peć, Bart und der lustige Hut und alles. Sretoje schenkt uns wieder ein. In der Schnapsflasche, ich sehe es erst jetzt, steckt ein hölzernes Kreuz.

»Der Pope«, sagt Sretoje, »hat meinen Brennkessel alljährlich gesegnet. Dann kam er mal nicht, und man schmeckte keinen Unterschied, also hab ich ihn nicht wieder bestellt.«

Mutter geht vor dem Herd auf und ab.

»Ich hab Maler gelernt in Čajniče«, sagt Sretoje. »In den Siebzigern war Čajniče ein Luftkurort. Hotel Orient. Kamst ohne Krawatte nicht rein. Heute ist Čajniče ein Loch. Der

Krieg hat es erledigt. Neunundvierzig Prozent Muslime waren da früher, heute wären es hundert Prozent, wenn es Kornjača und seine Truppe nicht gegeben hätte, das sag ich euch ganz ehrlich. Am besten aber, den Krieg hätte es gar nicht gegeben. Ich war Soldat, das will ich nicht verschweigen. Privat hab ich nie nach Religionen getrennt, nie! Ich bin, was ich bin«, sagt Sretoje und Mutter tritt gegen den Ofen. Vater und ich blicken auf, Sretoje beißt in sein Brot und erzählt weiter.

»Das Ersparte war weg, als es losging mit der Scheiße«, sagt er. »Verbrecher, ganz ehrlich. Auf einen guten Menschen kommen hierzulande drei Verbrecher. Hungern musste ich niemals und musste niemals nackt sein. Das gibt es aber heute, das gibt es«, sagt Sretoje und benetzt die Handflächen mit Schnaps. »Ich garantiere euch, es wird eine Zeit kommen«, sagt er, und Mutter geht raus.

Nach vielleicht dreißig Sekunden ist sie wieder zurück. Sie hat einen Stock dabei, armlang, recht dick. Sie stellt sich mit dem Stock vor das Kännchen und holt mit beiden Händen aus wie mit einem Baseballschläger.

An der Tür zum oberen Stock, ein Heiligenbild: goldgerahmter Georg. Der Drache schnappt nach der Pferdeflanke. Das Pferd scheut. Die Heiligenaugen aufgerissen, die Lanze zeigt zur Seite. Mutter fährt sich mit dem Ärmel über den Mund.

»Dir glaub ich am ehesten«, sagt Sretoje zu mir, »wenn du mir jetzt was dazu verrätst: Gebrauchtwagen. Wenn man den kauft dort, wo du bist, und hierher überführt, plus Zoll undsoweiter, sagen wir: drei Jahre alt?«

Ich kenne mich mit den Lebensumständen des Bibers besser aus als mit Gebrauchtwagen. Ich sehe zu Vater, er fixiert aber Mutter und hört nicht zu, also murmele ich ein paar beliebige Zahlen. Sretoje nickt alles ab, spricht jetzt von seinem Traktor, ich kann nicht folgen, gleich knallt es –

Mutter legt den Stock weg. Sie sieht sich um. Ihre Wangen sind gerötet. Sie schraubt den Kaffeebehälter auf und gibt den Kaffee in das kochende Wasser.

»Mein Urgroßvater, Milorad«, sagt Sretoje, »wurde hundertdreiundachtzig Jahre alt. Bis zu seinem hundertsten Geburtstag mussten alle auf ihn hören, die ganze Familie, also das halbe Dorf. Die letzten dreiundachtzig Jahre hat er dann nur noch nachgedacht. Als sein jüngster Sohn, mein Großvater, an den Feuerfelsen einen Gendarmen getötet hatte und abgehauen war, ging mein Urgroßvater auf die Suche und hat ihn auch gefunden. Sie haben geredet. Dann hat sich mein Großvater gestellt.«

»Warum hat er den Gendarm getötet?«, fragt Mutter.

»Warum man halt tötet«, sagt Sretoje. »Er wurde nach ein paar Jahren wieder entlassen und hat niemanden mehr getötet, soweit ich weiß.« Sretoje erhebt sich.

»Kristina Stanišić ist eine gute Person. Hat sich um die Grabstätte unserer Rebe gekümmert. Sie hat ihres getan. Mehr als sie hätte tun müssen. Wie geht es ihr, sagt? Ist sie viel allein? Ja, das ist an euch, dass sie nicht viel allein ist, an euch ist das. Wenn ich von Kristina erzähle, muss ich aufstehen. Kannst du nicht sitzen bleiben bei solch einer Frau.«

Mutter bringt den Kaffee. Schenkt ihn uns ein. Wir trinken starken schwarzen Kaffee.

Vater fragt Sretoje nach den Feuerfelsen.

»Was wollt ihr da?« Er hustet.

Vater erzählt von dem Schlangennest. Was er oder wir dort wollen, kommt nicht ganz raus. Bevor ich mir etwas ausdenken kann, sagt Sretoje, da hinaufzugehen sei nicht ratsam. Die Wege brechen einem Herz und Bein, weil sich keiner kümmert. Und das Wetter – das Wetter werde am Nachmittag wechseln, die Sonne jetzt sei bloß Augenschein. »Und jetzt muss ich nach den Schafen sehen, nicht dass die mir in den

Klee kommen.« Sretoje verlässt den Raum ohne den Kaffee ausgetrunken zu haben.

Mutter setzt sich. Nimmt einen Schluck.

»Hast du das alte Telefon gesehen?«, sage ich zu ihr, damit wir nicht schweigen. Da schlägt draußen der Hund an. Er bellt und bellt. Es ist das einzige Geräusch. Sretoje kehrt nicht zurück, und der Hund hört nicht auf. Wir gehen hinaus, Mutter voran.

Der Hund fletscht die Zähne und bellt durch den Zaun. Da ist aber nichts. Die Luft wie Rosmarin. Der Tisch mit Moos. Sretoje redet auf den Hund ein. Mutter kniet sich neben Sretoje ins Gras. Der Hund außer sich, Geifer trieft von den Lefzen. Mutter streckt die Hand durch den Zaun. Der Hund schnappt in die Luft, jault auf, schüttelt sich, verstummt. Schnüffelt an Mutters Handflache. Mutter, als würde sie ihm etwas zuflüstern. Der Hund gähnt.

»Ihr müsst dann wohl«, sagt Sretoje. Er lässt Mutter nicht aus den Augen. »Und wenn ihr wirklich zu den Feuerfelsen wollt«, sagt er, »dann ja nicht zu spät!«

Als wir außer Sichtweite sind, bleibt Mutter stehen. Vor uns liegt der Wald. Der Pfad steigt leicht an und verschwindet im Dickicht. Vijarac über uns.

Mutter sagt: »Ich will da nicht hoch.«

»Es ist bestimmt nicht weit«, sage ich.

»Was? Was ist nicht weit?«

Ich habe keine Antwort für uns.

»Was wollt ihr da, was suchen wir überhaupt hier?«

»Nichts Bestimmtes«, sage ich. Keine Schlangen, die zu Wörtern werden und umgekehrt, denke ich. Und ich denke: Ich weiß doch auch, wie man Kaffee kocht. Und ich denke: Etwas fehlt. Jemand.

»So, wir gehen jetzt noch zum Friedhof«, sagt Mutter, »dann fahren wir nach Hause. Da hinten braut sich wirklich was zusammen. Ich will hier nicht auch noch im Regen stehen.«

Ich füge mich sofort. Mutter wirkt nicht mehr ängstlich, sondern mit gutem Recht nur noch genervt. Das hier hätte auch einfach ein Familienausflug in die Natur werden können, wir haben seit Ewigkeiten nichts Schönes mehr nur zu dritt unternommen. Vater geht ein paar Schritte Richtung Wald, kehrt aber auch um.

Ja, zum Friedhof, um wenigstens einen Kreis zu schließen. Das Gras wurde kürzlich gemäht, auf einem Stanišić liegen frische Blumen. Wir rupfen das Unkraut, zünden Kerzen an. Am Speierling kelchen erste weiße Blüten. Ein Satz ist mir seit der Recherche geblieben (das erinnerte Wort), ich muss ihn laut aussprechen: »Der Blütenstand steht in endständigen Schirmrispen an jungen Kurztrieben.« Vater fragt, was das heißt, ich kann es nur ungefähr übersetzen.

Ich habe Hunger und die Blüten riechen okay.

Ich sehe zum verfallenen Haus meiner Urgroßeltern, und ich verstehe so vieles nicht. Nicht, wie das Knie funktioniert. Ernsthaft religiöse Menschen so wenig wie Menschen, die Geld und Hoffnung in Magie, Wettbüros, Globuli oder Hellseherei (außer Nena Mejrema) setzen. Ich verstehe das Beharren auf dem Prinzip der Nation nicht und Menschen, die süßes Popcorn mögen. Ich verstehe nicht, dass Herkunft Eigenschaften mit sich bringen soll, und verstehe nicht, dass manche bereit sind, in ihrem Namen in Schlachten zu ziehen. Ich verstehe Menschen nicht, die glauben, sie könnten an zwei Orten gleichzeitig sein (falls das aber wirklich jemand kann, möchte ich es gern lernen). Ich wäre am liebsten in zwei Zeiten zugleich. Meinen Sohn frage ich gern nach seinen liebsten Dingen. »Lila ist meine Lieblingsfarbe«, sagte er neulich. »Und deine auch.« Das verstehe ich.

Ich stehe unter dem Baum der Erkenntnis, und der Baum

wurzelt im Grab meiner Urgroßeltern, und im Geäst zischen keine Schlange und kein Symbol mehr. Er trägt einfach nur Blüten.

Im Regen kommen wir am Abend nach Višegrad zurück. Wir kaufen Bier und einen Laib helles, warmes Brot. Großmutter sitzt auf dem Sofa, als wir eintreten. Ich will etwas Heiteres sagen, mir fällt nichts Heiteres ein. Ich umarme sie, frage, ob sie genug getrunken habe.

»Ihr habt meinen Pero nicht gefunden«, sagt sie heiser.

»Nein«, sage ich.

»Ihr habt nicht gut genug gesucht.«

Mutter putzt ihr die Zähne, und wir bringen sie ins Bett. Sitzen bei ihr und trinken Bier.

Vater fragt, ob ich froh sei, noch mal nach Oskoruša gefahren zu sein.

»Bist du es?«

Er zuckt mit den Schultern.

Mutter sagt: »Ich bin froh. Die Landschaft ist herrlich.«

»Merkwürdiger Typ, Sretoje«, sage ich.

»Überhaupt nicht merkwürdig«, sagt sie.

Großmutter hat die Augen geschlossen. Ich lege meine Hand an ihre Wange. Wir haben nicht gut genug gesucht.

ALLE TAGE

Großmutter fragt nie, wie es mir geht. Das fand ich schon immer gut. Sie sagt es: »Du bist hungrig«, sagt sie. »Du bist müde«.

Ich reise heute wieder ab. Großmutter sagt: »Du bist unzufrieden.«

Das kam überraschend, denn es stimmte nicht. Ich war hungrig gewesen, als sie mich hungrig gesehen hatte, und mir war kalt, wenn sie mir einen Pullover brachte. Unzufrieden bin ich heute nicht. Angespannt vielleicht. Traurig. Ich sitze ihr gegenüber, wieder ein Abschied. Sie greift nach dem Löffel, um in ihrem Kaffee zu rühren, dabei gibt es keinen Löffel. Ihre Bewegungen sind ungestüm und verlangsamt wie bei einem Kind, das lernt.

Ich bin nicht unzufrieden.

Sie trinkt ihren Kaffee auf dem Sofa mit der rosafarbenen Decke. Die Decke ist nicht schön, die Decke ist alt. Die Hände in ihrem Schoß sind alt. Ich bin nicht unzufrieden.

Dass sie so wenig trinkt, gefällt mir nicht. Ich biete ihr ständig Wasser an. Manchmal vergesse ich, dass sie schon ein Glas hat, und bringe ihr ein zweites. Du bist durstig, Oma, du bist müde.

Dass die Nachbarin, wenn sie fortgeht, Großmutter einsperrt, stört mich. Ich halte es aber auch für richtig, solange sich keine andere Lösung findet. Dass wir als Familie immer noch keine Lösung haben, nervt mich. Das Kinn auf ihrer Brust.

Großmutter hebt den Kopf. »Sei nicht unzufrieden! Es wird sich alles fügen, hier und da.« Bei »hier« legt sie die Hand flach auf ihre Brust. Bei »da« tippt sie mir mit dem Zeigefinger auf die Stirn.

Es stört mich, dass sie das nicht sagt. Es stört mich, dass ich mir das für sie ausdenke. In Wirklichkeit sitzt sie weiter reglos da, als habe der eine Schluck Kaffee sie Kraft gekostet.

Ich bin nicht unzufrieden. Es muss sich nichts fügen für mich. Ich darf Großmutter nicht jünger und nicht gesünder machen. Es gibt keine Gegenerzählung zu ihrem Kinn auf der Brust.

Sie trinkt etwas Wasser. »Wollen wir spazieren gehen?«

»Ich muss los«, sage ich.

»Quatsch, niemand muss heute irgendwohin.«

»Welcher Tag ist heute?«

Großmutter sagt: »Alle Tage.«

MAN MUSS SICH HÜTEN VOR DEM, DER WILL, DASS DU DICH ERINNERST

Onkel schickt ein Foto in den Familienchat: Großmutter kauert, Kinn auf der Brust, auf einem Bett. Die Wand hinter ihr ist türkis. Die Bettwäsche ein Püree von gelb und grün. Der gebrochene Arm von der Farbe reifer Pflaumen. Großmutter auf einem fremden Bett.

Onkel schreibt: *Es geht ihr nicht gut.*

Es geht ihr nicht gut.

Das ist nicht ihre Bettwäsche.

Weiß sie, wo sie ist?, schreibe ich.

Onkel antwortet nicht.

Heute ist der 23. Juni 2018. Onkel hat Großmutter ins Altenheim von Rogatica gebracht. Vor ein paar Tagen war sie zu Hause auf den Ofen geklettert, sie wollte die Gardinen zum Waschen abnehmen und stürzte. Rada fand sie jammernd auf dem Boden und brachte sie ins Krankenhaus. Der Arm wurde in Gips gelegt. Wieder daheim, zerfledderte Großmutter den Gips mit dem Küchenmesser.

Rogatica ist eine kleine Stadt, umgeben von Bergen. Das Bergpanorama ist schön. Wer bestimmt, was schön ist? Großmutter kann aus ihrem Fenster das Krankenhaus sehen. Rogatica ist noch trister als Višegrad. Wer bestimmt, was trist ist? In den Kriegsjahren wurde am Stadtrand ein Bauernhof zum Konzentrationslager für die nicht-serbische Bevölkerung. Am 15. August 1992 brachte die Einheit von Dragoje Paunović Špiro siebenundzwanzig Insassen als menschliche Schutzschilde an die Front. Sie überlebten die Schlacht und wurden anschließend von Špiros Männern erschossen. Armin Baždar war fünfzehn Jahre alt und überlebte mit zwei Kugeln im Arm.

Am 12. Juli 2018 besuche ich Großmutter zum ersten Mal. Sie liegt in ihrem Zimmer, liegt auf der Seite, die Beine angewinkelt, Pantoffeln an den Füßen. Ihre Hand ragt über die Bettkante, die Brille hängt locker zwischen den Fingern. Ich nehme sie an mich, damit sie nicht zu Boden fällt. Großmutter regt sich nicht.

Auf dem anderen Bett isst eine sehr kleine, sehr alte Frau, ganz in Schwarz, eine Birne. Zwischen ihren Knien wartet ein zerschlissener Koffer. Es ist heiß. Die Luft im Zimmer schmeckt nach Plastik und Birne. Ich will das Fenster öffnen, aber der Griff fehlt. Ich frage eine Pflegerin, warum. Ich weiß es ja schon. Ich will, dass sie es sagt. Der Griff fehlt, damit die Frauen das Fenster nicht öffnen und springen. Sie sagt nicht *springen*, sie sagt *rausfallen*. Sie bringt mir den Griff, ich öffne das Fenster und bleibe davor stehen.

Großmutter liegt unverändert da.

Ihre Zimmergenossin schleppt sich mit dem Koffer und der halben Birne hinaus. Eine Pflegerin bringt sie zurück, ohne die Birne. Die Alte beschimpft sie träge. Großmutter regt sich nicht. Die Pflegerin gießt O-Saft in zwei Plastikbecher. Die Alte trinkt aus und setzt sich auf das Bett, den Koffer zwischen den Knien. Ich nehme den Becher für meine Großmutter entgegen. Die Pflegerin sagt, dass sie Ana heißt. Ich kann nicht mal so tun, als würde mich ihr Name interessieren. Sie verschwindet wieder.

Eine Fliege zieht Schleifen um Großmutters Kopf, als flüstere sie ihr etwas ein. In Großmutters Ohrläppchen ein Ohrstecker, ein einfaches rundes Ding. Härchen im Ohr, Härchen an der Oberlippe. Muttermale, Altersflecken, ich halte es nicht aus. Ich fasse sie an der Schulter, rufe nach ihr. »Oma?« Sie schlägt die Augen auf, die Augen sind trüb.

In Deutschland verbringen viele ältere Menschen an solchen Orten ihren Lebensabend – sagt man das so, *Lebensabend*? Man bespricht sich früh mit der Familie, verabredet mit Freunden, zusammen untergebracht zu werden, wenn es nicht mehr gut weitergeht allein. Wer liefert das Essen? Wie ist der Blick? Ist *Siedler von Catan* im Angebot? Solche Fragen.

In Bosnien existieren nur wenige Senioreneinrichtungen. Großmutter wäre eher jeden Tag vom Ofen gestürzt, als freiwillig in ein Heim zu gehen. Die Familie, sofern intakt, pflegt die Ältesten zu Hause.

»Oma?« Ich reiche ihr die Brille, sie setzt sie auf, ihr Blick tastet mein Gesicht ab: ernst, fast zornig.

Ich habe nachgelesen. Man sollte dementen Menschen nicht zu viele Fragen stellen. Ich frage also nicht, ob sie weiß, wer ich bin. Sie lächelt nicht, und auch das muss reichen.

Sie will aufstehen, ich fasse sie am Ellenbogen, sie verzieht das Gesicht. Es ist der gebrochene Arm, ich entschuldige mich. Sie erhebt sich. Macht kleine Schritte. Bleibt am Kleiderschrank stehen, lehnt sich an. Die kleinen Schritte. Ich habe Großmutter noch nie so schwach erlebt.

»Wir kommen zu spät.«

Keine Fragen.

»Ich habe den ganzen Tag gewartet.«

»Es tut mir leid.«

»Die Trauerfeier hat längst begonnen. Ich wollte sie doch noch mal sehen, jetzt ist sie bestimmt schon unter der Erde.«

»Wer ist gestorben?« Jetzt frage ich doch.

»Ja, diese … Frau! Wo ist meine Bürste? Schau, wie ich aussehe.« Sie reißt sich am Haar, es ist dünn, die bleiche Kopfhaut schimmert durch. Sie öffnet den Schrank, da liegt die Bürste.

Ich weiß von keiner Beerdigung. Ich weiß nicht einmal, in welchem Jahr sich Großmutter gerade befindet. Ich weiß nicht, was sie glaubt, wo diese Wände sind, die sie umgeben, was ihr Türkis bedeutet. Onkel hat ihr erzählt, sie müsse eine Zeitlang in die Reha wegen des Arms. In ein Hotel. Womöglich hat sie die Lüge längst durchschaut.

Sie bürstet sich grob das Haar. »Wie spät ist es? Vielleicht schaffen wir es zum Trauerbrot.«

Auf der Terrasse sitzen die Alten in der Sonne. Einer im Rollstuhl hat keine Beine. Einer wiegt sich in einem Schaukelstuhl, mag aber das Wackeln gar nicht und nörgelt. Eine kahle und zahnlose Dame sagt, ihr Tee schmecke wie Orangensaft.

Ich helfe Großmutter in einen Sessel.

»Was soll das? Warum gehen wir nicht weiter? «

»Oma, ich habe vergessen, wo die Beerdigung stattfindet.«

»Na, dort.«

»Wo?«

»Ich kann so nicht hin. Ich brauch meine Uhr. Ich brauch meine Schuhe.« Sie streift die Pantoffeln ab.

»Oma, bitte, wer wird denn beerdigt?«

»Diese Frau, die beerdigt wird.«

Vielleicht meint sie sich selbst.

Sie stößt mich an, will weiter. Ich ziehe ihr die Pantoffeln wieder an. Sie sucht den Ausgang. Man sieht ihn hinter einer wuchernden Rosenhecke nicht. Ich lenke sie tiefer in den Garten. Das Altenheim ist ein höfliches Gebäude. Die Fassade ist türkis, die Stühle, die Blumen. Der hier das Sagen hat, mag türkis.

Im Garten mäht einer ohne T-Shirt unter dem Overall das Gras. Das Fenster vom Gemeinschaftsraum steht offen, der Fernseher ist so laut, dass man die schlimme Folkmusik noch über den Rasenmäher hinweg hört. Ein alter Mann überholt uns und furzt irre laut.

Die Hölle, denke ich. Das ist die Hölle.

Großmutter schwankt, muss sich setzen. Der Rasenmäher ist verstummt und jemand hat den Fernseher ausgeschaltet. Nur noch die Grillen sind zu hören, als Großmutter sagt: »Ich wollte so gern mit der Familie sprechen, man sieht sich so selten.« Sie klingt unendlich traurig.

Die Sonne brennt.

Es gibt keine Beerdigung, zu der Großmutter könnte. Es gibt wahrscheinlich überhaupt keinen Ort, wo sie jetzt hinkönnte und sicher wäre, dauerhaft glücklich und ohne diesen müden Blick.

Ich nehme ihren Kopf zwischen die Hände: »Oma, du wirst nicht glauben, was passiert ist!« Ich sehe ihr in die Augen. »Man wollte heute Morgen den Sarg mit der Frau aus der Kapelle holen, da sagt einer der Träger: ›Hört ihr das? Da klopft doch jemand!‹ Deckel auf, da liegt sie quicklebendig! Und ziemlich sauer. ›Sag mal, was macht ihr denn mit mir?‹«

Großmutter wiederholt: »Was macht ihr denn mit mir?«

»Sie ist auferstanden, die Frau! Also: aufgestanden! War gar nicht tot! Die hätten sie beinah lebendig begraben!«

Ich bin mir hundertprozentig sicher, dass es nicht richtig ist, was ich gerade tue, Großmutter aber lächelt.

»Völlig verrückt!«, rufe ich.

»Gar nicht tot«, flüstert Großmutter.

»Niemand hatte es gemerkt.«

»Oder wollte es merken …« Großmutter hebt mahnend den Zeigefinger.

»Der Doktor hat auch nichts gesagt.«

»Das wundert mich am wenigsten.«

»Ja«, sage ich.

»Verrückt«, sagt Großmutter. »Sag mal, was reden wir hier so ohne Kaffee? Ja, hol uns doch endlich welchen!«

Gleich nebenan ist ein kleines Café, man bestellt aus dem

Garten über den Zaun. Als ich mit dem Kaffee zurück bin, grüßt Großmutter und sagt einen Namen, und es ist mein Name. Sie freut sich, dass ich da bin. Ich freue mich, dass ich da bin. Meine Großmutter und ich trinken Kaffee in der Sonne.

»Verrückt«, sagt sie leise. Und dann: »Ich möcht so nicht sterben.«

»Wie, Oma?«

»Nur so ein wenig.«

EPILOG

Zurück in Višegrad am Abend. Ohne Großmutter kenne ich die Wohnung nicht. Ich sitze auf ihrem Sofa. Darauf die Decke, rosa und sauber und alt. Ich trinke Wasser aus dem Glas mit dem Sprung. Überall Fotos: Großvater Peros Gesicht, Vaters Gesicht, Onkels Gesicht, Mutters Gesicht, mein Gesicht und auch das meines Sohnes. Ich weiß nicht mehr, was ich hier soll. Ich lege mich um acht hin und warte auf den Schlaf.

Am Morgen fahre ich wieder nach Rogatica. Großmutter isst gut, trinkt Tee, spricht von ihrer Familie, vor allem von Zagorka. Sie sorgt sich ein wenig um ihr Schwesterchen, das in der Dämmerung mit der Ziege losgezogen und bis zum Abendbrot nicht zurückgekommen ist. Als die Sorge schmerzhaft wird und Großmutter laut, lasse ich mir etwas für Zagorka einfallen.

Ich habe ein Fotoalbum mitgebracht. Wir blättern durch Großmutters Biografie. Auf dem ältesten Foto sitzt eine junge Frau mit Freundinnen auf dem Gras beim Picknick. Auf dem jüngsten sitzt eine alte Frau auf ihrem Sofa bei sich. Ich weiß nicht, was meine Großmutter im Leben gestört hat. Was sie gern anders gehabt hätte. Jetzt ist alles jeden Tag anders.

Ein Foto betrachtet sie lange. Da ist sie selbst, da ist ihr Mann, und zwischen ihnen ich. Wir sind in ihrer Wohnung. Die Stickbilder über uns wie Ikonen. Großvater im guten Sakko. Ich trage einen Pullunder, den vermutlich Großmutter gestrickt hat. Sie wischt mit dem Daumen zärtlich über das Gesicht ihres Mannes.

»Erinnerst du dich auch an den hier?« Ich deute auf mich.

»Ein kleiner Junge«, sagt Großmutter.

Als ich zum ersten Mal auf dem Friedhof von Oskoruša stand, nahm ich an, dass Großmutter und Gavrilo mir den Ort hatten zeigen wollen, um mich für dessen Geschichten zu begeistern, für meine Vorfahren, für meine Herkunft. Ich sollte Wasser aus Urgroßvaters Brunnen trinken und fühlte mich zu einem Bekenntnis gedrängt.

Ich hatte mich geirrt. Nichts war von mir erwartet worden. Die beiden wollten sich einander mitteilen. Aus eigenem Antrieb und eigener Lust an der Last von Verwandtschaft und Zugehörigkeit. Auch Stolz war darin auf alles Geschaffene und Geerbte, egal, ob es vor ihren Augen verging. Nichts davon war meins und sollte es auch nicht werden. Ich war bloß zufälliger Zeuge ihrer gemeinsamen Inventur, einmal irgendwo nicht zu spät gewesen in Familienangelegenheiten.

Sie machten weiter. Sie waren nicht allein, wussten aber, dass sie es bald sein würden. Außer der Tod hätte noch eine soziale Überraschung parat.

Ackerfurchen. Zäune. Das Kreuz in der Schnapsflasche. Polenta für die Schwiegereltern. Vijarac. Gavrilo und Großmutter – jetzt auch Sretoje – erzählten von all dem, auch um zu gedenken. Sie legten für ihre Toten eine gute Geschichte ein. Der Geschmack des Brunnenwassers ist aus Sprache gemacht. Die Sprache wird weiterfließen. Einer überleben, um zu erzählen. Um zu sagen: Mein Leben ist unbegreiflich.

Gavrilo hat kaputte Knie. Sretoje den kaputten Rücken. Das kommt vom Klettern auf die Jahrzehnte, vom Aushöhlen und Wegtragen der Berge, das sind so Handgriffe, die kannst du ein Leben lang richtig machen, schön aus der Hocke, aber irgendwann nimmst du trotzdem Schmerztabletten.

Am dritten Tag in Rogatica steht wieder ein Abschied von Großmutter an. Ich fliege nach Deutschland in ein paar Stunden. Wir sehen uns das Fotoalbum an. Legen Dominos. Und noch mal das Fotoalbum. Essen Reis mit etwas. Als Großmutter zum dritten Mal das Fotoalbum aufschlägt, umarme ich sie und stehe auf. Um uns schwirren die anderen Alten. Sie blättert in ihrer Vergangenheit. Zeigt auf ein Foto und fragt: »Bin das ich?«

Ich lasse sie allein mit der Frage. Wir erzählen bald weiter, Oma.

Im Wartebereich des Flughafens klettert ein Mädchen neben einen alten Mann, er liest ihm vor. Ich kann der Geschichte erst nicht folgen, dann aber doch, und am Ende ist alles gut, und ich hätte gern ein anderes Ende. Das Reisen, das viele Licht, die Ansagen. Die Jahreszeitlosigkeit der Flughafen-Wartebereiche.

Ich steige nicht in den Flieger. Ich mache einen Riesenaufstand wegen meines Koffers, der bereits verladen war. Ich miete ein Auto, muss Stunden warten, bis eines frei ist. Am Abend erst kann ich los. Ich fahre zurück nach Rogatica.

Eine Stunde vor Mitternacht bin ich da. Im Lichtschein einer Sturmlampe beschneidet ein Mann die Rosenhecke vor dem Altenheim. Ich parke den Wagen gegenüber der Pforte. Von hier sieht es aus, als wüchsen dem Gärtner Zweige aus dem Rücken. Als sei er Teil der Hecke. Die Schere ist groß, es kostet ihn Kraft, sie zu bedienen.

Ich trete durch die Pforte in den Garten. Die Hecke überwuchert den Weg. Der Gärtner mustert mich aus einem Auge – eine Augenklappe verdeckt das andere. Er ist groß und buckelig. Leuchtet mir mit der Lampe. Ich winde mich durch die Hecke, die Dornen greifen in den Stoff meiner Jacke. Etwas, ein Tier, entkommt dem Lichtkegel, der Buckelige flucht. Dann bin ich auf der anderen Seite.

Ich sage: »Danke für das Licht.«

Er kennt mich wohl, denn er fragt, ob ich etwas vergessen hätte. Um seinen kahlen Schädel ein Kranz aus Zweigen. Die Stimme rau, ich suche nach einem Bild – da knipst er eine Dornenranke neben meinem Ohr ab. Ich ducke mich unter den Klingen, eile zum Haus.

»Ja«, rufe ich, »ich hab vergessen, meiner Großmutter eine gute Nacht zu wünschen.«

DER DRACHENHORT

WARNUNG!

Lies das Folgende nicht der Reihe nach! Du entscheidest, wie die Geschichte weitergehen soll, du erschaffst dein eigenes Abenteuer.

Du bist Sohn eines Betriebswirts und einer Politologin mit Schwerpunkt Marxismus. Enkel einer Mafia-Patin und eines zu früh verstorbenen – ja, was denn eigentlich? Urenkel von Bauern und von einer Sängerin und einem Flößer. Du bist ich.

Du bist in das Altenheim zurückgekehrt, um deiner Großmutter gute Nacht zu wünschen. Vielleicht aber bist du zurückgekehrt, damit Großmutter gar nicht erst schläft.

Die Slawen lieben die Gefahren. Zahlreiche lauern! Deine Entscheidungen können dich ins Gelingen führen, was auch immer Gelingen sei. Oder ins Verderben.

Viel Glück.

DU BETRITTST DAS ALTENHEIM, die Neonbeleuchtung blinzelt dich an. An den Wänden im Flur: Bilder. Die Bewohner haben gemalt. Bleistift, Wasserfarben.

Ein Haus mit Garten.

Eine Kleewiese vor Bergkulisse.

Einen Mercedes-Benz.

Ein faltiges Gesicht.

Vorsichtig öffnest du die Tür zum Zimmer deiner Großmutter. Sie sitzt auf dem Bett, das Licht aus dem Gang zeichnet ihre Silhouette.

»Bist du das, Pero?«, sagt sie, ohne sich umzusehen.

Lügst du? Sagst du: »Ja, ich bin es.« Dann lies weiter auf Seite 342

Sagst du die Wahrheit – »Ich bin es, Oma. Saša« – lies weiter auf Seite 295

DU IGNORIEST ALLES, was du über den Gesang der Sirenen weißt, übergehst Erfahrungen aus dem Rollenspiel mit Waldgeschöpfen, die Wanderer in Fallen locken, nein, du lässt dich nicht beirren, und sobald du ein paar Schritte in Richtung des Wassers getan hast, umschwirrt dich ein Dutzend blattgekleideter Schönheiten, und wenn eine dich, wie zufällig, berührt, schmeckst du Honig oder Erdbeere oder Steak auf der Zunge, je nachdem, was du am liebsten isst. Dein Durst wird größer und größer – du rennst los zur Quelle, während die Waldfrauen dich singend necken:

Hätt ein Mann eine Ahnung,
was das heißt, so bäuchlings trinken,
niemals tränk er bäuchlings Wasser

Deine Kehle: Staub. Du musst trinken. Eine der Vilen schöpft etwas Wasser und hält es dir in der Kuhle ihrer Hand hin.

Du nimmst ihr Angebot an und trinkst. Lies weiter auf Seite 343

Du trinkst direkt aus der Quelle, bäuchlings auf der Wiese.
Lies weiter auf Seite 340

GROSSMUTTER SAGT MATT, sie freue sich, dass du gekommen seist. Du setzt dich zu ihr. Großmutter nimmt deine Hand.

»Du kommst zu spät.«

»Ich bin jetzt da.«

»Hätte mein Pero gewusst, dass du kommst, er hätte dich mitgenommen. Er wäre da nicht allein hinauf.«

»Er ist auf dem Vijarac, ich weiß.«

»Allein! Und viel zu lange schon weg.« Großmutter wendet sich dir zu. »Sag: Wo bleibt er, wo bleibt mein Pero?«

Du sagst, dass Großvater seit Langem tot sei. Lies weiter auf Seite 342

Du sagst, dass du es nicht genau weißt, dass du aber niemanden kennst, der freiwillig lange Zeit bei den Drachen verbringt. Lies weiter auf Seite 319

GAVRILO KOMMT KURZ VOR DER MORGENDÄMMERUNG. Sretoje und ein dir unbekannter Mann begleiten ihn. Ihre Kleidung ist schwarzbefleckt wie von Ruß. Du sitzt bei deiner schlafenden Großmutter. Marija hat sich zurückgezogen.

Gavrilo nickt, als er euch sieht. Sretoje gibt dir eine zärtlich harte Ohrfeige. Ihr umarmt und küsst euch. Der Unbekannte hält den linken Arm dicht am Körper, am Handrücken Striemen getrockneten Bluts.

Gavrilo setzt sich zu Großmutter und fragt, was los sei. Seine Augen glänzen, der Blick ruht auf ihrem Gesicht. »Wir können helfen«, sagt er, als antworte er auf eine Frage von dir.

Ihr seid, sagst du, auf der Suche nach dem Großvater. Für sie sei er am Leben. Großmutter wähne sich in einer Zeit, als er einen Ausflug unternahm, hier in der Gegend.

»Zu den Feuerfelsen«, ergänzt Gavrilo.

»Du weißt davon?«

»Hab geraten.«

»Spätestens wenn sie aufwacht, wird sie sich an all das nicht mehr erinnern und ich werde sie zurückbringen. Ach, und um die Abwesenheit des Großvaters zu erklären und die Reise spannender zu gestalten, habe ich erzählt, sein Verschwinden hätte etwas mit Drachen zu tun.«

Bei »Drachen« wenden sich alle drei Männer zu dir um. Wollen sie, dass du weitersprichst? Was wäre noch zu sagen? Dass du natürlich nicht an die Existenz von Drachen glaubst.

Sie gibt es genauso wenig wie den Großvater. Oder genauso viel.

Die Männer erheben sich. Ihre Stiefel knirschen, ihr Blut rauscht, ihr Bass und Bariton beben, als sie zeitgleich schmettern: »Wer sagt denn, Drachen gibt es nicht?«

Gavrilo ergänzt: »Ziemlich blöde, dein Plan, wenn du mich fragst.«

Worauf Großmutter, Augen geschlossen, ruft: »Apropos Plan: Wann geht es weiter?«

Weiter geht es auf Seite 333

DRACHEN BEVÖLKERN DIE ERDE SEIT FÜNFTAUSEND JAHREN. Die Herkunft der hiesigen Drachen ist in den sagenumwobenen Gefilden des Kaukasus und Mesopotamiens zu finden. Ohne die Migrationsbewegungen der letzten Jahrtausende gäbe es in der Gegend um Oskoruša keine Drachen. So aber hört ihr – nachdem du den Mietwagen abgestellt hast und mit Großmutter ausgestiegen bist – in den Wolken über euch einen mächtigen Flügelschlag.

»Was war das?«, fragt Großmutter.

»Nur von den Bergen rauschet der Wald«, sagst du.

Großmutter gähnt. Und dich schauert im Herzensgrunde.

Du legst Großmutter deine Jacke über die Schultern. Das Licht im Wageninneren schaltet sich aus und die Welt mit.

Taschenlampen-App an und ab durch den Wald auf Seite 311

GROSSMUTTER VERLÄSST DAS ZIMMER UND BEGINNT ZU PLAUDERN: »Pero und ich waren neulich auch in einem Hotel wie dem hier. Nur viel schöner. Und am Meer. In Kotor. Mit Asim und Hanifa. Baden, flanieren, wandern. So was.« Sie wählt die Treppe; du stützt sie. »Wenn du Hanifa und Asim siehst, sag ihnen, ich würde mich freuen, wenn sie mich besuchen.«

Großmutter setzt an, von einem Diebstahl in dem Hotel zu erzählen. Da schaltet sich das Licht aus. Und geht gleich wieder an. In der einen finsteren Sekunde bricht Großmutter ab.

Du fragst, was gestohlen wurde und wer bestohlen. Großmutter sieht dich irritiert an und geht weiter.

Hanifa und Asim sind im Krieg aus Višegrad geflohen und nie in die Stadt zurückgekehrt. Seit ein paar Jahren leben sie nicht mehr. Es tut nicht not, das zu erwähnen.

»Jeden Sommer eine Reise«, sagt Großmutter im Flur mit den Bildern. »Nicht unbedingt an schöne Orte, das nicht. Oft ist es doch recht langweilig. Wir sind aber zusammen. Das genügt.« Vor der Kleewiese bleibt sie stehen. Sie wisse, sagt sie, wo das sei. »Ich will«, sagt sie, »weg, hörst du? Mit Pero. Ich mach mir nichts vor. Nicht sofort. Sobald ich gesund bin.«

Von draußen zackt die Schere in der Rosenhecke viel zu schrill. Lässt der Buckelige dich mit Großmutter überhaupt weg?

Du lässt es darauf ankommen und bringst Großmutter durch den Haupteingang aus dem Gebäude. Lies weiter auf Seite 318

Du suchst nach einem anderen Ausgang? Lies weiter auf Seite 303

BEI GAVRILO BRENNT LICHT IM HAUS. Ihr späht durch das Fenster. Großmutter flüstert den Namen der Frau, die in der Stube den Tisch deckt: »Marija.« Dass sie Gavrilos Frau erkennt, macht deine Entscheidung, anzuklopfen, leichter.

Die Hausherrin öffnet die Tür, ohne nachzufragen, wer da sei. Sie lächelt und küsst erst Großmutter, dann dich. »Herein mit euch, willkommen.« Als sei nichts. Nicht die späte Stunde, nicht fast ein Jahrzehnt vergangen seit eurem letzten Treffen.

Ob ihr durstig und hungrig seid. Holt, da ihr beides bejaht, Wasser, Bier und Brot, bittet euch an den Tisch. »Ich dachte, die Männer sind von den Feuerfelsen zurück«, sagt sie und schneidet das Brot in dicke Scheiben.

Ihr esst.

Die Fotos der Kriegsverbrecher sind verschwunden.

Großmutter tunkt das Brot in Wasser.

Du möchtest wissen, was die Männer auf dem Feuerfelsen tun.

»Mit den Vilen zanken.« Marija mustert dich, du lächelst verlegen. »Sie verbrennen die Abfälle«, sagt sie dann. »Ist sicherer oben. Nur Fels, der Wald weit weg. Und sie stinken uns nicht die Lungen voll.« Sie wendet sich hin zum heiligen Georg mit dem Drachen. Oder zum Drachen mit dem heiligen Georg. Die Figuren schauen unbewegt zurück.

Großmutter legt das Besteck weg und gähnt.

Marija fragt nach ihrem Befinden. Sie fragt nicht, was

euch nach Oskoruša führt. Großmutter gibt zu, sie sei müde. Würde gern ein wenig ruhen.

Aber ja doch.

Sie legt sich auf das Sofa, die Hand über die Augen. Marija deckt sie zu.

Du wünschst deiner Großmutter eine gute Nacht.

Lies weiter auf Seite 296

DU FÜHRST SIE IN DEN GEMEINSCHAFTSRAUM gegenüber dem Eingang. Ein paar Tische stehen herum, ein paar Stühle, zwei Sessel mit faltiger Lederhaut und in jeder Ecke ein missmutiger Gummibaum. *Mensch, ärgere dich nicht* wurde gespielt, Rot hat gewonnen, andere Farben haben nicht teilgenommen.

Großmutter dreht den Würfel zwischen den Fingern. »Unser Spielzeug haben wir selbst gebastelt. Der Vater mochte das: schnitzen und tüfteln. Mein Schwesterchen hat viel mit mir gespielt.«

Du suchst nach dem Hinterausgang, alle Türen führen aber zu Schlafräumen, eine in die Kantine. Die Gummibäume beäugen dich. Der Fernseher beäugt dich. Die Speisekarte und der Kalender beäugen dich.

Eine leere Voliere hängt an einer Säule. Du weißt nicht, soll das Kunst sein, oder kommt der Vogel noch zurück?

»Geht's hier überhaupt raus, Oma?«

Sie reicht dir den Würfel. Zwei Türen sind übrig.

Du würfelst.

Der Würfel zeigt eine ungerade Zahl: Du öffnest die Tür an der Nordseite des Raums. Lies weiter auf Seite 308

Der Würfel zeigt eine gerade Zahl: Du öffnest die Tür an der Ostseite des Raums. Lies weiter auf Seite 313

DU WARTEST.

Der Gärtner grinst.

Großmutter sagt: »Als Kind hab ich oft geweint in der Nacht. Weint ein Kind oft in der Nacht, so glaubt man, Hexen äßen sein Inneres aus. Meine Zagorka hat mir die Dunkelheit vertrieben und mich getröstet. Ich hab sie Schwesterchen genannt. Dabei war sie die Ältere. Ist in meinem Bett gestorben. Sie hat mich zu Anfang versorgt, ich sie am Ende. So muss das sein.

So einiges hat mir mein Schwesterchen beigebracht«, sagt Großmutter und hebt den Arm, worauf es um euch schlagartig gleißend hell wird.

Lies weiter auf Seite 307

DAS GING LEICHTER ALS VERMUTET. Ihr spaziert auf die Straße. Du hilfst Großmutter beim Einsteigen in den Wagen.

Sie will wissen, ob du Musik abspielen kannst.

Könntest du.

»Dann bitte nicht«, sagt Großmutter und schließt die Augen. Nach wenigen Augenblicken ist sie eingeschlafen.

Du atmest aus.

Du lügst deine Großmutter an. Du lügst sie an, indem du sie in dem Glauben bestätigst, dass ihr Mann am Leben sei. Du hältst eine Illusion aufrecht, um ihr, der Dementen, die unveränderliche Wahrheit seines Todes zu ersparen. Andererseits würde er mit der Wahrheit, die man ihr täglich aufs Neue erzählen würde, täglich wieder sterben.

Wenn sie wieder wach ist, wird sie vermutlich nicht mehr wissen, wohin ihr unterwegs wart. Was nun also?

Du wartest, dass Großmutter aufwacht und bringst sie ins Heim zurück.
Lies weiter auf Seite 314

Die Ampel zeigt grün. Auf nach Oskoruša. Du fährst los und liest
weiter auf Seite 298

AUF DEINE WORTE HIN HEBT DER DÄMON DIE LAMPE ZUM GESICHT. Seine Nägel sind Dornen, die Pupille eine rote Rosenblüte. Unter der Augenklappe kriecht etwas. Er grinst und verneigt sich tief wie ein Jahrmarktschausteller. Auch die Hecke – Wind kommt auf – neigt sich. Beide verharren so. Ihr duckt euch an ihm vorbei und durch die Hecke. Die Kreatur riecht extrem süß, als habe sie es mit Aftershave oder Schokolade übertrieben.

Raus hier auf Seite 305

DAS GRELLE LICHT wird zum stechenden Schmerz hinter deinen Augen. Rot zitternde Flecken. Nur allmählich gewinnt die Welt wieder Kontur. Großmutter, Rücken gerade, steif wie ein Soldat, steht vor dem Mietwagen. Ihr seid auf der Straße.

Hinter dir ein Brüllen.

»Los!«, rufst vielleicht du selbst. Aus dem Augenwinkel eine Bewegung, du springst in den Wagen, öffnest die Tür für Großmutter, sie steigt ein, das dauert, das Geräusch von Metall gegen Metall, Schere am Lack, egal, Vollkasko, und weg.

Lies weiter auf Seite 298

HINTER DER TÜR EIN WEITERER SCHLAFRAUM. Eine Nachtleuchte spendet etwas Licht. Drei Körper auf drei Betten. Das Fenster lässt sich öffnen. Bis zum Boden sind es circa anderthalb Meter. Um von dort auf die Straße zu gelangen, müsstet ihr nicht an dem Gärtner vorbei, nicht durch die Dornenhecke.

Du stellst einen Stuhl unter die Fensteröffnung, damit Großmutter besser hochkommt. Etwas mulmig ist dir schon beim Gedanken, dass sie rausspringen soll.

Großmutter beugt sich über eine Schlafende: »Bin das ich?«

»Oma?«

»Ihr seid in alle Welt. Gut, das versteh ich. Ich versteh die Gründe. Ihr ruft an und fragt, wie es mir geht. Ihr kommt vorbei, trinkt Kaffee mit mir, füttert mich. Ihr sagt, dass meine Zahnbürste alt ist. Ihr sagt, ich hab eine Wohnung. Das hier ist nicht meine Wohnung. Das ist nicht meine Wand. Wie soll es mir zwischen fremden Wänden gehen? Sag du. Das ist auch kein Hotel und keine Kur. Sie lassen mich nämlich nicht weg. Sie vertrösten nur. Das ist alles, was man mit mir macht: mich füttern, mich belügen, mich vertrösten.«

Großmutter legt die Hand an die Stirn der Schlafenden. Streichelt ihr über das Haar.

Die Pflegerinnen erzählen, dass sie manchmal wie ein Kind herumgeht und die anderen Heimbewohner kitzelt. Manche finden es gut, manche nicht.

Du weißt nicht, was du erwidern sollst. Du würdest am liebsten einfach sagen, dass du jetzt doch da seist für sie. Aber auch das stimmt ja nicht wirklich. Also: weiter. Immer weiter, auch mal weiter mit einer Wahrheit vielleicht – das ist kein Hotel.

Du versuchst Großmutter zur Flucht aus dem Fenster zu überreden – »Dann lass uns hier abhauen!« Lies weiter auf Seite 305

Das ist viel zu riskant. Du willst doch noch die andere Tür im Gemeinschaftsraum versuchen. Lies weiter auf Seite 313

DU ZIEHST GROSSMUTTER AN. Sie hat eine Gänsehaut. Du rollst die Strümpfe über ihre Füße und weiter bis zu den Knien. Ihre Haut ist rau und schlaff. Eine Bluse. Pullover. Wollhose. Du versuchst, ihren Fuß in einen Stiefel zu zwängen, aber der ist viel zu klein.

»Das sind nicht meine Schuhe.«

Im Schrank liegt noch ein flaches Paar sowie ein Paar türkis leuchtender Turnschuhe. Du entscheidest dich für die Turnschuhe.

Sie fragt, während du vor ihr kniest, was man so braucht. Gegen Drachen.

»Waffen. Am besten magische.«

Die Turnschuhe passen.

»Wir werden hoffentlich gar nicht kämpfen müssen. Wir finden Pero und bringen ihn zurück.«

Im Schrank liegen die Habseligkeiten deiner Großmutter. Einige Kleidungsstücke. Ihre Bürste. Ein Haarkamm. Ein Nagelzwicker. Eine leere Plastikflasche. Ihre Armbanduhr. Die Windeln. Eine halb aufgegessene Tafel Schokolade, schlecht versteckt unter dem Album mit den Familienfotos. Das ist ihr Leben. Du solltest die Fotos mal mit Namen und Daten beschriften.

Ihr geht raus auf Seite 299

DER WALDWEG IST EINE ZUMUTUNG AUS MATSCH UND UNEBENHEIT, ihr kommt nur langsam voran. Dennoch bittet Großmutter dich, es noch langsamer anzugehen. Auf einem umgestürzten Baumstamm macht ihr Rast. Dein Smartphone ist bei 33% Akku. Empfang ist mal da, mal nicht.

Das erste Haus erreicht ihr nach einer Stunde. Großmutter bleibt stehen und schaut es sich an. Die blaue Tür zu einer Ruine. Der Ständer für den Strom auf dem gelöcherten Dach, und das Haus an Leitungen wie eine Puppe aufgehängt.

»Schau mal, wie finster es ist, wenn die Lampen gelöscht sind«, sagt Großmutter. »Drinnen ist die Dunkelheit klamm zwischen den Wänden aus Stein. Du hast aber die Familie um dich. Hörst sie atmen. Den Vater. Die Mutter, jung erblindet. Das Schwesterchen, meine Zagorka. Könnte mich doch zu ihnen legen. Den Atem sauer und süß riechen, so.«

Großmutter scheint zu glauben, sie sei in Staniševac, dem Dorf ihrer Kindheit. »Wollen wir das Schwesterchen wecken?«, fragt sie.

»Ist das euer Haus?«

»Ja.« Großmutter denkt nach. »Warte. Nein. Unseres … unseres ist zweistöckig. Und das Dach ist ganz. Unten essen wir und halten uns auf. Oben schlafen wir. Neun Kinder und sechs Erwachsene, die Familien von zwei Brüdern.

Seltsam. Ich weiß nicht, was ich morgen zu tun hab. Am Abend kennt doch jeder seine Aufgabe für den nächsten Tag. Du dahin, du dahin. Einer hütet die Kühe. Einer die Schafe.

Wir haben hundertsieben Schafe. Zwei backen das Brot und bereiten die Mahlzeiten zu. Einer bleibt am Haus und kümmert sich um die Hühner und den Dreck. Dies und jenes. Jetzt im Sommer gibt es einiges zu tun auf den Feldern. Die Frage stellt sich nicht, was du gerne machst. Können musst du es. Neulich hab ich den ganzen Tag Strümpfe geflickt.« Großmutter dreht sich zur blauen Tür. »Das ist nicht Staniševac, oder?«

Du weichst ihrem Blick aus. »Nein.«

»Ich weiß, wo wir sind.« Großmutter kneift dich in die Wange. »Hätten wir Pferde, dann ginge es besser.« Großmutter setzt sich in Bewegung.

»Was, jetzt?«

»Pferde sehen besser als du, du Esel. Außerdem weiß ich den Weg.« Sie deutet hinter dir in die Berge. Der Gipfel vom Vijarac ragt in den Wolkenhimmel, und dort irgendwo lodern Feuer. Viel, viele Feuer. Flackern und sterben. Blühen wieder auf. Züngeln, ziehen Schleifen. Verlöschen. Blitzen an mehreren Stellen gleichzeitig auf. Es ist, als male jemand mit Flammen auf der Leinwand der Nacht. Jemand oder etwas.

»Drachen.« Du flüsterst.

Großmutter lacht und hakt sich bei dir unter. »Schmetterlinge sind es nicht, du Esel.«

Heute ist der 29. Oktober 2018. Ich habe geschrieben: »Schmetterlinge sind es nicht, du Esel.« Mein Telefon hat geklingelt. Meine Großmutter ist im Alter von achtundsiebzig Jahren in Rogatica gestorben.

Sretojes Hof befindet sich auf der Anhöhe im Osten, auf Seite 317

Lieber zu Gavrilo, im Haus scheint noch Licht zu sein. Lies weiter auf Seite 301

DIE KRANKENPFLEGERIN SCHRECKT AUS DEM BÜROSTUHL HOCH. Sie fragt, was es gibt, und strafft ihren Kittel, die Wangen gerötet vom Schlaf. Bevor du antwortest, hat Großmutter gerufen: »Wir wollen Drachen jagen in Oskoruša, liebe Ana.«

Du schüttelst den Kopf, tust, als wäre Großmutter nicht bei Verstand, nuschelst etwas von einem kleinen Ausflug.

Die Pflegerin hat genug gehört. Bewohner dürfen nicht weg, ohne abgemeldet zu werden, schon gar nicht mitten in der Nacht. Während sie spricht, hakt sie sich bei Großmutter ein und lotst sie zur Treppe. Scherzt mit ihr, Großmutter kichert.

Im Zimmer hilft sie ihr, sich umzuziehen. Du hoffst, Großmutter werde sich wehren. Sie gähnt. Die Pflegerin lässt euch allein, nicht ohne dir einen letzten vorwurfsvollen Blick zuzuwerfen. Sie knipst sogar das Licht im Zimmer aus.

»Oma? Alles in Ordnung?«,

---

sagst du ins Halbdunkel hinein auf Seite 342

ES IST FRÜHER MORGEN IN ROGATICA, als du aufwachst. Großmutter ist weg. Sie war auf dem Beifahrersitz eingeschlafen, du wolltest sie nicht wecken und bist wohl selber im parkenden Wagen eingenickt. Auch vor dem Altenheim entdeckst du sie nirgends. Die Rosenhecke sieht aus wie Rosenhecken aussehen. Hübsch, wenn man so was hübsch findet.

Die Alten hocken mit ihren dampfenden Plastikbechern auf der Terrasse. Im Flur kommt dir eine Pflegerin entgegen. Ja, Kristina, die ist da, guckt fern.

Großmutter sitzt auf einem fleckigen Ledersofa und kämmt sich mit den Fingern das Haar. Der Fernseher über ihr brüllt ein Morgenmagazin. Die Moderatorin stellt einem kleinen Hund eine Frage. Der kleine Hund antwortet nicht. Die Moderatorin wendet sich dem Herrchen zu. Er leitet eine Schule für nervöse Hunde.

Du setzt dich Großmutter gegenüber. Sie lächelt.

Ob du ihre Bürste gesehen hast.

Hast du.

Ob du ihr das Haar bürsten würdest.

Du holst die Bürste aus dem Schrank in ihrem Zimmer und bürstest deiner Großmutter das Haar.

Sie sagt: »Guten Morgen, Saša.«

»Guten Morgen, Oma.«

»Was haben wir heute vor?« Großmutter schaltet den Fernseher aus und sieht dich an.

»Was würdest du gern unternehmen, Oma?«

»Vielleicht besuchen wir Zagorka? Letztes Mal hast du es zu Fuß ganz nach oben geschafft. Ich musste dich keinen Meter tragen. Aus dem Tal bis zum Haus.«

»Das würde mir gefallen«, sagst du. Zagorkas Haus ist eine Ruine, denkst du.

»Pflaumenernte ist ja bald«, sagt Großmutter.

Du hilfst ihr auf. Ihr dreht eine Runde um das Heim. Dann ist Spielstunde. Dominosteine werden ausgegeben. Die Finger deiner Großmutter sind zu schnell für die anderen Alten. Sie gewinnt jedes Mal, deine Großmutter hat es drauf. Zum Mittagessen gibt es Pute mit Kartoffeln und Gemüse.

ENDE

»UND WER BIST DU?«

Du sagst, du seist der Enkelsohn.

»So?« Der Buckelige stützt sich auf die Schere und sieht an dir vorbei zur Großmutter. »Kristina. Hast mir gar nicht erzählt, dass du Enkelkinder hast.« Großmutter riecht an einer Rose. »Ist das dein Enkel, Kristina?«

Sie schüttelt den Kopf.

Du gehst auf sie zu, sagst, dass du es bist, sagst deinen Namen.

Großmutter winkt ab und lacht. »Mein Saša geht zur Schule. Ist ein guter Schüler, nur die besten Noten.«

Du erwähnst Großvater, dem Gärtner sagst du, dass du deinen Ausweis aus dem Auto holen könntest, der gleiche Nachname undsoweiter.

Großmutter fragt, ob sie wohl eine Rose pflücken dürfe. Der Gärtner pflückt eine für sie. Dabei verzieht er das Gesicht, als habe er sich ein Haar ausgerupft. Er schenkt Großmutter die Rose und begleitet sie ins Haus zum Aufenthaltsraum für Pfleger.

Du folgst ihnen auf die Seite 313

DAS HAUS IST DUNKEL UND STILL. Sretojes Hund – Cigo – ist es nicht. Sein irres Gebell heißt euch nicht willkommen, als ihr euch dem Grundstück nähert. Der Hund ist schwärzer als die Nacht. Stemmt sich gegen den Zaun und schreit die Berge an. Du redest auf ihn ein. Er nimmt seine Angst aber wichtiger als dich.

Wäre Sretoje da, wäre er vermutlich längst wach. Du haust dennoch ein paarmal mit der Faust gegen die Tür. Nichts. Du drückst die Klinke. Verschlossen.

Heute ist der 30. Oktober 2018. In unserer Wohnung in Hamburg brennen Kerzen im Fenster zum Gedenken. Ich sehe mir Fotos meiner Großmutter an. Auf einem sitze ich auf ihrem Schoß. Ich bin sechs Jahre alt und vierzig Jahre alt. Es fällt mir schwer, mich an sie als gesunde Frau zu erinnern. Es fällt mir schwer, meine Großmutter hier *am Leben zu halten.*

Die Pferde wiehern. Großmutter geht in den Stall. Du folgst ihr. Sie zieht schon einen Sattel über den Boden.

Nun hilf ihr doch auf Seite 325, was stehst du hier so herum?

DER GÄRTNER WARTET AUF EUCH. Er hat seine Schere geschultert und wacht vor der Hecke. Breitbeinig. Krumm. Die Schere wirkt noch größer als bei deiner Ankunft, die Klingen wie von Schwertern. Die Hecke ausufernder, die Ranken sind Tentakel im Wind.

»Wohin, ihr Spätzchen?« Seine Stimme kratzt. Er schabt mit dem kleinen Finger unter der Augenklappe, wie um den Augapfel zu erwischen.

Du stellst dich vor Großmutter und wartest wortlos ab, was auf Seite 304 geschehen wird

Du sagst: »Wir machen einen kleinen Ausflug und sind spätestens morgen Abend wieder da.« Lies weiter auf Seite 316

Du hast genug über den Volksglauben der Südslawen gelesen, um zu wissen, es handelt sich hierbei um einen Dämon, dessen Leben ewig an das Leben der Pflanze gebunden ist. Mit ihr lebt er, mit ihr wird er sterben. Also rufst du: »Aus dem Weg, Höllengezücht, sonst schneid ich dir die Adern durch!« Lies mutig weiter auf Seite 306

»DRACHEN? AUF DEM VIJARAC?« Großmutter drückt deine Hand.

»Baumdrachen. Höhlendrachen. Gestaltenwandler. Vielköpfige Ungeheuer. Schlangen, die dichten. Der heilige Georg war nicht besonders gründlich.«

»Was redest du bloß für einen Unsinn?«

»Unsinn? Gut. Dann warten wir einfach hier, dass Pero zurückkommt.«

Sie springt auf. Überlegt. Überlegt, kerzengerade, so laut, dass du fürchtest, sie könnte die Zimmernachbarin wecken.

»Drachen«, sagt sie nach einer Weile. Und dann muss sie lachen, lauthals in dieser abgestandenen Zimmerluft, dieser mit Lavendel gegen Motten gerüsteten Welt.

Wird wieder ernst, als sie fragt: »Baumdrachen?«

»Baumdrachen sammeln glänzende Dinge.«

»Dann dürfen wir uns nicht in Gold kleiden, wenn wir fürchten müssen, einen zu treffen«, sagt Großmutter und öffnet den Schrank. »Nun hilf mir doch, mich anziehen.«

»Wo gehen wir hin?«

»Ja, Drachen jagen, du Esel, Drachen jagen.«

Die Jagd beginnt auf Seite 310

ES IST HELL. Großmutter ist verschwunden und auch die Hunde. Du steigst aus und rufst. Wie früher: *Wirf den Ball runter, Oma. Ich hab Hunger, Oma.* Ihr Kopf erschien im Fenster, und sie hat gemacht, was du dir gewünscht hattest, oder auch nicht.

Der Kopf deiner Großmutter erscheint im Fenster. Der Kopf wiegt sich skeptisch.

Du rufst: »Ich hab mir Sorgen gemacht.«

Großmutter ruft: »Na und?«

Du gehst hoch. An der Tür die Totenanzeige. Mutter hat Kaffee gekocht, rührt ihn um, als du hereinkommst. Sie gibt dir einen Kuss. Dein Vater, dein Onkel und Kekse warten im Wohnzimmer auf die Trauergäste. Eine ehemalige Nachbarin und ihr Sohn sind gerade da. Er kennt dich, ihr hättet als Kinder Fußball gespielt im Treppenhaus, sagt er. Du kannst dich nicht erinnern und sagst, du erinnerst dich.

Großmutter sitzt auf ihrem Sofa und hört zu. Das Loben der Toten. Man hat die rosafarbene Decke entsorgt. Heute ist der 1. November 2018. Großmutter ist seit drei Tagen tot. Auf dem kleinen Tisch, dem mit der Glasplatte und dem Häkeldeckchen, liegen vier Smartphones. Mutter serviert den Kaffee.

Zorica, die Nachbarin aus dem zweiten Stock, umarmt dich, nimmt einen Keks und sagt, sie habe auf dem Markt den Popen getroffen, der die Zeremonie am Friedhof abhalten werde.

Du wunderst dich.

»Sie hat sich das gewünscht«, sagt dein Onkel.

»Der jüngste männliche Nachfahre trägt übrigens das Kreuz zum Grab«, fügt dein Vater hinzu. »Du also.«

Das muss ein Scherz sein, erwiderst du. Wenn du ein Kreuz nähmest, gingen das Kreuz oder deine Hände, vermutlich beides, in Flammen auf.

Großmutter sagt: »Sei nicht egoistisch.«

»Falls Opa mitkriegt, dass ein orthodoxer Priester auf seinem Grab rumtanzt«, sagst du, »buddelt er sich raus und boxt ihn höchstpersönlich um.«

»Das«, sagt Zorica, »hätte er dann wohl schon gemacht, als der Pope sein Grab gesegnet hat.«

»Was hat der Pope?«

»Nachträglich. Kristina hat das vor Jahren bestellt.«

»Ist nicht wahr.«

»Hab ihn selbst hingebracht, ich schwöre bei meiner Mutter. Kristina lag im Krankenhaus. Und er hat es sich nicht verkneifen können, den Stern auf dem Grabstein zu kommentieren. Ich solle Kristina ausrichten, den wegzumachen. Da war sie aber sauer.«

Zwei ältere Frauen und eine sehr dichte Parfümwolke kommen herein. Großmutter verdreht die Augen und verschwindet im Schlafzimmer. Du gehst hinterher.

»Ich finde das komisch mit dem Popen«, sagst du. »Seit wann bist du religiös?«

»Ist doch bloß eine Vorsichtsmaßnahme. Falls da doch noch was kommt. Falls nicht, hat man ein bisschen Geld ausgegeben und musste sich den Singsang anhören. Also ihr, ich nicht.« Großmutter grinst.

Nebenan erzählt Vater, wie er mal Tante Zagorka beim Holzhacken helfen wollte, es probierte und probierte, aber nicht hinbekam, bis Zagorka heraustrat, ihm die Axt wegnahm und ruckzuck einen halben Wald weghackte. Großmutter winkt ab, und die Geschichten verstummen.

Sie öffnet Schubladen. Am Kleiderschrank presst sie die Nase in ihre Blusen. Ihr Häkel-Gesamtwerk in der Vitrine. Tischdecken, Untersetzer, Zierbehang, Kissenbezüge. Wie viele Stunden dran gesessen? Sie fährt mit den Fingern über die Muster, holt einige Teile heraus und hält sie dir hin. Es sind bestimmt die besonders gelungenen, du kennst dich nicht aus.

»Es tut mir leid, dass wir Opa nicht gefunden haben.«

»Braucht es nicht.« Sie setzt sich auf die Couch. Die grüne Ausziehcouch, älter als du. Streicht über die Oberfläche. Du kennst das bosnische Wort für den Stoff, aber nicht das deutsche. Du weißt genau, wie er sich anfühlt. Haarig weich, aber auch ein wenig rau.

»Ich hätte mehr da sein sollen für dich«, sagst du. »Wir alle.«

»Es ist gut, meine Sonne. Wir hatten unsere Zeit. Lass uns noch ein wenig erzählen.«

»Worüber, Oma?« Du setzt dich zu ihr.

Großmutter nimmt dein Kinn in ihre Hand und küsst dich auf die Stirn. »Ach, weißt du, vielleicht schweigen wir einfach. Und dann geh ich. Draußen rufen sie wieder. Sollen sie noch ein bisschen warten.«

Draußen rufen sie wieder. Großvater ruft, hoffst du. Das Mädchen und auch der Soldat. Asim und Hanifa. Die Geschwister. Am lautesten das Schwesterchen, Zagorka.

Großmutter schließt die Augen. Großmutter lauscht.

Großmutter fragt: »Bin das ich?«

ENDE

Nein, kein Ende. Ein geliebter Mensch stirbt. Ist gestorben. »Bin das ich?«, war Großmutters letzter Satz, an niemanden und an sich und an mich gerichtet, im Altenheim von Rogatica. Das frage ich mich seit zwei Jahren in diesem Text: Bin das ich? Sohn meiner Eltern, Enkelsohn meiner Großeltern, Urenkel meiner Urgroßeltern, Kind Jugoslawiens, geflüchtet vor einem Krieg, zufällig nach Deutschland. Vater, Schriftsteller, Figur. Bin das alles ich?

Ich versuche, mich an Szenen meiner Kindheit zu erinnern. Nur wenig stellt sich ein: der Klang meines Spitznamens, wenn Großmutter sagt: »Für dich ist alles ein Spiel, Sale.« Eine zärtliche Kindheit ohne große Strenge war das.

Bin das noch ich?

All die kurzen Besuche nach dem Krieg bei ihr. Mit jedem Mal waren wir uns ein Stück fremder, das Vertraute war das Vergangene. Ich immer auf dem Sprung, sie immer da.

Mit meiner Freundin und dem Kind bei ihr, ein dreiviertel Jahr nach seiner Geburt. Großmutter schob ihn im Kinderwagen durch die Stadt. Ungeübt im Lenken ließ sie den Wagen immer schneller werden, rannte hinter ihm her, sprach, während sie rannte, zärtlich zu ihrem Urenkel.

Ich lege ihr die Hand an die Wange. Ich wünsche meiner Großmutter eine gute Nacht. Ich warte, bis sie eingeschlafen ist. Ich setze mich in den Gemeinschaftsraum. In der Voliere ein Kanarienvogel. Ich öffne die Datei *HERKUNFT.doc*. Ich schreibe:

Ich lege ihr die Hand an die Wange. Ich wünsche meiner Großmutter eine gute Nacht. Ich warte, bis sie eingeschlafen ist. Ich setze mich in den Gemeinschaftsraum. In der Voliere ein Kanarienvogel. Ich öffne die Datei *HERKUNFT.doc*.

ENDE

Und lösche es wieder.

Ich schreibe: Großmutter hat ein Mädchen auf der Straße gesehen. Sie ruft ihm zu vom Balkon, es solle keine Angst haben, sie werde es holen. Rühr dich nicht!

Großmutter steigt auf Strümpfen drei Stockwerke hinunter, und das dauert, das dauert, die Knie, die Lunge, die Hüfte, und als sie dort ankommt, wo das Mädchen gestanden hat, ist das Mädchen fort.

ENDE

DU HAST NOCH NIE EIN PFERD GESATTELT. Großmutter schon, hat aber vergessen, wie es geht. Sie hilft, indem sie Sätze mit »Ich glaube, du musst …« beginnt. Es geht aber so nicht. Oder: Es geht so, ihr kriegt es aber so nicht hin. Das Pferd kommt relativ schnell ans Ende seiner Geduld, hält nicht mehr ruhig.

Du ziehst dein Smartphone raus. Kein Netz. Im Tor zum Stall: *EDGE*. Du suchst auf YouTube nach *pferd satteln*. Es gibt unzählige Videos. Du stehst unter einem Speierling in Oskoruša und wartest, dass ein Video dir zeigt, wie Mia aus Schleswig-Holstein ihr Pferd sattelt.

Großmutter greift nach dem Smartphone. Du lässt zu, dass sie es dir wegnimmt, weil es richtig ist. Sie betastet den Bildschirm so lange, bis er schwarz wird.

»Wenn Vater am Abend sagt, ›Kristina, du machst die Pferde‹, freu ich mich«, sagt Großmutter und streichelt dem Pferd über die Flanke. »Wir haben zwei. Eines zum Reiten, das andere für die Lasten. Zekan. So heißt das Reitpferd. Das andere – ich weiß nicht mehr. Ich kann schnell reiten, aber ich reite immer langsam, um keine Zeit zu gewinnen. Zekan heißt das Reitpferd, die Deutschen haben ihn –« Großmutter hält inne. »Haben die Soldaten Zekan?« Sie erwartet keine Antwort. Großmutter gibt dem Pferd einen kleinen Klaps und geht in den Hof.

»Zu Fuß weiter?«, fragst du.

»Nein. Schlafen und morgen weiter«, sagt Großmutter.

»Gut. Wir könnten schauen, ob Marija und Gavrilo zu Hause sind und bei ihnen übernachten. Oder wir fahren direkt nach Višegrad.«

»Mir ist kalt«, sagt Großmutter und läuft schon mal los. Du holst sie ein und lenkst sie

---

– zu Gavrilos Haus: Lies weiter auf Seite 301

– zum Wagen und nach Višegrad zurück: Lies weiter auf Seite 332

DIE BLÄTTER DER BUCHEN FLIMMERN IM WIND ROT UND ORANGE. Unterholz und Buschwerk greifen nach den Fesseln der Pferde. Ihr müsst absteigen und führt die Tiere an den Zügeln. Großmutter bleibt als Einzige im Sattel. Gavrilo lenkt ihr Pferd und sein eigenes zwischen den Bäumen hindurch.

»Wie geht es dir, Oma?«

Sie atmet tief ein. »Ich bin gern geritten, aber zu selten«, sagt Großmutter. »Diesen Wald kenn ich nicht. Das ist nicht der Weg nach Hause, oder?«

»Wo bist du zu Hause?«

»Meine Sonne«, sagt Großmutter. »Meine Freude. Mein Esel. Begreif das endlich. Es zählt nicht, wo was ist. Oder woher man ist. Es zählt, wohin du gehst. Und am Ende zählt nicht mal das. Schau mich an: Ich weiß weder, woher ich komme, noch wohin ich gehe. Und ich kann dir sagen: Manchmal ist das gar nicht so schlecht.«

Mir fällt nichts ein, was ich antworten könnte. Ich bin seit Stunden in Großmutters Wohnung in Višegrad. Die Leute kommen schon den ganzen Tag vorbei, sprechen uns ihr Beileid aus und bleiben zum Kaffee oder Schnaps oder was auch immer. Ich kannte den Brauch nicht. Zwischen Ableben und Begräbnis muss Familie da sein, um Gäste zu empfangen.

»Ich bin tot?«

»Ich kannte den Brauch nicht. Die Tür bleibt den ganzen Tag offen.«

»Wie bin ich gestorben?«

»Deine Söhne und ihre Ehefrauen sind da, deine Enkelkinder.«

»Wie bin ich gestorben?«

»Im Schlaf.«

»Wie man so sagt.«

»Eine Nachbarin hat Pita mitgebracht.«

»Kartoffelpita? Dann ist es Nada.«

»Sie weint.«

»Was sagt sie?«

»Dass sie dankbar sei. Dir dankbar. Die Pita sei für die Kinder. Dass deren Mutter und Großmutter eine anständige Person gewesen sei. Dass sie ihr geholfen hat –«

»Als sie Hilfe am nötigsten hatte.«

»Ja. Und der Polizist ist auch da.«

»Andrej?«

»Ja.«

»Ist er traurig?«

»Alle sind traurig, Oma.«

»Andrej ist so hübsch, wenn er traurig ist. Und wo bist du?«

»In deinem Schlafzimmer.«

»Schreibst du deine Geschichten?«

»Ja.«

»Wie geht es jetzt weiter? «

Du weißt es? Lies weiter auf Seite 336

Du weißt es nicht? Lies weiter auf Seite 336

DER REGEN LÄSST EUCH AUF DEM SEIFIGEN FELS NUR LANGSAM VORANKOMMEN. Jeder Tritt ein Wagnis. Steinchen klackern unter euch in die Tiefe. Ihr überquert einen Bach, der als Wasserfall dampfend ins Tal stürzt. Das Wasser ist warm.

Großmutter steigt ab und wäscht sich das Gesicht. Sie möchte zu Fuß weiter. Ihr löst euch ab an ihrer Seite, mal ist es Gavrilo, der ihr unter die Arme greift, mal reicht ihr Sretoje die Hand, mal du. Großmutter ist blass und unermüdlich.

Immer mehr Geröll liegt auf dem Hang. Rötlich schimmernde Steine bedecken den Bergrücken wie Schuppen. Die Feuerfelsen. Hier hat dein Vater vor Jahrzehnten die Schlangen geweckt und in sich eine Angst, die auch du ein Leben lang in einem Wort getragen hast.

Der Gipfel lauert direkt über euch, eine steile Felswand, kalkweiß. Gavrilo schlägt einen schmalen Pfad parallel zum Grat ein. Aus dem Fels schießen Rauchsäulen. Geschmack von Schwefel im Rachen. Ein Falke auf dem Vorsprung ruft, und Sretoje sagt: »Sie warten schon.«

Du hättest den Höhleneingang übersehen, hätte Gavrilo nicht angehalten. Ein Riss im Gestein, gerade breit genug, dass ein nicht allzu großer Mensch hindurchpasst. Gavrilo geht mit der Laterne vor. Marija reicht dir eine Fackel und betritt den Tunnel hinter Großmutter und dir. Sretoje bleibt vor dem Eingang stehen.

Der Tunnel führt leicht abschüssig durch den Fels. Aus

dem Berginneren ertönen helle Schläge und begleiten – ein träges Herz aus Stahl! – eure Schritte. An der ersten Gabelung macht ihr Pause, und die Schläge verstummen. Ihr trinkt. Als Großmutter sich in Bewegung setzt, ist auch das Hämmern wieder da.

Ihr passiert eine zweite Kreuzung und eine dritte. Gavrilo hinterlässt Kreidezeichen an der Wand. Mit jeder weiteren Abzweigung überlegt er länger. Bespricht sich mit Marija. Sie übernimmt die Führung, bleibt bald ebenfalls stehen vor einer vielarmigen Kreuzung. Die beiden wenden sich euch zu.

»Die Höhle lebt«, sagt Gavrilo.

»Passt sich an«, sagt Marija.

»Die Wege durch den Fels verlaufen für niemanden gleich.«

»Nicht für jeden gibt es ein Ankommen. Mit anderen Worten«, sagt Gavrilo, und Marija ergänzt: »Wir laufen im Kreis.« Sie deutet auf die Kreidezeichen. »Welchen Weg Gavrilo oder ich auch wählen, wir kommen immer wieder hier an. Weiter geht es für uns nicht.«

»Ist nicht eure Reise, sagt der Vijarac. Er würde uns tausend Jahre herumirren lassen.«

»Nur zurück«, sagt Marija. »Raus. Das ist möglich.«

Es ist warm. Weich klackende Tropfen auf Gestein.

»Zurück ist unmöglich.« Großmutter spricht. »Nicht eure Reise.« Sie umarmt die beiden. »Eine gute Geschichte«, sagt sie, »ist wie früher unsere Drina war: nie stilles Rinnsal, sondern ungestüm und breit. Zuflüsse reichern sie an, sie brodelt und braust, tritt über die Ufer. Eines können weder die Drina noch die Geschichten: Für beide gibt es kein Zurück.« Großmutter sieht dich an. »Ich wünsche mir, dass wir endlich ankommen.

Und von dir, Marija«, sie streckt die Hand aus, »das Rapier.«

Still ist es. In der Höhle. Im Altenheim in Rogatica. Am Grab meiner Großmutter in Višegrad am Morgen des 2. November 2018.

»Was erwartet uns, wenn wir weitergehen?«, fragst du.

»Das weißt nur du«, sagt Großmutter. »Ich bin in Rogatica. Ich bin in Višegrad. Ich bin die Figur.«

Es ist Zeit, die Höhle zu verlassen. Bring Großmutter zurück zum Altenheim auf Seite 314

Heute ist der 31. Oktober 2018. Für mich ist es Zeit, die Fiktion zu verlassen. Meine Großmutter lebt nicht mehr. Heute kommen die Trauergäste, um ihr die letzte Ehre zu erweisen. Deine Großmutter lebt noch. Du bringst sie nach Hause auf der nächsten Seite.

Niemals aufhören, Geschichten zu erzählen. Ihr steigt tiefer in den Berg auf Seite 338

KURZ VOR VIŠEGRAD SCHLÄFT GROSSMUTTER AUF DEM BEIFAHRERSITZ EIN. Du kurvst durch die leeren Straßen. Das Laternenlicht tüncht die Fassaden warmgrau. Die sinnlose Ampel in der Mahala. Ein Hunderudel erhebt sich, als es grün wird, und trottet hinter dem Wagen her.

Die Brücke über den Rzav und die ewig laichenden Döbel. Dauerhaftes Angelverbot. Eine Zahnlücke im Häusergebiss, wo mal die Apotheke stand. Die Chinaläden. Eine Nachbarin erzählte mal voll Staunen von einem chinesischen Baby, als spreche sie über eine Zirkusnummer. Fazit: »Ist chinesisch und trotzdem unglaublich süß.« Die zweite Moschee wurde nicht wiederaufgebaut. In dem Haus drüben war die Spielothek, das verlockende Bimmeln der Automaten und Flipper. Heute ist hier ein Wettbüro, eine Mittdreißigerin hat Schicht von zehn bis zehn, zwischen drei und sechs sind ihre beiden schwarzhaarigen Kinder bei ihr (drei und sechs).

Die Inventuren müssen irgendwann mal aufhören.

Du parkst im Hof. Die Hunde überlegen. Du steigst nicht aus, bis sie weitergezogen sind. Sie verteilen sich um das Auto, legen sich auf den Asphalt. Großmutter schnarcht leise.

Schließ auch du die Augen ein wenig. Auf Seite 320 wachst du auf

GROSSMUTTER WEISS DURCHAUS, WO SIE IST, und sie weiß, warum sie dort ist.

Sie insistiert: »Wir sollten los.«

Gavrilo macht keine Anstalten, sie davon abzubringen: »Dort, wo wir hingehen«, sagt er, »müssen wir bei Kräften sein. Bist du bei Kräften, Kristina?« Er will ihr aufhelfen und sie ihm ihre Kräfte zeigen. Sie schafft es allein.

Die Männer waschen sich über der Spüle. Der Verletzte bespricht sich mit Gavrilo und verlässt das Haus. Etwas liegt in der Luft. Der Tisch wurde für sechs gedeckt, ihr seid zu sechst.

Marija betritt die Stube. Und wie: das Haar zum Zopf geflochten, die Stirn schmückt ein goldener Reif. Gavrilo erhebt sich, umarmt sie. Der Knauf einer Waffe ragt über ihre Schulter. Niemand stellt Fragen, also schweigst auch du. So eine Nacht ist das. Die Waffe: ein Rapier.

Alle setzen sich an den Tisch. Die Stube ist warm, deine Lider schwer. Gavrilo und Großmutter tuscheln am Kopfende. Du kannst den Gesprächen kaum folgen.

Der Verletzte kehrt zurück. Kein Blut mehr an seiner Hand. Er nickt Gavrilo zu, und auch du verstehst: Aufbruch.

»Kannst du reiten?«

Im Hof warten die Pferde. Seit vielen Jahren nicht mehr im Sattel gesessen zu haben ist das eine. Das bockigste Tier abzubekommen das andere. Bald steigt der Weg recht steil an, und du kannst zu den anderen aufschließen.

Es dämmert, doch die Sonne bleibt hinter den Wolken. Über dem Gipfel von Vijarac rumort ein erster Donner. Am Rand eines Buchenwaldes, dessen Blätter, der Jahreszeit zum Trotz, herbstrot sind, legt ihr eine Rast ein. Das Umblättern der Seiten riecht nach Showdown-Gewitter.

Ihr reitet tiefer in den Wald auf Seite 327

IHR VERLASST DEN WALD. Wind und Regen peitschen auf euch ein. Schutz gibt es hier oben nicht – das andere Antlitz des Vijarac ist fast nackter Stein. Moos und Flechten, verkrüppelte Sträucher.

Du siehst auf dein Smartphone wegen der Uhrzeit, und es hätte dich überrascht, wenn der Akku, so kurz vor dem Finale, noch Saft gehabt hätte.

»Peroooooo!«, schreit auf einmal Großmutter. Etwas Hall kommt zurück. Nach wenigen Augenblicken regnet es auch auf den Namen der Großmutter. Die Berge rufen nach Kristina mit der Stimme eines Mannes, einer Stimme, die deine Großmutter lächeln lässt.

Auf zum Gipfel, auf Seite 329

AM RANDE EINER LICHTUNG, einer Wiese gefasst von nebligem Gewölk: Frauengesang. Das Vokabular fast vertraut, dennoch fremd – ein altertümlicher Dialekt? – und so lieblich, dass Gavrilo zur Vorsicht mahnt, euch bedeutet, einen Bogen zu schlagen um den Ort.

Die Nebel tanzen.

Steiles Gefälle zur Rechten, dringlicher werdende Verse von der Lichtung zur Linken.

Die Pferde scheuen.

Du folgst Gavrilo und Großmutter, hinter dir laufen Marija und Sretoje, den Abschluss bildet der Unbekannte. Seinen Namen kennst du noch immer nicht, wahrscheinlich ist er derjenige, der irgendwann demnächst sterben muss, wie die anonymen Besatzungsmitglieder bei *Star Trek* auf Außenmissionen.

Und du rutschst aus – ein Fehltritt auf Tau. Stürzt die Böschung hinab, fasst, um dich zu stützen, in die Wiese.

Das Gras ist warm. Die Halme winden sich, als suchten sie sich unter deiner Hand zu befreien. Ein Chor singt in deinem Nacken, *crescendo*, die Nebelschwaden schweben auf dich zu.

Du hast Durst. Jäh und heftig.

Praktisch, dass mitten auf der Lichtung ein klares Wasser quellt.

Auch praktisch, dass du auf einmal verstehst, was gesungen wird, wenn es einladend heißt:

Hätt ein Mann eine Ahnung,
was das heißt, mit uns trinken
niemals tränk er mit anderen

Offenbar eine Falle. Du rettest dich in den Wald zurück auf Seite 341

Wasser und weibliche Fabelwesen, die mit dir auf Seite 294 trinken wollen!

»ES HEISST: WENN EIN DORF STIRBT, STIRBT AUCH SEIN WASSER.« Großmutter spielt mit einem Rinnsal, das durch den Fels sickert. Trinkt davon. Lässt es über die Klinge des Rapiers fließen. »Unser Wasser in Staniševac war ein unbequemes. Das Dorf lag am Hang, das Wasser aber am Fuß des Berges, noch unterhalb vom ersten Haus. War nicht sehr gut durchdacht, muss man schon sagen. Ein Leben lang schleppst du das Wasser den Berg hinauf. Weil unsereiner aber eher den Berg verschöbe als sein Haus, blieb das so.«

Großmutter geht los, hält gleich wieder an, legt die Hand auf die Brust, schnappt nach Luft. Schiere Willenskraft treibt sie weiter. Sie gibt den Takt vor für die Schläge aus der Tiefe.

Du hast jede Kreuzung markiert, die ihr passiert, noch schließt sich kein Kreis. Bei der nächsten entscheidest du dich für den breiteren der beiden Tunnel, da lässt ein Brüllen den Berg erbeben, so laut, als wäre es hinter der nächsten Biegung. Eine Welle heißer Luft schlägt euch entgegen.

Großmutter sackt auf die Knie. Das Hämmern wird langsamer, bis es ganz verstummt.

Du eilst herbei, sie winkt ab. Reibt sich die Augen. Als brenne Gras, so riecht es jetzt. Auch deine Augen jucken. Großmutter spuckt. Weiter, Großmutter will weiter.

Der Tunnel endet auf einem schmalen Vorsprung. Der Fels öffnet sich über euch zu einem Kraterrund mit wolkenverhangenem Himmel als Plafond. Unter euch erstreckt sich eine verbrannte Landschaft, ihr Fundament ist feuergeschwärztes Gestein mit kleinen grünen Inseln: Wiesen und einem Weiler, durch helle Säulen abgeschirmt vom verkohlten oder lodernden Rest. Ein Fluss aus Flammen säumt das Ganze in einem Ring aus Feuer. Überhaupt ist Feuer überall, überall Funken und Rauch. Und überall Drachen.

Ein unbegreifliches, schuppig glänzendes Wimmelbild. Kleine und große, vornehmlich geflügelte Drachen, sie ruhen, sie fressen, sie spucken Feuer, sie kriechen entlang des Weilers auf krallenbewehrten Pranken. Tatzelwürmer, Höhlendrachen, langhalsige Basiliske mit gehörnten Schädeln ragend aus dem feurigen Fluss.

Den Fluss überbrückt ein Steg aus hellem Holz, der trotz der Nähe zu den Flammen unversehrt wirkt. An der Stelle, wo der Steg ans andere Ufer reicht, hat der Fels das Maul aufgerissen. Ein mächtiger Durchbruch gähnt Finsternis, die nicht an sich halten kann: Schatten greifen von dort in die Welt hinein.

Ein dreiköpfiges Ungetüm bewacht den Steg. Jeder faltige Kopf, seinem heftigen Gebaren nach, zankt mit den anderen beiden. Es ist nicht klar, ob der Drache die Brücke bewacht, damit nichts hinüberkommt, was jenseits nicht hingehört, oder damit nichts ausbricht, was in unserer Welt nicht sein darf.

Die Wände der riesigen Halle sind wabenartig mit Öffnungen gespickt. Auch Großmutter und du steht in einer solchen. Drachen verlassen sie oder fliegen hinein, so wie dieser, ein rötliches Exemplar, der lange Schwanz schließt in einer Flosse ab, weite, durchscheinende Flügel, mit deren Hilfe er sich mühelos aufschwingt und nun Kurs nimmt – auf euch.

Großmutter hebt das Rapier auf der Seite 345

DU SPÜRST DAS KALTE WASSER IN DER KEHLE und einen kalten Griff im Nacken. Etwas zieht dich in die Tiefe. Etwas tanzt mit dir. Wie es aussieht? Such es dir aus. Der Teufel ist jedem ein anderer. Jedenfalls sieht es sehr danach aus, als wäre deine Reise zu

---

ENDE

»So ein Quatsch!«, ruft Großmutter. »Jetzt haben wir es so weit geschafft, und du lässt dich vom Teufel überlisten?«

»Ich habe einen Handel mit ihm ausgemacht.«

»Erzähl.«

»Morgen. Es ist spät«. Großmutter grummelt, legt sich aber hin. Ich ziehe ihr die Pantoffeln aus. Meine Großmutter war die gute Vila meiner ersten Lebensjahre.

»Sale?« Sie flüstert. Das Echo meines Spitznamens in der Vergangenheit: »Für dich ist alles ein Spiel, Sale.«

Ich decke sie zu und bleibe noch ein wenig bei ihr sitzen.

ENDE

DU KLETTERST, SO SCHNELL DER MATSCHIGE UNTERGRUND DICH LÄSST, auf die Böschung zurück, Sretoje reicht dir die Hand, zieht dich hoch. Der Gesang lockt weiter. Der Wald aber knurrt. Marija hat ihr Rapier gezogen, Gavrilo redet beschwichtigend auf sie ein. Alle sollen ruhig bleiben.

Die Nachhut ist zu ruhig. Der Unbekannte ist nicht mehr zu sehen. Ihr ruft, geht den Weg ein Stück zurück, sucht. Nichts. Der Frauengesang jetzt freudig verspielt. Vielversprechend.

»Vilen.« Großmutter spuckt drei Mal.

Gavrilo, Sretoje und Marija beraten sich. Blicken immer wieder in den Himmel. Erste Regentropfen fallen.

»Weiter«, ruft Gavrilo. »Wir kümmern uns später. Vielleicht wollen sie nur tanzen diesmal. Weiter.«

Er zieht das Tempo an bis zur Seite 335

DEINE WORTE GERATEN ZU LAUT. Die Zimmernachbarin regt sich in ihrem Bett. Schmatzt.

Großmutter legt sich hin. »Deckst du mich zu? Bin so müde.«

Du deckst sie zu. Hunderte Male hat sie dich zugedeckt, als du ein Kind warst. Du wünschst deiner Großmutter eine gute Nacht.

»Gut, dass wir hier sind«, flüstert sie und sucht deine Hand.

Du weißt nicht, wen sie mit *wir* meint. Noch weißt du, wo ihr *hier* ist. Wen auch immer, wo auch immer: Immerhin ist etwas gut.

ENDE

GLEICH DER ERSTE SÜSSE SCHLUCK STILLT DEINEN DURST. Du kannst dennoch nicht anders, als auszutrinken, was die Vila dir gereicht –

– und das Nächste, das du siehst, ist die Lichtung von oben: Du schwebst, die Vilen tanzen mit dir, es ist irgendwie recht nett, so leicht zu sein, auch kennst du alle Tanzschritte, müde wirst du irgendwann schon. Du willst weiter –

– es ist jetzt Herbst. Du hättest nicht gedacht, dass Vilen solche Sauberkeitsfanatiker sind. Jeden Tag musst du ihre Baumhäuser fegen und in den Bergbächen ihr Geschirr waschen, natürlich ohne Spüli –

– und der Winter ist da. Du hast nicht mehr Kleidung als das, was du anhattest, als du auf die Lichtung kamst. Die Vilen lachen über dich, manchmal halten sie dich warm –

– und der Frühling kommt. Du kennst keine Ruhe mehr; alles ist Spiel und Tanz und Putz, und die Vilen haben kein Netflix-Abo, wenigstens neue Lieder könnten sie mal in ihr Repertoire nehmen, du singst mit, ernährst dich ökologisch korrekt, trägst ein Hemd aus Blattwerk. Du bist keiner von ihnen, bist integriert nach ihrem Sinne, weder gleichberechtigt noch frei.

Du beginnst an einem Fluchtplan zu tüfteln.

ENDE

»Wie, ENDE?«, ruft Großmutter. Ich sitze auf dem Bett neben ihrem Entsetzen. Die Zimmernachbarin ist irgendwann aufgewacht, hat gelauscht. Auch sie ruft: »Nee, nee, nee!«

»Warum hast du mich denn nicht gefragt? Trinkt man mit denen, ist man ihrer!«

»Das kommt ein bisschen spät, jetzt.«

»Nichts da, spät. Du nimmst das Wasser nicht an, verstanden? Gar nichts tust du, als da abzuhauen. So, weiter geht's, raus aus dem Wald. Zum Gipfel will ich.«

Na gut. Lies weiter auf Seite 335

»HÖR AUF.«

»Oma?«

»Man ist verbunden mit Menschen aus ganz unterschiedlichen Gründen. Ich zähl sie dir nicht auf.«

»Oma.«

»Das Erzählen erhält mich nicht am Leben, Saša! Du verwandelst Funken in Feuerodem. Du übertreibst! Herkunft als Wimmelbild mit Drachen? Und einer bewacht den Steg über den Fluss in die jenseitige Welt?«

»Es ist dein Steg, Oma.«

»Was?«

»Ich muss mit dir dahin.«

»Das ist makaber.«

»Das ist ein Selbstgespräch.«

»Umso schlimmer.« Großmutter legt sich hin.

Wir sind in Višegrad. Ich bin ihr Enkelsohn und vier Jahre alt oder vierzehn oder vierundzwanzig oder vierunddreißig. Großmutter sagt, ich soll nicht mit nassem Haar aus dem Haus.

Wir sind in Amerika. Großmutter fragt in einer warmen Nacht nach meiner Zeit in Heidelberg. Ich erzähle, wie Wojtek den ganzen Emmertsgrund hinaufrobbt. Ich erzähle, wie wir ein Lamm am Spieß grillen im Wald und eine Spaziergängerin mit Dackel sich erkundigt, ob das ein Hund sei, den wir braten.

Wir sind in Belgrad an einem Busbahnhof. Es ist später Abend. Wir warten auf den Bus nach Višegrad. Wir sind müde.

Da sind Buchstaben an der Wand. Ich frage, was dort geschrieben steht. Ich bin vielleicht vier, höchstens fünf Jahre alt. Großmutter sagt ungeduldig, ich solle selber lesen. Ich sage: »Ausgang.« Großmutter lächelt, nimmt mich am Kinn und küsst mein Haar.

Wir sind in Rogatica. Legen Domino-Steine zu einem Turm, bis keine Steine mehr da sind. Zählen gemeinsam runter: »Drei, zwei, eins –« Das Lachen meiner Großmutter.

Wir sind entdeckt. Nach drei, vier Flügelschlägen steht der Drache mit den durchscheinenden Flügeln direkt vor uns in der Luft. Wittert. In seinen Pupillen das gelbe Feuer der Jahrhunderte als Fabel.

»Salve, Draco«, sagt Großmutter. Der Drache blinzelt. Großmutter legt das Rapier ab. Der Drache blinzelt erneut, und dann ist es eher, als verbeuge er sich, sein Schädel jetzt direkt vor dem Vorsprung, auf dem wir stehen.

Großmutter macht den ersten Schritt, dann noch einen. Sie steigt auf seinen Nacken. Ich folge, natürlich folge ich, man lässt die eigene Großmutter nicht alleine fort mit einem Drachen – und der dreht ab und stürzt sich mitten hinein in das Gewimmel.

Wir fliegen über einen Inselweiler, darin ein steinernes Haus an einem See vom klarsten Blau. Dazu Obstbäume und Beete und vor dem Haus ein Dutzend tanzender Gestalten.

»Die Jungfrauen«, ruft Großmutter. »Sieht aus, als hätten sie Spaß.«

Wir landen, nicht gerade sanft, vor dem dreiköpfigen Wächter am Steg. Die Köpfe hören auf mit dem Gezänk, der rechte sagt entschuldigend: »Ich bin aus einer russischen Drachenlegende, ich dürfte gar nicht hier sein.« Er schließt die Augen.

»Ich nehme an, mein Mann ist drüben?«, sagt Großmutter an die anderen beiden gewandt.

»Vor- und Nachname?«, sagt der mittlere Kopf.

»Petar Stanišić.«

Er widmet sich einer Riesenkladde, geht seitenweise Namenslisten durch. Der Linke fragt, ob wir was trinken möchten, während wir warten. Es gebe Blut, Wasser, Speierling-Kompott und alle Fremdsprachen. Ich nehme Spanisch. Großmutter nimmt Wasser. Das Glas, aus dem ich trinke, hat einen kleinen Sprung.

Der mittlere Kopf speit etwas Feuer höflich zur Seite aus und sagt: »Hab ihn.«

»Kann er mal rauskommen?«, fragt Großmutter.

»Wäre mir neu«, sagt der Drache.

»Geht also?«, sage ich.

Schon spaziert mein Großvater aus der Finsternis und über den Steg. Er trägt Schnurrbart, Hemd, Sakko. Er sieht blendend aus. Großmutter findet und sagt das jedenfalls. Großvater ist zu erstaunt für Komplimente.

»Kristina, was machst du denn hier?«, fragt er, die Augen aufgerissen. Mit wenigen Schritten ist er bei ihr, hält sie fest umarmt und sie ihn. Irgendwann wenden sie sich mir zu.

»Schau, wer mich hergebracht hat.«

»Ist das –?«

Ich gebe meinem Großvater die Hand. Ich denke über die passende Griffstärke nach, da ist der Händedruck auch schon vorbei.

»Kommst du mit?«, fragt Großmutter ihren Mann.

»Darf ich denn?«

Der mittlere Kopf sagt, ja, dürfe er. »Ist es nicht komisch, dass seit Jahrtausenden noch niemand darauf gekommen ist, dass Zurück auch machbar wäre? Außer mal die Griechen, nur das ist dann ziemlich schiefgegangen.«

Der Drache lispelt süß, aber das behalte ich für mich, man will sich nicht mit Drachen verkrachen.

»Hier bitte unterschreiben«, sagt er zu Großvater. »Und Sie bitte hier«, an Großmutter gewandt. Als wir uns verabschieden, fügt er hinzu: »Den Genossen bitte in spätestens achtundvierzig Stunden zurückbringen.«

Gavrilo, Marija und Sretoje tun so, als bemerkten sie den Drachen nicht, der uns bis zum Höhlenausgang bringt. Sie wirken froh und erleichtert, uns zu sehen. Umarmen Großvater, als käme er von den Toten zurück, hätte ich beinah geschrieben.

Über den Abstieg vom Vijarac gibt es nur noch ein Detail zu erzählen: Unterwegs begegnen wir einer Hornotter, nur dass es Ajhendorf ist, will ich nicht behaupten.

Ich habe treu gelesen
Die Worte, schlicht und wahr,
Und durch mein ganzes Wesen
Ward's unaussprechlich klar.

Wir wollen gleich weiter nach Višegrad, achtundvierzig Stunden sind keine lange Zeit. Wir entschuldigen uns für den Verlust des Rapiers und verabschieden uns von den Oskorušanern.

Ich setze mich ans Steuer. Großmutter und Großvater sprechen auf der Rückbank miteinander. Dies und jenes. Und was hast du dann gemacht? Und dann? Sag bloß! Großmutter erinnert sich makellos. Gibt Auskunft. Auch über den Krieg – gerade als wir an den serbischen Aggro-Graffiti vorbeifahren. Ich erwarte eine politische Botschaft vom Großvater. Er rückt aber bloß näher an Großmutter heran.

Zuhause trinken wir Kaffee. »Den ersten wir drei zusammen«, meint Großvater.

»Der hat doch schon mitgenippt«, sagt Großmutter, »da war er noch keine vier.«

Es ist schön, wir haben keine Fragen mehr. Ich schließe die Augen.

Wenn ich die Augen schließe, am 2. November 2018, ist hier, hinter meinen Lidern, eine Reihe von Dingen, die ich habe:

Großmutter Kristina und Großvater Pero.

Meine Nena Mejrema, die mir aus Nierenbohnen die Zukunft las. Einmal prophezeite sie mir, ich würde viele Leben haben. Wie eine Katze?, fragte ich.

Das mit den Katzen ist doch Aberglaube, knarzte sie.

Meinen Großvater Muhamed, der Züge bremste. Einmal blieb er mit einem Holztransport in einem leidenschaftlichen Schneesturm stecken. Er zog seinen Mantel enger und lief den ganzen Weg nach Višegrad zurück, etwa dreißig Kilometer, durch Schnee und klirrende Kälte. Die Geschichte hat als einzige Pointe das Überleben. (Mutter erinnert sich an die vereisten Augenbrauen ihres Vaters, und dass er sich an dem Tag und auch am folgenden nicht rasiert hatte.)

Einen Keramikvogel aus dem letzten Urlaub mit den Eltern, so einen, den man mit Wasser füllt, und wenn man hinten in seinen Arsch pustet, kommt Vogelgezwitscher vorne raus. Ich mochte das, weil ich den Urlaub mochte.

Modellautos von *Bburago*, Maßstab 1:43. Ich besaß etwa vierzig Stück. Brummbrumm. Musste sie zurücklassen. Mein Sohn sammelt Autos, wobei er Sammeln als Konzept noch nicht versteht: Er *hat* viele Autos. Auf eBay kosten die Modelle von damals zwischen acht und fünfundzwanzig Euro. Ich habe den weißen Porsche 924 (OVP) bestellt.

Ich öffne die Augen. Großmutter und Großvater sitzen da und sehen einander an.

Jetzt weiß ich nicht, wie es weitergeht.

Ich sage: »Bis später.« Und laufe raus, spielen.

ENDE

Oder möchtest du ein Ende, *wie es wirklich war?* Die Beerdigung? Die Familie hat sich am Morgen des 2. November am Friedhof versammelt. Ein Neffe trug das Kreuz. Der Pope sang die Liturgie. Sehr lange sang er, die Dauer schliff der Trauer die Kanten ab. Alle weinten erst, als der Sarg hinuntergelassen wurde.

Und dann war der Sarg zu lang. Der Totengräber hatte das befürchtet und die Abschlüsse schon gekürzt gehabt. Dennoch: Der Sarg blieb knapp über dem Boden in der Grube stecken. Und zwar ein wenig schief.

Die Männer zogen an den Seilen, einer trat auf den Sarg, um ihn vielleicht so zu begradigen, es brachte nichts. Man beschloss, ihn so zu lassen. Er war ja tief genug und so schief auch wieder nicht.

ENDE

DANK

An meine Eltern für das Glück, das sie möglich machten. An meine Großeltern für ihre Güte und Geschichten.

An die ARAL-Tankstelle im Emmertsgrund, an Rahim, Fredie, Werner Gebhard, Joseph von Eichendorff, die IGH, die beiden Sachbearbeiter der Ausländerbehörden Heidelberg und Leipzig, zuständig für den Buchstaben »S«, für die Frage, was ich später vorhabe.

An Maria Motter für Fakten und Gewissheiten.

An Katharina Adler, Christof Bultmann, David Hugendick, Martin Mittelmeier und Katja Sämann für kluge Kritik und feine Fürsprache.

QUELLEN

S. 116: »Die Menschen machen ihre eigene Geschichte ...«
Karl Marx: Der achtzehnte Brumaire des Louis Bonaparte. In: Karl Marx/Friedrich Engels, Gesamtausgabe (MEGA), Abt. 1, Bd. 11. Berlin: Dietz 1985. S. 96 f.

S. 116: »Die Gewalt ist der Geburtshelfer ...«
Karl Marx: Das Kapital. 24. Kapitel – Die sogenannte ursprüngliche Akkumulation. In: Karl Marx, Friedrich Engels: Werke. Band 23. Berlin: Dietz Verlag 1962. S. 779.

S. 117: »Die Religion ist der Seufzer ...«
Karl Marx: Zur Kritik der Hegel'schen Rechts-Philosophie. Deutsch-Französische Jahrbücher. Lfg. 1/2. 1844. In: Karl Marx/Friedrich Engels, Gesamtausgabe (MEGA), Abt. 1, Bd. 2. Berlin: Dietz 1982. S. 171.

•

Alle Zitate von Joseph von Eichendorff aus: Sämtliche Gedichte / Versepen, hrsg. von Hartwig Schultz, in: Joseph von Eichendorff, Werke in sechs Bänden, Deutscher Klassiker Verlag, Frankfurt am Main 1987.

Sollte diese Publikation Links auf Webseiten Dritter enthalten,
so übernehmen wir für deren Inhalte keine Haftung,
da wir uns diese nicht zu eigen machen, sondern lediglich auf
deren Stand zum Zeitpunkt der Erstveröffentlichung verweisen.

Lizenzausgabe für die Büchergilde Gutenberg Verlagsges.mbH,
Frankfurt am Main, Zürich, Wien
www.buechergilde.de
Mit freundlicher Genehmigung
des Luchterhand Literaturverlags, München

Neumarkter Straße 28, 81673 München
Satz: Uhl + Massopust, Aalen
Druck und Einband: GGP Media GmbH, Pößneck
Printed in Germany
ISBN 978-3-7632-7105-4